AV

Titelvignette: »Im Dienst der Liebe«, nach einem Gemälde von E. Rau
Vor- und Nachsatz: »Antritt zum Tanze«, nach einem Gemälde von F. Defregger

Eine Gemeinschaftsausgabe von L. Staackmann Verlag KG · München
und Österreichischer Agrarverlag, Wien

Gesamtherstellung: Wiener Verlag, Himberg bei Wien
ISBN 3-88675-032-9

Peter Rosegger

Der Schelm aus den Alpen

L. STAACKMANN VERLAG KG · MÜNCHEN

». . . Lachen wollen wir! ruft ihr mit gerungenen Händen. Die Welt ist so kalt, so überklug, so hart, so ledern, so zum Verschmachten öde, um ein christlich Almosen flehen wir, um ein warmherziges Lachen! . . . Jedes Blatt dieses Buches hat zwei Seiten, nicht anders wie die Erdkugel: Hier der heitere Tag, hier die ernste Nacht. Es wäre doch traurig, wenn der Dichter nur mehr einen Lustigmacher abgeben müßte, und es wäre doch lächerlich, wenn es nichts mehr zu lachen gäbe auf dieser Welt!«

Peter Rosegger im Vorwort der Erstauflage von
»Der Schelm in den Alpen«, 1890.

Inhalt

Die Ehestandspredigt 9
Die schlimme Liesel 31
Das Bußjoch 48
Das neue Liderl 59
Die umworbene Schöne 77
Thomas und sein Unglück 82
Der Schlaucherl vom Berg 91
Die Hosen des Herrn von Gösting 100
Felix Hummeltreiber 104
Wie Peter Obenaus zu seiner Frau kam 113
Ein schneidiges Dirndel 118
Sie kratzt nimmer! 127
Wie die Mühlnersleute aus Halbenkrug ins Heilige Land pilgerten 134
Ich geh ins Amerika 142
Der hohe Herr 149
Der schlaue Bürgermeister 165
Das Ehehindernis 176
Der Schäfer von der Birkenheide 180
Der Windwachelbub und seine Liebste 187
Die Überläufer 195
Der Treffer 213
Die Lebensverächter 222
Die Männerwahl 228

Vorwort

»Der Humorist wird nicht immer eine Antwort geben können, wenn man ihn fragt, was Humor ist. Der echte Humor kommt auch gar nicht von professionellen Humoristen. Er ist naiv und muß naiv sein. Die kindliche Lebensanschauung des Volkes gegenüber der Tragik der Welt tut uns wohl, das Nichternstnehmen der Tragik, das mit gütigem Lächeln über sie Erhaben-Sein wirkt auf uns wie eine Erlösung. Der Humor ist lebensbergend, wie sein Bruder, der Humus. Er ist fruchtbar. Der Humor erweckt kein lautes Lachen, vielmehr ein frohes Lächeln, ein inneres Wohlbehagen. Der Humor ist ein seltener Gast.« So schreibt Peter Rosegger in seiner Zeitschrift »Der Heimgarten« im November 1909, also gut ein Vierteljahrhundert nach Erscheinen der Waldheimatgeschichten, seiner verklärten Erinnerungen aus einer kargen, oftmals im alltäglichen Dasein tragischen Kindheit und Jugend. Die Spannung zwischen Tragik und Humor, Ernst und Lachen durchzieht sein Werk von den Anfängen bis zum Abgesang in den letzten Kriegstagen im Jahre 1918, seinem Todesjahr.

Die hier abgedruckten Geschichten erschienen in den Jahren 1886 bis 1890 im »Heimgarten«. Später wurden sie von Rosegger unter dem Titel »Der Schelm in den Alpen, allerlei Geschichten und Gestalten, Schwänke und Schnurren« bei Hartleben in Wien in zwei Bänden herausgegeben; die weiteren Auflagen des beifällig aufgenommenen Buches erschienen schon im Verlag Staackmann. Der fabulierfreudige Geschichtenerzähler Rosegger pflegte ja seine kleineren novellistischen Arbeiten ernsteren oder heiteren Inhaltes von Zeit zu Zeit zu etwa gleichgestimmten Sammelbänden zu vereinigen und zu veröffentlichen, jedes Jahr ein neuer Gruß an seine Leser.

Wie schon seine Zeitgenossen sind auch wir heutigen Leser

von Roseggers humorvoller Erzählweise berührt. Wir fühlen uns unmittelbar angesprochen, mag auch seit rund hundert Jahren das dörfliche Milieu von einst auch in den Alpentälern und im Waldland gründlich verändert sein. Es macht uns das wenig aus und wir empfinden seine Schilderungen keineswegs verstaubt, sondern erkennen ihre Aktualität, die nicht vergangen ist. Roseggers Humor erfließt aus einer hellsichtigen Beobachtungsgabe der Individualität seiner köstlich gezeichneten Typen und ihrer sozialen Mitwelt. Er nimmt dabei »die Tragik nicht ganz ernst«, die jeder Seele und jedem Schicksal beigegeben ist. Sein Humor gleicht aus und versöhnt. Er vermag das zumeist übersehene und wohl auch nur kleine Licht in den Charakteren zum Leuchten zu bringen. Mit Situationskomik, Überraschungseffekten und vordergründigem Witz hat dieser Humor nichts zu tun. Er durchwirkt die Weltschau Roseggers als das Grundprinzip seines Vertrauens in den Menschen – jedes einzelnen! – und in die Sinnhaftigkeit des Lebens.

Sein warmherziger Freund Emil Ertl, selbst ein namhafter Literat und Autor einst viel gelesener Romane, meint, es gäbe wohl keinen zweiten Dichter, »der einerseits so restlos in seinen Büchern steckt und andrerseits in diesen Büchern so viel und so oft von seinem eigenen tatsächlichen Leben bis ins kleinste hinein, kurz, von sich selbst geredet hätte, wie Rosegger. Und doch auch keinen, dem man weniger persönliche Eitelkeit nachzusagen wüßte als ihm. Wie kommt das? Weil der Leser dieser Offenheit, diesem Geschick gegenüber, das Allgemeingültige herauszugreifen, sich gestehen muß: Das ist nicht bloß er, Peter Rosegger, das bin ich, bist du, das sind wir alle.«

Wir, seine Leser, sind in jedem seiner Bücher, in jeder Geschichte von Peter Rosegger eingeladen, uns selbst, auch im wirklich oder vermeintlich Tragischen »nicht ganz ernst zu nehmen«, ein wenig über uns und die Welt zu schmunzeln und schon damit einen kleinen Schritt zur Versöhnung und zum Ausgleich der Widersprüche und Gegensätze in uns und um uns zu tun. Denn: »Humor ist ein seltener Gast«, eine kostbare Gabe.

Hubert Lendl

Die Ehestandspredigt

Im Dorfe Sankt Stasen wird was. Schon den ganzen Tag ist die Unruh. Der Kirchplatz und die Gassen werden mit Besen ausgefegt und etwas ganz Besonderes geschieht, die Leute kehren vor ihren eigenen Türen. Der Fleischhauer hat zwei Kälber geschlachtet und ebenso viele Ferkel, auch noch welche in lebendem Zustande vorbereitet, denen der morgige Tag ebenfalls das Leben kosten kann, wenn die Frömmigkeit besonders zahlreich zugelaufen kommen sollte. Der Bäcker backt tausend Semmeln, und noch schwant ihm, es würden ihrer zu wenig sein, daß auch Brotlaibe aufgeschnitten werden müßten. Der Kranzelwirt ist heut' schon den ganzen Tag im Keller; »ja, Narren«, sagt er, »wenn so schlechte Jahre sind, da ist's eine Kunst, gute Weine zu haben!« Zum Glück versteht er die Kunst, sie wenigstens »süffig« zu machen.

»Man merkt das Kirchenfest gleich an den vielen Juden, die anrucken mit ihren Bündeln«, sagt der alte Steffel, der auf seiner Hausbank sitzt und den Krämern zusieht, wie sie auf dem Platz ihre Buden aufrichten. Das Tor der zweitürmigen Kirche wird mit einem Reisigkranz geziert, an der Kirchhofsmauer unter der Linde wird aus rauhen Brettern eine Kanzel errichtet, denn an solchen Sommertagen predigt der Pfarrer lieber im Freien als in der dunstigen Kirche, gleichwohl der alte Steffel, der sein Salz überall dazugeben muß, der Meinung ist: der Pfarrer hätt' freilich leicht predigen im Baumschatten, aber die Zuhörer müßten barhäuptig dastehen in der Sonnenhitze und es sei kein Wunder, wenn der Spielmichel immer sage, alle guten Vorsätze, die er sich während der Predigt in den Kopf gesetzt, seien ihm allemal wieder geschmolzen.

So schwatzen sie und wissen nicht, wie mühevoll eine Festpredigt herzustellen ist. Vom Dorfe geht ein breitgetretener glatter Fußweg mählich zwischen etlichen Gärten und Feldern hinan und oben auf flacher Höhe in den Wald hinein. Es stehen fast lauter Birken dort, mit ihrem luftigen Laub sachte rieselnd, und auch einige junge Lärchen wachsen am Wege, so daß es aussieht, dieser Weg sei zu Ehren eines Wandernden so freundlich geschmückt.

Wer am Waldrand Ausschau hielt, der sah das weite Rund des Gebirges und den Talkessel, durch welchen ein stattlicher Fluß, die Plein, sich schlängelte bis weit hinaus, wo er sich in einer felsigen Engschlucht verlor.

Heute aber hielt niemand Ausschau. Auf unserer Höhe, zwischen den Birken und Lärchen wandelt langsam der Pfarrer von Sankt Stasen dahin. Die eine Hand hält er auf den Rükken hinüber, wo sie, mit einem braunen Spazierstöcklein spielend, so ein wenig auf die schwarzen Rockschöße klopft, als wolle sich der Herr selber damit vorwärts treiben oder zu etwas anspornen. In der anderen Hand hält er ein Stück Papier, auf das er manchmal einen Blick wirft, um ihn dann wieder zerstreut in das grüne Gebüsch schlüpfen zu lassen. Der schon etwas betagte Herr schaut nicht besonders munter drein, und bisweilen fährt er mit einem blauen Tuch, das er unter dem Papier zu einem Knollen gepreßt in der Faust hält, sich über das glattrasierte Gesicht.

Da kam ihm etwas entgegen. Es war schon ein Weilchen früher zu hören gewesen durch die Büsche her, bevor man es sah. So ein Piepsen und Wispeln war das, als wäre ein ungeheures Vogelnest in der Nähe, und nun trottete er heran, der kleine behende Mann, mit seinem korbartigen Rückenkäfig, der drei Stockwerke hatte, in welchen junge Hühner piepsend und kreischend hin und her flatterten. Das war der Hendl-Heinl, oder um es klarer zu sagen, der Hühnerhändler-Heinrich.

Das Männlein stak in einem grauen Lodengewand, das über und über voller Federchen war, wie sie aus dem Käfig flogen. Unter dem Lederschilde einer aufgebauchten Tuchmütze guckten zwei kecke Äuglein hervor, die krumme scharfe Nase und das spitze graubartstoppelige Kinn hatte etwas Hahnenartiges, wie es ja heißt, der Mensch nähme innerlich wie äußerlich von den Tieren an, mit denen er zumeist umgeht.

Als nun der Hendl-Heinl den Pfarrer erblickte, schrie er ihm mit dünner, scharfer Stimme entgegen:

»Gott's Gruß, Bruder, hochwürdiger Herr Pfarrer!«

»Ja, ist schon recht«, antwortete der Angesprochene und schaute auf sein Papier, »geh nur, Heinrich, und laß mich in Fried', ich muß Predigt studieren.«

»Uh, da hat er heut' seinen giftigen Tag!« rief der Heinl lachend aus.

»Bruder«, sagte der Pfarrer und ließ die Hand mit dem Exzerpt rasch sinken, »das muß ich mir ausbitten. Du kannst vielleicht Hühner rupfen und Kapauner stopfen, aber was Predigt studieren heißt, davon weißt du einen Pappenstiel. Es ist nicht das erstemal, daß du dich lustig machst über meine Not, die ich mit diesem verd – verdienstvollen Predigtstudieren habe. Jedem ist's nicht gegeben. Der eine kann gut predigen, hat aber kein Sitzfleisch zum Beichthören, beim anderen ist's wieder umgekehrt.«

»Ja, Bruder, muß es denn sein?« fragte der Heinl und stützte seinen Stock unter den Tragkäfig, »deine Bauern zu Sankt Stasen wissen es eh schon lang, was du von ihrem Lotterleben für eine Meinung hast und was du ihnen für Zeit und Ewigkeit Gutes wünschst. Und wollen sie schon angewettert sein von der Kanzel herab, so lies ihnen aus einem Büchel was vor und schreie es recht herab, ist just so gut, als htttest es dir selber ausstudiert, ist just so gut.«

»Oder besser«, setzte der Pfarrer bei, »ich mach's auch so, wenn ich mit meinen Pfarrkindern allein bin. Aber morgen kommen fremde Wallfahrer von oben und unten, die wollen was Besonderes hören.«

»Ach Jesses!« rief der Heinl aus, »morgen ist ja euer Athanasiafest zu Sankt Stasen! Ah, da nachher freilich. Das wird wieder was werden! Und wollen scharf angepredigt sein, daß nachher das Wirtshaus besser schmeckt. Wenn wenigstens nach einer guten Predigt des Kranzelwirts Wein nicht so stark Kopfweh tät' machen!«

Der Pfarrer tat mit der Hand eine abwehrende Bewegung.

»Nun also!« rief der Heinl, »warum laufen sie nur auch so zusammen von weit her, das möcht' ich wissen.«

»In solchen Sachen«, sagte jetzt der Pfarrer mit einem ruhigen Ernst, der ihm ganz trefflich stand, »in solchen Sachen bist du gottlos unwissend, mein lieber Bruder. Und muß dir's doch schon als kleines Kind unsere Mutter selig erzählt haben, wie sie mir's erzählt hat. Und kommst so oft auf Stasen herüber und bist schon so alt und weißt das nicht?«

»Alles verschwitzt«, entgegnete der Heinl, »ich hab auf was anderes zu denken als auf euer Athanasiafest. Ich hab mich in den Siebengräben und in der Breitenau herumzukümmern, wo ich mein Geflügel auftreib', und hab mich in Kirberg und Oberstätten zu bekümmern, daß ich mein Geflügel wieder anbring'. – Ah, ich werd' nicht der Narr sein und da stehen mit der Kraxen, ich setz' ab.«

Mit allerlei Umständlichkeit stellte er den Käfig auf den Boden und hockte sich selber neben hin. Der Pfarrer sagte: »Jetzt, weil ich schon einmal heraußen bin aus dem Sermon, jetzt ist's schon alles eins.« Und setzte sich auf einen bemoosten Stein, der am Wege lag. »Weißt du doch sonst allerlei Geschichten und Schnurren fortweg und bist voller Possen. Daß du nur gerade für unsere heilige Athanasia kein Gedächtnis hast, das verdrießt mich.«

»Willst mir was von ihr erzählen, Bruder, Herr Pfarrer, ist mir recht. Gib mir halt wieder einmal einen Löffel voll Christentum ein. Mußt aber laut, wenn du mein Hendlvolk überschreien willst. Wer am lautesten schreit, dem glaub' ich.«

»Ist ganz gut«, sagte der Pfarrer und begann mit gehobener Stimme: »Die heilige Athanasia, das ist eine fromme Ehefrau gewesen. Hat zwei Männer gehabt.«

»Auf einmal?« fragte der Heinl drein.

»Als der erste gestorben, hat sie den zweiten genommen. Der zweite ist nachher Priester geworden und auch gestorben; die heilige Athanasia ist ins Kloster gegangen und seither eine Schutzpatronin für Eheleute geworden. In unserer Kirche zu Sankt Stasen ist das Bildnis dieser großen Heiligen aufgestellt, und an ihrem Gedächtnistage, dem vierzehnten August, das ist morgen, kommen Andächtige herbei aus nah und fern, Eheleute, um sich das eheliche Glück, den häuslichen Frieden und dergleichen zu erbitten. Zumeist sind's Frauenzimmer, denke mir, weil diese die Schwächeren sind und zur Schutzheiligen ihre Zuflucht nehmen müssen, wenn deren Männer grob dreinfahren. Verstehst du das?«

Der Hendl-Heinl schüttelte den Kopf.

»Leuchtet es dir nicht ein?« fragte der Pfarrer und tippte ihm mit dem Zeigefinger auf die Stirn.

»Will mir nicht einleuchten«, entgegnete der Heinl, »im Ehekrieg bleibt, soviel ich weiß, schier allemal das Weib obenauf. Bei wem soll denn der Mann Zuflucht suchen? Die Athanasia hält's mit den Weibern. Wen haben denn die Männer? Die Männer sind arm, mein lieber Herr Pfarrer!«

»Du bist ein Lästerer«, antwortete der Pfarrer lachend. »Übrigens hast diesmal recht – nur diesmal, nicht allemal. Obzwar unsereiner im heiligen Ehestand keine große Erfahrung hat, so viel weiß man doch, daß das Weib gern jede Schuld auf den Mann wirft und sich selber als eine Märtyrin betrachtet und hinstellt, und deswegen ist's ja, wenn sie kommen zu unserer heiligen Athanasia, daß man ihnen predigen muß, heiß zu Gewissen reden auf der Kanzel und im Beichtstuhl, und daß sie wenigstens um einen Groschen Selbsterkenntnis mit heimbringen von der weiten Wallfahrt.«

Jetzt hieb der Heinl dem Pfarrer die flache Hand auf die Schulter: »Das ist ein geistlich Wort gewest, Bruder, das ist ein schönes Wort gewest! – Aber – mußt mir's nicht für übel halten, wenn ich's sag' – was man so hört und sieht und spürt auf der lieben Welt: das Predigen nutzt nicht viel.«

»Leider Gottes!«

»Oft denk' ich mir, wenn einer recht schreit und mit der Faust dreinhaut in die Kanzel – unserer tut's auch, in Breitenau – denk' ich mir: Ist schad' um die Lungen. Die Leut' haben zwei Ohren, bei einem hinein, beim anderen hinaus. Nun gut, wem's Spaß macht, das Predigen, wie unserm in Breitenau, alsdann soll er predigen soviel und solang er will. Aber wem's so hart ankommt wie dir, Bruder, und doch alles für die Katz' ist, da sag' ich: Laß die G'schicht' bleiben.«

»Für morgen ist noch dazu eine ganze Prozession von Eheweibern aus Neuhofen angesagt«, teilte der Pfarrer nicht ohne Beklommenheit mit.

»So? Aus Neuhofen Eheweiber? Eine ganze Prozession?«

»Die Männer zu Neuhofen – hab' ich gehört – sollen Flegel sein, samt und sonders«, sagte der Pfarrer.

»Ich hab' just das Gegenteil gehört«, wußte der Heinl, »die Weiber sollen dort die Unverträglichsten sein. Die Stiegenbäuerin kenn' ich von meinem Hendlkaufen her, die ist ein Band! Die Stofelhuberin und die Beuglerin sind Schlangen, die Oberbrunnerin ist ein Hausdrach', die Bäuerin von Steinschlag ist auch einer. Beim Steggerhaus ist der Mann nichts nutz, aber das Weib hat ihn verzagt gemacht, er ist ein Süffling worden. Beim Hochwindbauer ist's auch so. Der Lentner-Franz zieht mit einer anderen um, kein Wunder, sein eigen Weib hat ihm kein gutes Aug' gezeigt daheim, solang er sie noch gern hat gehabt. Der Weber-Martin spielt Karten, was er nicht verspielt, das vertrinkt sein Weib in Branntwein. Der Strobel-Hies hat seinem Weib im Jähzorn einmal einen Streich gegeben, seitdem hat er die Höll' auf Erden, und seine bessere Hälft' schreit's um, was er für ein Büffel wär'. Der Trentnerschuster –«

»Geh', Bruder, lass' gut sein mit deiner Litanei.«

»Nicht wahr? In solchen Stücken weiß ich wieder mehr als wie du! Ja, Herr Pfarrer, das sind die Leut' von Neuhofen, wo herüber die Weiber morgen wallfahren kommen nach Sankt Stasen und sich beschweren und beweinen und ihre Männer anklagen und wieder mit Scheinheiligkeit heimgehen und ihre Männer weiter quälen und alleweil noch schlechter machen als sie schon sind. – Bruder! Ich sag' dir eins. Die meinige kann ich ausnehmen, wenn ich mag, kann's auch mitzählen, wenn ich mag, die Geschichte ist so: Wenn in einem Haus Unfrieden ist, so hat der Mann daran ein Viertel schuld und das Weib drei Viertel. Allemal! Schier allemal, Herr Pfarrer!«

»Ich habe auch in meiner Pfarre Beispiele hiervon«, gab der

Pfarrer gern bei. »Und dann, wenn jäh eins stirbt! So als wir vor etlichen Wochen den Bergbauer von da oben begraben haben – ich habe meiner Tage keinen größeren Jammer gesehen. Das Weib hat ins Grab wollen nachspringen. Zwei Männer haben sie mit Gewalt müssen zurückhalten. Und immer geschrien: Ich bin die Schuld! Meinetweg hat's dir das Herz zerrissen. Nur einmal, mein lieber Mann, nur einmal steh' mir noch auf, ich will recht sein, ich will gut sein auf dich! Du bist ja mein tausendlieber Mann! – Da habe ich mir gedacht: Ihr umstehenden Ehefrauen allsamt, kommt nur herbei und höret, was sie sagt, das greift wohl tiefer als die schönste Predigt vom Herrn Pfarrer.«

Der Heinl griff in ein Säckchen, das er sich vorne an den Bauch gebunden hielt, zog daraus eine Handvoll Brosamen und streute sie in den Korb auf und zwischen die Hühner.

»Schau du«, sagte er. »Die Hendln raufen auch, wenn sie was Gutes kriegen. Wenn's ihnen schlecht geht, haben sie Fried'. Und die Mandeln und Weibeln sind gerad' am bissigsten aufeinand – sind das Vieher! Weißt du, hochwürdiger Herr, wesweg just die Mandeln und Weibeln so viel miteinander raufen? – Ja, Narr, wenn sie von einander lassen kunnten, so täten sie nach dem ersten Raufen auseinandergehen. Und weißt ja, wie unser Vater gern gesagt hat, wenn die Eheleut' nichts zu streiten hätten miteinander, so müßten sie sich vor lauter Lieb' auffressen. – Gib aber jetzt einmal Ruh', vertracktes Aasel, neidisches! Das kleine Vieh ist hell wie der Geier auf die Kameraden.« – Diese letzten Worte gingen ein kleines Hühnchen an, das fortwährend Händel stiftete im Käfig und jedem anderen die besten Bissen wegschnappte, aber nicht, um sie selbst zu verzehren, sondern um sie zwischen die Käfigspangen hinauszuschnellen.

»Folge des ersten Sündenfalls?« sagte der Pfarrer mit Salbung. »Es bekriegt sich alle Kreatur.«

»Pfarrer!« rief plötzlich der Heinl und fing ihn am Arm, »ich will dir was sagen. Gleichwohl ich nichts hab' gelernt als Hendel atzen und Fabeleien machen, wie du sagst, so will ich dem Gesindel einmal eine Predigt halten, die stärker einschlägt, als wie deine Kanzelsprüche, die man nur anhört, wie man das Glockengebimmel anhört in der Kirchen, weil's so der Brauch ist.«

»Du kannst deinen Hühnern predigen wie der heilige Franziskus den Vögeln!« rief der Pfarrer ärgerlich. »Ihr Weltleut' wollt ja immer alles besser verstehen und trottet mitsamt eurer Weisheit schnurgerade der Hölle zu.«

»Tu' dich nicht giften, Bruder, es ist nicht schlimm gemeint. Dich und deine heilige Weih' in Ehren, aber eine Predigt halt' ich doch, von der du hören sollst. Jetzt studier' weiter. Ich muß anrucken, daß ich nach Oberstätten hinüber komme, ehevor's finster wird. Ihr Sankt Stasener kauft's so keine Hendeln.«

Damit schupfte das Männlein seinen Käfigkorb auf den Rücken, so scharf, daß drinnen alles kreischend übereinander flatterte: »Behüt' Gott, Herr Pfarrer. Mach' in deiner Predigt, daß das Wort vor dem Amen ein gutes ist, das ist die Hauptsach'! Behüt' Gott!«

Damit trottete der Hendl-Heinl hastig davon, und der Pfarrer hörte noch lange das Piepsen und Schreien des Geflügels.

»Das Wort vor dem Amen ein gutes? Er hat recht. Wenn der Heinl Geistlich' worden wär', und ich Hendltrager . . .?«

Am nächsten Tage ging's los. Der Kirchplatz zu Sankt Stasen war voller Menschengewirr, wie es auf einem Kirchfeste eben der Fall ist. Bisweilen kam eine singende Kreuzschar dahergezogen – lauter Weiberstimmen. Dicke, kugelrund, gar gutmütig aussehende Frauchen watschelten daher; schlanke, magere, vertrocknete Matronen schritten in aufrechter Würde, und mancher zahnlose Mund schien besser zum Keifen eingerichtet zu sein denn zum Beten und Singen. Andere richteten sich gar nicht nach dem Vorbeter, sondern steckten ihre Köpfe zusammen und erzählten sich gegenseitig – aber auch gleichzeitig, ohne daß eine auf die andere hörte, ihr Hauskreuz. Hauskreuz und Hauskrieg! Ach Jerum, und was das heut für eine Schlamperei sein wird daheim, wenn der Mann der Hahn im Korbe ist! Es sei halt gar kein Verlaß auf die Mannerleut', gar keiner! Und meinen sie, wenn sie das bissel Geld ins Haus bringen, so kunnten sie weiters schon treiben, was sie wollten. Mein Gott, das Geldverdienen ist keine Kunst, wenn man ein Mannsbild ist! Verblendete Leut', diese Mannsleut'! – Jede wollte heute beten um den lieben Hausfrieden und beten für ihren Mann, daß er sich bessere. Der eine soll nicht trinken, der andere nicht spielen, der dritte nicht rauchen, der vierte soll einmal die Nachbarin bei den Haaren nehmen, dieses »falsche Bradel«, der fünfte soll nicht soviel schlafen, der sechste soll kein solcher Duckmauser sein, lustige Leut' hat man gern!, der siebente soll's im Wirtshaus nicht so toll treiben, soll hübsch ehrbar daheim bleiben, wie es sich schickt für einen ernsthaften Hausvater. Der achte soll auf die Kinder nicht so grob sein, der neunte soll die Kinder nicht so verhätscheln. Der zehnte soll den schandbaren Geiz ablegen, tragen andere Eheweiber auch ihr Seidengewand! Der elfte soll nicht so flegelhaft dreinschlagen, der zwölfte soll nicht gar so lahmlackig sein – zu schämen mit so einem Mann! »Wenn er den und den Fehler nicht hätt', der meinige«, sagte manche, »er wäre der beste Mensch. Ich kunnt mir gar keinen besseren wünschen.«

So sangen und schwatzten sie sich in die Kirche hinein. Das Bildnis der heiligen Athanasia war mit einem dreifachen Rosenkranze umgeben, und vor ihm auf dem steinernen Tische brannten Wachskerzen, weiße, blaue, rote. Auch wächserne Herzen waren hingeopfert worden auf den Tisch, in schmerzhaftem Gedenken an Männer, die kein Herz hatten. Auch wächserne Augen waren da, eine Liebesgabe solcher Weiber, deren Männer verblendet waren. Ein Bauernweibchen fragte draußen in einer Bude, ob nicht auch schlafende Opferaugen zu haben wären; derselbigen schien erwünscht zu sein, daß der Ihrige manchmal ein Auge zudrücke.

Die Weiber von Neuhofen, die besonders andächtig in Sankt Stasen eingezogen waren, hatten zusammengeschossen auf ein feierliches Hochamt mit Windlichtern, Trommeln und Trompeten – und die Herrlichkeit begann nun.

Nach dem Hochamt folgte die Predigt. Anfangs, nachdem der Pfarrer auf die Kanzel getreten war, betete er drei Vaterunser. Dann las er langsam und stockend, als ob ihm die Kunst des Lesens nicht recht geläufig wäre, das für Kirchweihfeste vorgeschriebene Evangelium vom Zachäus auf dem Feigenbaum. Hernach betete er wieder drei Vaterunser. Endlich begann er nach allerlei sonstigen Vorbereitungen mit dem Sacktuch, mit der Schnupftabaksdose, mit den Ärmeln des Chorrocks, die Predigt. Unbedachterweise war er in derselben dem Zachäus auf dem Feigenbaume gefolgt. Da sprach er eine Weile herum von guten und schlechten Früchten, von Blättern, die verdorren, von dürrem Holz und so weiter, und ward ihm allmählich unbehaglich auf dem Feigenbaume, und wußte er nicht, wie er jetzt vom Baume hinunterkäme und auf die Eheweiber. Da fielen ihm zum Glück die Bibelworte ein: »Zachäus, steig' vom Baume herab!« »Und so will«, knüpfte der Prediger an, »auch ich vom Baum herabsteigen, vom Feigenbaum. Hingegen auf den Baum des heiligen Ehestandes hinauf, der auch Früchte tragen soll, das heißt: gute Früchte!« Das war doch ein prächtiger Übergang! »Aber leider Gottes!« fuhr der Prediger fort, »der Ehestandsbaum wird allzuoft Wehestandsbaum, das heißt: zu einem Giftbaum, auf welchem wohl der Apfel der Eva ist, aber auch die Schlange, das heißt: das böse Weib, welches gemeiniglich die Hauptschuld trägt am Unfrieden und Unglück für Zeit und Ewigkeit. Darum, meine Lieben, soll man die Gebote Gottes halten, ein frommes christliches Leben führen, die heiligen Sakramente empfangen und fleißig beten. Alsdann wird der Gottessegen über euch kommen und ihr werdet eingehen in die ewige Freud' und Seligkeit. Amen.«

Wohl war der Pfarrer gewahr worden, daß ein langes Zwischenglied, an dem er gestern so sorgfältig herumgefeilt hatte – es handelte von der christlichen Geduld –, ausgeblieben war. Aber als er einmal bei den Geboten Gottes und bei den Sakramenten angekommen, da ging's auf diesem gewohnten Geleise unaufhaltsam dem Schlusse zu, und da er an dem allseitigen »Vergelt's Gott!« merkte, daß die Zuhörer mit der Predigt zufrieden gewesen waren, war es auch er und war froh, dieses mühsame Geschäft für diesmal wieder glücklich hinter sich zu haben.

Nach dem Gottesdienst füllten sich die Wirtshäuser. Manches Eheweib war jetzt schier traurig, den Mann nicht bei sich zu haben, und wie sie sonst auch brummte, er solle nicht so schreckbar viel Geld ausgeben, beim Braten mit ihm griff sie doch tapfer zu und beim Weinglas schließlich auch, besonders wenn Zucker drin war.

Hernach gingen die Wallfahrerinnen auch zu den Marktbuden, kauften kleine Andenken. Manche suchte für ihren Mann sogar ein Tabakspfeifenzeug aus oder ein Uhrkettlein oder gar noch was Feineres, und mancher wurde ganz warm ums Mieder, da sie jetzt an ihren abwesenden Mann dachte und wie sie ihm eine Freude mit heimbringen wolle.

Die Trentnerschusterin aus Neuhofen besonders, die konnte nie an ihren Mann denken, ohne daß sie in eine innere Erregung kam. Entweder es war liebreiches Gedenken, Hinaufheben ihres kreuzbraven, herzensguten Mannes bis in den Himmel, oder es war giftiger Ärger über ihn. Das letztere zumeist, wenn sie bei ihm, das erstere, wenn sie ihm ferne war. Die Trentnerschusterin war ein lebendiges Beispiel von dem Ausspruch, den der Hendl-Heinl einmal getan: Es gibt gar nichts, was zwei Liebesleut' näher zusammenbringt, als das, wenn sie recht weit auseinandergehen. Und Liebesleute sind sie doch, die meisten Ehepaare, sie mögen sich zeitweilig spinnefeind sein, Liebesleute sind sie doch. Dagegen hilft alles nichts.

Am Nachmittag machten sich die Wallfahrer endlich wieder auf den Heimweg, die einen oben, die anderen unten aus.

Die Kreuzschar der Neuhoferinnen ging unten aus. Diese Wallfahrerinnen hatten einen weiten Weg, und als sie zur Dreiwassermühle kamen, waren die meisten schon so müde und durstig, daß man in der Mühle einkehrte. Es ging auch selten eins vorüber, ohne in der Dreiwassermühle abzurasten. Sie war weitum das einzige Wirtshaus, hatte ein ganz passierliches Trinken, und die Müllerischen waren recht gesprächige Leut'.

Die Weiber von Neuhofen besetzten zwei lange Tische. Sie nestelen ihre Handbündel auf, denn was sie an Brot und sonstigem Essen mithatten, das brauchten sie nicht zu kaufen.

Obstwein tranken sie und tauchten Brotschnitten in die Gläser und tranken – anfangs verschämt in kurzen, gar bescheidenen Zügen, später in längeren und kräftigeren. Und weil heute keine ihren Mann bei sich hatte, so mahnte sich diese und jene fortwährend selber: »Das ist schon völlig zu viel! Narr, ich bin heut' frei durstig worden. Der Wein ist gut. Aber jetzt muß ich aufhören, mir geht's schon alles im Kopf um. Einmal muß ich mir noch nachfüllen lassen, einmal. Jetzt ist's schon alles eins, ein wenig rauschig bin ich eh' schon. Geh', Kellnerin, sei so gut!«

Die Trentnerschusterin drängte zum Aufbruch. Sie hätten noch über zwei Stunden auf heim. Und in die Nacht hineingehen, so ohne Mannsbild, das sei keine Sach'.

Jetzt trat der Hendl-Heinl in die Stube.

»Uh!« murmelte er verwundert, »da gibt's Gäst'! Und lauter Weiberleut'! Lauter saubere Weiberleut'! Gehen gewiß auf den Kornschnitt hinüber ins Gressental. So, Kränzen, du stehst mir gut da hinten im Winkel.«

Mit den letzten Worten stellte er seinen Käfigkorb – er war leer – hinter den Ofen, rieb sich hierauf die Hände, faltete sie und neigte sein Haupt vor, als ob er beten wolle. Dann setzte er sich an den Ofentisch und verlangte ein »Stamperl Zwetschkengeist«.

Der Wirt brachte ihm das verlangte Gläschen Branntwein und fragte in leutseliger Wirtsart, ob er heute dableibe.

»Heim muß ich!« antwortete der Heinl kurz und stürzte den Inhalt seines Stamperl in die Gurgel.

»Wie weit gehst denn her?« fragte der Wirt.

»Hast keinen stärkeren?« knurrte der Heinl und schob das leere Gläschen hin.

»Dem ist heut' was Besonderes«, dachte der Wirt; aber solche Leute geben das Vorhaben, von ihren Gästen Neuigkeiten und Groschen herauszulocken, nicht sobald auf.

»Weißt heut' nichts Lustiges, Heinl?« fragte er.

»Lustiges leicht wohl nicht heut'«, antwortete der Hühnerhändler. »Ich muß schau'n, daß ich weiterkomm'.«

Es muß ihm heute das viele Weibervolk nicht taugen,

dachte der Wirt, beim Eintritt hat er noch sein lustiges Gesicht gehabt.

»Die da«, sagte er und deutete mit dem ausgebogenen Daumen auf die Wallfahrerinnen, »die wollen heut' noch nach Neuhofen hinüber, da wirst du auch noch nach Breitenau kommen.«

»Nach Neuhofen? So?« sagte der Heinl fast heiser, »haben recht. Nur heim. Ich geh' auch zu meinem Weib. Ich sag' das, so lang' Eheleut' leben, sollen sie keine Stund' verlieren und schön beisammen bleiben. Dauert eh nicht lang' auf der Welt. – Wirst es ja gehört haben, das Unglück bei der Hirschwand!«

»Ein Unglück?« fragte der Wirt. »Ein Unglück?« rief die Wirtin. »Was für ein Unglück?«

Jetzt horchten auch die Wallfahrerinnen auf: Der Hendl-Heinl weiß ein Unglück!

»Das ist ja der Bruder vom Herrn Pfarrer zu Stasen«, flüsterten sie sich zu. »Nu, da kann er schon was wissen.« Alles wandte sich ihm erwartungsvoll zu.

Der Heinl stützte seine Faust auf die Tischkante, lehnte sich rückwärts an das Ofengeländer, legte den kleinen, kurzgeschorenen Kopf in den Nacken, drückte das eine Auge zu, mit dem anderen schaute er längs der scharfen Schneide seiner Nase hinaus, gleichsam um zu beobachten, ob sie noch ihre richtige Linie habe; er guckte aber nur die Weiber an.

»Du magst einen frei erschrecken«, sagte jetzt die Wirtin.

»Habt ihr nichts gehört davon?« fragte der Heinl. »Bei der Hirschwand hat sich einer ins Wasser gestürzt.«

»Jesses Maria!« ging es – hier laut rufend, dort flüsternd – durch die Stube.

Der Heinl nickte nachdenklich mit seinem Haupte. »Dreißig Klaftern hoch«, sagte er wie in sich hinein, »das ist höher als die Kirchtürme von Stasen, wenn man sie tät' übereinanderstellen.« Hierauf beugte er sich vor und ward lebhaft. »Unterwegs muß er an eine Felsrippe angeflogen sein, weil er so schauderlich zugerichtet ist.«

»Wer denn? Wer denn?« fragten sie von den Tischen her.

»Unterhalb der Schlucht, wo die Sandbank ist, hat ihn die

Plein ausgeschwemmt«, fuhr der Erzähler fort. »Voller Schlamm über und über.«

»Wann ist's denn g'west, wann?« wollte der Wirt wissen.

»Heut' vormittag. Mir zittert noch der ganze Leib. Ich bin just zurechtgekommen. Aber zugerichtet, Leut', ich sag's euch, nicht ein Knochen kann ganz geblieben sein, und das Blut! Das Blut!«

»So sag' uns doch, Heinrich, wer? wer?«

»Weiß ich's?« fuhr der Alte unwirsch drein. »Einer aus der Neuhofner Gegend soll es sein. Es war ja schier nichts zu erkennen. Der Kopf schreckbar zerschlagen – mitten auseinander über den Scheitel, daß man einen Finger kunnt hineinlegen. Eine Hand ist auch weggerissen. Mein Himmel, wie es ihn durchgearbeitet haben wird zwischen den Steinen, das wilde Wasser! Alles voller Wunden und Schlamm, o Gott, mir wird schlecht, wenn ich dran denke!« Er verdeckte mit beiden Händen sein Gesicht.

Die Wallfahrerinnen waren von den Bänken aufgestanden: »Einer von der Neuhofner Gegend, sagst?«

»So habe ich gehört. Dem Hut nach – ein dunkler Filzhut ist dahergeschwommen – muß es ein Bauers- oder ein Handwerksmann gewesen sein. Ich bin in Neuhofen nicht viel bekannt. Die Leut' – es sind bald Leut' dagewest –, die haben ihn noch genannt beim Hausnamen. Ich hab's vergessen. Es ist so ein Schreck gewest. Und selber – haben die Leut' gesagt – soll er sich haben ums Leben gebracht. Seines Weibes wegen. Weil sie ein Drach wär' gewest, ein grausam zuwiderer Drach'. Und sein Weib, die soll gar nicht daheim sein –«

»Gar nicht daheim?«

»Soll auf Sankt Stasen hinübergegangen sein, wohl kirchfahrten –«

»Was meinst, Heinl, auf Sankt Stasen?« fragten mehrere der Weiber.

»Soll von allem noch nichts wissen, getraut's ihr auch niemand zu sagen, wenn sie heimkommt. Schon gestern sollen sie ihn halbverzagt umgehen gesehen haben. In die Muttergotteskapelle, die unterhalb Neuhofen an der Straße steht, soll er hineingeschrien haben, ganz wahnsinnig hineingeschrien: ›Sie geht jetzt hinüber auf Stasen und verklagt mich bei der heiligen Athanasia, und ich weiß nimmer, wie ich anders sein kunnt, als ich bin. Ich kann's nicht. Ich hab' wohl auch meine Fehler, aber dieweilen ich sie will ablegen, macht sie sie noch größer. Was ich sagen mag, 's ist ihr nichts recht; was ich tun mag, 's ist ihr nichts recht. Und unredlich ist sie gegen mich. Und schlecht macht sie mich vor den Leuten und peinigen tut sie mich, als wenn ich ihr Feind tät' sein. Und ich, du meine liebe Mutter Gottes, du bist mein Zeuge!‹ – soll er ausgerufen haben – ›wie ich diese Person lieb hab' gehabt. Mit keiner kunnt ich leben als mit ihr, mit keiner! Und jetzt ist sie so unglücklich an meiner Seiten; wenn ich anders wär', als mich Gott erschaffen hat, so kunnt sie glücklich sein. Leben wir noch so weiter, ist's unser beider Verderben für all' Zeit und Ewigkeit. Ich will ein End' machen. Ich will sie frei machen. Bitt' für mich, du heilige Jungfrau Maria, und wenn sie einmal kommen sollt' und bei dir beten, tröste sie. Sie soll glücklich werden! Ich mach' ein End'!‹ – So soll er laut gesprochen haben mit der Mutter Gottes, wie man noch keinen Menschen hat reden gehört, und ihm es hätt' am wenigsten zugetraut. Hat ja keinem Menschen nichts gesagt. Und jetzt möcht' man ihn gern trösten, und jetzt wird sie, wenn sie heimkommt, alles gutmachen wollen. Und jetzt ist's zu spät.«

»O du armer, armer Mensch!« rief die Wirtin aus.

Die Wallfahrerinnen waren still. Keine tat eine Frage mehr. Nur die Kleinschneiderin, die ihren Mann drüben in den Siebengräben auf der Ster (Wochenarbeit) wußte, trat an den Heinl und fragte, ob er noch liege auf dem Sand?

»Soviel ich weiß, haben sie ihn nach Neuhofen in die Totenkammer getragen«, berichtete der Hühnerhändler. »Wird ja draußen verscharrt, hinter der Kirchhofsmauer.«

Wer jetzt die Weiber angesehen hätte, sie waren totenblaß im Gesicht, eine wie die andere. Die Wirtin legte ihren Arm um den Nacken ihres Mannes und weinte.

»Da ist mein Geld«, sagte der Heinl, warf eine Münze auf den Tisch und nahm den Korb auf den Rücken. »Mitgeht wohl eh niemand ins Breitenau hinüber. Muß ich halt allein fort in Gottes Namen. Behüt' Gott allmiteinander!«

Als er schon zur Tür hinaus war, schoß ihm ein rundes Weibchen nach, die Steinleitnerin aus Neuhofen, die faßte ihn draußen an der Hauseck' am Korbrand und flehte: »Du, Heinl, ich kann's nicht lassen. Des großen Unglücks wegen. Hast wohl fein alles gesagt, was du weißt? Ich bitt' dich!«

»Bist du leicht eine von Neuhofen?« fragte der Heinl. »Nachher wirst es ja selber erfahren und genauer, als ich dir's sagen kann.« Damit riß sich der Heinl los und war fort.

Wirst es ja selber erfahren! Das Wort war ihr wie ein Stich ins Herz gegangen. Vor den Augen ward ihr ganz blau, sie hörte nicht mehr das Mühlfloß rauschen, in ihren Ohren war ein seltsames Klingen.

Als die übrigen Wallfahrerinnen aus dem Hause traten – denn plötzlich war jeder ums Heimgehen, ums eilige Heimgehen –, kamen sie just recht, um die Steinleitnerin zu Boden sinken zu sehen. Man labte sie mit kaltem Wasser, dabei war auch mancher anderen schlecht zum Umfallen.

Eine Weile sprachen sie unterwegs – jede scheinbar ruhig – von dem Ereignisse an der Hirschwand. Sie mutmaßten, wer und wer? Eine ist unter ihnen, die es getroffen, aber welche? Auf welche wartet das schreckbare Unglück, wenn sie nach Hause kommt?

»Es ist närrisch«, sagte jetzt die Heidenbacherin, »daß man nur daran denkt, aber der Meine kann's nicht sein. Geschweige das sonstige, aber der Meine steigt nicht auf die Hirschwand, der ist zu schwindlig.«

»Und der Meinige«, sagte eine andere, »trägt Gott Lob und Dank keinen dunkeln Hut, sondern einen grünen.«

»Grün ist auch dunkel«, meinte die erste.

»Ich brauche mich nicht zu fürchten«, sagte die Trentnerschusterin, »für meinen Mann stehe ich nicht auf den Hut an und nicht auf den Schwindel, bei dem trifft gar nichts zu, was der Heinl erzählt hat.«

Die Heidenbacherin tat endlich den Vorschlag, ein lautes Gebet anzustimmen, wie es auf Wallfahrtswegen sich gezieme.

So beteten sie und dabei wurde jedem der Weiber bang und banger, je näher sie der Gegend von Neuhofen kamen. Neben der Straße rauschte die Plein. Die Berge engten sich an beiden Seiten, die Wallfahrerinnen kamen zur Schlucht, die das Wasser vor Urzeiten durch das Gebirge gerissen hat. In dieser Schlucht lag schon die Finsternis des Abends. Steinige Hänge an beiden Seiten, und von einem der höchsten Riffe ging es senkrecht nieder in die Tümpel der Plein. Das war die Hirschwand. Sie war grau wie Blei und nur an den Rissen und Klüften mit wenigem Moos und Gekräute bewachsen. In einer der Klüfte schienen Falken zu horsten, einer dieser Vögel schoß an dem Gewände hin und her und stieß scharfe Pfiffe aus. Zwischen der Hirschwand und der Straße war die gischtende, brausende Plein, die in hohen Wellen über ihr Grundgestein dahinflutete. Mitten aus dem Wasser ragten Felsblöcke, stumpfkantig und mit dem dunkelgrünen Samte des nassen Mooses überzogen. Das Wasser umwallte sie trotzig, sprang manchmal mit Zorn über sie hin. Es hatte sich tief unter die Wand eingegraben, und in den Tümpeln kreiste der Schaum und spritzte empor an das überhängende Gestein, um dann von dem wieder träge niederzutriefen. Es lag in diesem Felsen und in diesem Wasser eine große Wildheit der Natur, und der sich von da oben herabstürzen konnte, dem mußte es ernst gewesen sein mit dem Sterben.

Die Weiber warfen kurze, scheue Blicke hinüber auf den grausigen Hang, aber sie hielten nicht an, eng aneinandergedrückt wie ein Rudel von Schafen, die sich fürchten, so eilten die Weiber, leise ihren Psalter murmelnd, vorüber.

Etliche hundert Schritte weiter unten lichtet sich die Schlucht, das Wasser flacht sich seichter auseinander, und am Ufer straßenseitig ist weißer Sand. Da also hatte es ihn ausgeworfen, den Armen, den Unseligen, den selbst die Elemente, in welchen er Zuflucht gesucht, von sich gestoßen! Im Sande sah man noch etwas wie die Fußspuren der Männer, die ihn hinweggetragen hatten. Die Weiber ließen auch da ihre Blicke nur kurz und scheu hinzucken und eilten wegshin.

Als sie ins breite Tal hinauskamen und die Mauern des Dorfes Neuhofen im Scheine des Abendrotes erglühend vor ihnen dastanden, trennten sie sich allmählich, die eine ging über den Feldweg hin, die andere über den Wiesensteig, die dritte blieb auf der Straße, um später abzuzweigen gegen ihr Haus. Der Abschied voneinander war fast kurz und gedämpft; nur eine oder zwei lachten überlaut, um ebenso laut aufzuseufzen, als sie mit sich allein waren.

Die Trentnerschusterin ging ihrem Häuslein zu, das außerhalb des Dorfes, halb unter Ulmen versteckt, sich an einen Berghang kauert. Je näher sie der Behausung kam, je zögernder wurden ihre Schritte. Es ging ihr nicht aus dem Sinn, was der Hendl-Heinl erzählt hatte; jedes Wort überdachte sie und kam ihr vor: Mein Mann, just so kunnt er geredet haben bei der Kapelle, just so kunnt er's gemacht haben! – Dort stand sie ja, die Kapelle, die rote Ampel schaute der Schusterin entgegen wie ein betrübtes vorwurfsvolles Auge aus finsterer Höhle. Das Weib ging hin, kniete nieder vor dem lebensgroßen Bildnis der Maria und tat ein Gebet. In dieser ernsten Abendstille, bei diesem Gedenken an ihren Mann, fielen ihr allerhand Sachen und Vorgänge ein, die sich in ihrem Eheleben zugetragen. Wie mancher Hader und Streit! Wie manch herzlose Bosheit und Feindseligkeit, wie wenige Stunden des häuslichen Friedens! Und seltsam, sonst war sie stets überzeugt gewesen, daß er an allem die Schuld trage – warum tat er das? Warum unterließ er jenes? Er war schuld! Heute kam es ihr vor, es wäre umgekehrt gewesen. Er war sanftmütig, da hatte sie ihn aufgestachelt, denn sie konnte die sanftmütigen Männer nicht leiden. Er wurde ärgerlich, da hatte sie ihn gespottet, verhöhnt, den Ärger muß man züchtigen. Er geriet endlich in Zorn, da hatte sie ihn gereizt bis zur Wut, und versetzte er ihr einmal etwas Derbes, dann sank sie wie gebrochen hin und weinte kläglich, weil sie wußte, dieses Weinen drehte ihm das Herz um. Und hierauf konnte sie ihn schmähen und quälen nach Belieben: er war ein Haustyrann, ein Wüterich, ein Höllenlaster auf zwei Füßen, ein neundoppelter Lumpenschelm, der nur ein Weib genommen, um sie unglücklich zu machen. Er war entwaffnet und sie triumphierte unter ihren falschen Tränen. – Der Heinl hatte erzählt von dem Weibe des Selbstmörders, das nach Sankt Stasen gegangen. Von Kindern war keine Rede. Schier die meisten Ehemänner in und um Neuhofen haben Kinder, der Trentnerschuster hatte keine und mußte schon auch darum von seinem Weibe manch giftig Wort einstecken. So ist er oft gar verzagt worden. Hat sogar mehrmals gesagt, das beste für ihn, wenn's aus wäre. O Gott, alles stimmt! – Die Angst des Weibes wurde noch größer.

Zur Angst kam plötzlich auch das Grauen wie ein kalter Hauch von Gräbern her. Sie raffte sich auf und schlich ihrem Hause zu. Da war's so still drinnen, zum Herzabdrücken still. Sonst hört man den Schuster doch hämmern aufs Leder, auf die Leisten. Aus dem Fenster fiel kein Lichtschein; und sonst arbeitet er noch um solche Zeit, denn er ist ein fleißiger Mann. – Sie hat nicht den Mut, ins Haus zu treten.

Auch dem Fenster weicht sie aus, es könnte die Magd herausschauen und ihr das schreckbare Wort ins Ohr schreien. Sie will noch etliche Atemzüge tun, ehe sie Gewißheit hat und ganz und gar verdammt ist.

Eine Weile steht sie da unter den Bäumen und horcht und hört sonst nichts, als das Pochen ihres Herzens. Dann wankt sie davon. Sie will ins Dorf hineingehen, aber wo sie in der Dunkelheit einen Menschen sieht, da weicht sie ihm aus. Sie wird's noch früh genug erfahren. Sie geht über die taunassen Felder hin und dem Friedhofe zu, der abseits vom Dorfe liegt. Die weißen Punkte dort, das sind die Kreuze. Liegen viele Bekannte und Verwandte darunter. Gott geb' ihnen die ewige Ruhe! Sie fürchtet sich heut' gar seltsam vor den Toten, sie sträubt sich, aber sie wird hingezogen wie mit tausend unsichtbaren Armen. Die blasse Wand dort, das ist die Totenkammer. In die Totenkammer haben sie ihn getragen. Aus dem Fenster schimmert Licht. Sie redet sich ein, sie fürchte sich nicht, sie will hin, obgleich ihre Füße bei jedem Schritt wie an die Erde gewachsen sind. Aber im Fenster ist alles schwarz, und was sie für ein Licht gehalten, das war das Glänzen eines Johanneswürmchens.

Sie kehrte wieder um, und da war ihr, als husche etwas hinter ihr her, dann schwirrte es über ihren Kopf hin. – Es kann eine Fledermaus gewesen sein, es kann aber auch die arme Seele eines Verlorenen gewesen sein. – Im Kirchturm läutet jetzt eine Glocke. In alten Zeiten haben sie nicht geläutet, wenn sich einer das Leben genommen, dachte die Trentnerschusterin, heute sind sie barmherziger. Und haben wohl recht. Die sich selber das Leben nehmen müssen, das sind Märtyrer. Die müssen ein schweres, schweres Leben gehabt haben, daß sie es nicht mehr haben ertragen können.

Das Weib brach in Weinen aus und hatte heiße Reue und machte ein heiliges Fürnehmen.

Die Glocke schwieg. Die Schusterin raffte sich neuerdings auf.

»In Gottes Namen!« stöhnte sie, »einmal muß es doch sein«, und ging zur Straße hinab und ihrer Behausung zu. – Da sieht sie vor sich eine Gestalt. Die kommt ihr entgegen, scheint aber unschlüssig zu sein. Leicht zu denken, mit der Unglücksbotschaft!

»Na endlich, da ist sie!« rief die Gestalt, »aber so spät! Nach dem Betleuten erst! Grüß dich Gott, Agatha, bist recht müd' worden?«

Mit einem Freudenschrei sprang sie ihm an die Brust. Er war's, ihr Mann, und lebendig.

Nachher hätt's ihr schier ein wenig leid getan, daß sie ihm ihre ganze Liebe so plötzlich gezeigt; Männer sollen nie wissen, wie gern man sie hat! Aber sie kehrte doch wieder zurück zu ihrer redlichen Freude und legte ihre feuchte Wange an die seine und flüsterte: »Du bist mein lieber Mann!«

Der Schuster war völlig starr vor Verwunderung.

»Wär's doch richtig?« murmelte er in die finstere Nacht hinein. »Ich hab' nie was gehalten auf die Sankt Stasener Wallfahrt. Soll sie doch was nutz sein?«

Ähnlich wie der Trentnerschusterin erging es den anderen. Fast keine von denen, die auf der Wallfahrt waren, getraute sich heute auf dem kürzesten Wege nach Hause; sie irrten umher, die eine auf den Feldern, die andere im Schachen oder in den Gärten. Den Dorfleuten, wie sie noch am Abend umhergehen, wichen sie aus und wollten doch wieder Näheres über die Neuigkeit erfahren und hatten nicht den Mut dazu. Die Hochwindbäuerin verbarg sich an einem Reisighaufen, und erst als es kalt wurde, schlich sie zähneklappernd in ihr Haus, in ihre Stube. Das Bett ihres Mannes war leer.

Der Hochwindbauer hatte lang in die Nacht hinein auf sein Ehegespons gewartet, endlich aber gesagt: »Wenn sie nicht kommt, gehe ich auch davon.« Und war hinabgestiegen zum Dorfwirt. Am nächsten Morgen fiel die Hausfrau im ersten Augenblick in den alten Ton: »Unverbesserlicher Saufaus!«

»Sind nur ein paar Tröpferle gewesen«, sagte der Bauer.

»In Gottes Namen, so trink' dein Tröpfel Wein daheim, kannst einen besseren haben als im Wirtshaus. Nur nicht fortgehen! Schau, Mann, ich habe dich ja soviel gern daheim. Wenn ich auch bisweilen brummen tu', 's ist nicht so schlimm gemeint. Mußt halt auch ein wenig Geduld haben mit mir.«

Laut hub er an zu heulen, der Hochwindbauer, vor Rührung über ein solches Wort von seinem Weibe. Alle zehn Finger hob er auf zum Schwur, ihr zuliebe nicht mehr ins Wirtshaus zu gehen.

Freilich erkundigten sich die Frauen alsbald auch nach dem Hergang an der Hirschwand, und wer es denn sei, den die Gnade Gottes so sehr verlassen?

Man wußte von nichts.

Darüber war die eine und die andere so aufgebracht, daß sie den Hendl-Heinl, diesen »verdächtigen Lügenschippel«, zerreißen wollte. Als die Weiber allmählich ins Gleichgewicht kamen, meinten sie doch, es sei besser, daß es nicht wahr wäre. Aber er soll ihnen nur wieder einmal kommen Hendl einkaufen, sie würden ihn lehren, ehrliche Leute anschwatzen, sie würden ihm die Wahrheit schon sagen!

Ein gutes Weilchen später war's, zur Zeit um das Allerheiligenfest, als die beiden Brüder wieder einmal zusammenkamen und bei einem Glas Apfelwein saßen im Pfarrhof. – Wieder war vom Predigtstudieren die Rede und der Pfarrer sagte zum Heinl:

»Zehnmal so gern und zehnmal so leicht studiere ich jetzunder, seit ich Erfahrung hab', daß meine Predigten auch was ausrichten.«

»So?« antwortete der Heinl.

»Hast es wohl auch schon gehört, daß seit meiner letzten Ehestandspredigt am Athanasiafeste die Eheweiber, besonders die in der Neuhofener Gegend, ganz anders worden sind, gar nicht mehr zu erkennen gegen voreh. Ich habe ihnen aber auch etwelches an den Kopf gepfiffen, daß es nur so geblitzt und gedonnert hat in der Kirche. Sie sind alle bekehrt!«

»So«, sagte der Heinl und machte aus seinem Glase einen bedächtigen Schluck. Dann wischte er sich den Mund mit der umgekehrten Hand und sprach: »Alle Ehr' vor deinem Gotteswort, hochwürdiger Herr Bruder. Aber diesmal hat eine andere Ehestandspredigt gewirkt. Sie haben ihre Männer sterben gesehen, auf der Bahre gesehen, sie haben ihre Männer begraben, und da ist das böse Gewissen aufgestanden, und das, mein Herr Pfarrer, das hat ihnen erst die richtige Ehestandspredigt gehalten. – Hast denn nichts gehört davon, daß sich am Athanasiatag einer über die Hirschwand gestürzt hätt'?«

»Ist ja eine Lug gewesen.«

»Freilich ist's eine gewesen. Denn nicht einer, alle haben sich über die Hirschwand gestürzt, alle die Männer der ehrenwerten Frauen von Neuhofen, die auf der Wallfahrt waren. Und wieder von den Toten auferstanden! Kannst du das machen, hochwürdiger Herr? Nicht? Ich kann's. Mag aber gar nicht übermütig sein deswegen. Die Weiber fallen wieder zurück. Da gibt es nichts, keine Lehr' und keine Mär' und kein Fürnehmen – die Weiber fallen wieder zurück. – Ich habe nur zeigen wollen – ich, der kleine Hendl-Heinl dem Herrn Pfarrer –, wie man diese Weibsen packen muß, daß sie einmal zu sich kommen: Ich will dir aber auch sagen, wann eine Predigt angreift. Am Grabe des Mannes halte sie, und du wirst das Weib bekehren.«

Als er so gesprochen hatte, der kleine Alte, schier ernsthaft, da ward er auf einmal gemütlich. Er streichelte den Pfarrer, der gar nachdenklich dasaß, am Arm, guckte ihm ins würdige Gesicht hinein und sagte:

»Bist mir aber nicht böse, Bruder, gelt? – Ich habe ein Kapaunlein daheim, das ist schon hübsch rund und wird noch alle Tage runder. Und wenn es ganz rund ist, kugelrund, alsdann bringe ich dir's. Behüt' dich Gott derweil!«

Die schlimme Liesel

Ein reizendes Pärchen war's! An jenem Tage, als ich es das letztemal gesehen, war es – er wie sie – siebenundneunzig Jahre, zwei Monate und eine Woche alt gewesen. Er ging umher wie ein Mensch, der noch was leistet auf der Welt oder sich wenigstens den Anschein gibt, noch was leisten zu wollen. Sein Lodengewand war all zerflickt, voll Harzkrusten und brauner Fichtennadeln über und über, und am Rücken trug er einen weiten, bauchigen Korb. Ohne diesen Korb war er außer Hause nie zu sehen, weshalb der stets witzige Bach-Steffel immer behauptete, der Franzel sei schon mit diesem Korb auf die Welt gekommen. Nach dem Gesetze der Vererbung ist das allerdings nicht ganz unwahrscheinlich, denn auch Franzels Vater und zeitweilig gewiß auch sein Groß- und Urgroßvater werden mit solchen Körben umgegangen sein.

Der Franzel tat vor lauter Behaglichkeit manchmal einen Seufzer und sagte:

»Ja, wenn ich diesen Korb nicht hätte! Wohinein täte ich die Ameissäcke und die Wurzeln und die Kräuter, die ich im Sommer sammle, und die guten Vorsätze und die schlechten Spitzbübereien und das Garn, das ich im Winter spinne, und die Schuld, die mir mein Weibelein gibt – wohinein, wenn ich diesen Korb nicht hätte! Sterben müssen wir alle.«

Und wie der Korb, so war ihm auch sein treues Ehegespons angeboren, den Korb am Rücken und das Weib zur Rechten, so war er tapfer durchs Leben marschiert. Ja, das war die holdselige Elisabeth, die ein sehr kleines, feinrunzeliges und mumienfarbiges Gesicht hatte und darin zwei runde, graue Äuglein, in denen das nun siebenundneunzigjährige Feuer manchmal noch lichterloh brannte. Er trug einen weißen »Ranzenbart«, der hinter dem sorgfältig rasierten Kinn wie ein spanischer Kragen aus dem Halse hervorzuwachsen schien; sie trug über den Mundwinkeln die zarten Strähnlein eines Schnurrbärtels, eben auch schon längst aus silberweißer Farbe; auch einzelne Gräben und Bühlein ihres Angesichts waren bestanden von solchen Weiden. Ihr Haupthaar war in der Mitte gescheitelt, woran der Scheitel freilich etwas breit auseinanderging, aber noch lange keine Glatze genannt werden konnte. Über solchen Schönheiten trug sie stets einen schwarzen Hut, der ein sehr kleines, rundes Pfännlein hatte, in dem der Kopf kaum Platz fand, und eine unerhört breite Krempe, deren innere Fütterung an die Falten eines Blätterpilzes erinnerte. Zur Zeit, als die Liesel noch jung und schön war, hatte man solche Hüte getragen, und da der ihre sauber geblieben, so trug sie ihn immer noch, auf daß sie in ihm jung und schön verbliebe.

Sie wußte es nicht, was andere wußten, nämlich daß der Hut sich im Laufe des Jahrhunderts weniger verändert als das Gesicht darunter; übrigens war er ein treuer Hort, gab nicht allein Dach der kleinen, buckeligen Gestalt, sondern auch dem Korbe, der hinten an ihr hing. Die Elisabeth trug in dem ihren ungefähr dasselbe wie der Franzel in dem seinen, aber sie haderte stets mit diesem Korbe, mochte er nun schwer oder leer sein; und wenn sie im Zorne war – ach, wie frisch nahm sie sich dabei aus! So schubste sie den Korb heftig hin und her, und da der Korb nichtsdesgleichen tat, als ärgere er sich darüber, so hieß sie ihren Mann einen alten Esel, nannte die übrigen Leute helle Lumpen und rief jedem, dem sie begegnete, ein schneidiges Schimpfwort zu. Solche, die sie nicht kannten, gaben ihr's womöglich noch schneidiger zurück, die sie kannten, sagten darauf nur: »Ja, ja, Liesel, es ist schon recht.«

Unterwegs, wenn die zwei alten Leutchen manchmal in einem Wirtshaus einkehrten – denn dafür stehen sie da –, begab die Liesel sich sofort in die Küche und rechtete mit der

Wirtin, daß ihrem Manne nur ja das Beste und aufs sorgfältigste zubereitet aufgetragen werde. Der Franzel sagte zwar: »Eh, für mich ist's bald gut, ich bin nicht so heikel, ich; ich ess' alles, nur keine Kieselsteine nicht, die kann ich nicht beißen! Meiner Liesel gebt was Gutes, meiner Liesel, ist gescheiter. Sterben müssen wir alle!«

Trotzdem besorgte die Liesel selbst die Zubereitung, und so derb sie mit ihrem Alten umging, wenn sie mit ihm allein war, gegen andere sprach sie über ihn mit der größten Zärtlichkeit, hieß aber alles übrige eine verdächtige Bagasch, unter der es ihr braver Mann zu nichts weiter gebracht hätte, als zum armseligen Wurzner und Ameisgräber, während mancher hautschlechte Kerl sich zum Protzenwirt oder einem Großmann hinaufgekartelt. Solches sagte sie aber nur, wenn der Wirt oder ein anderer »Großmann« anwesend war. Dem Ortsrichter, bei dem sie einmal wegen Friedensbruch verklagt war, gab sie eines Tages zu verstehen, es hätte einmal eine Zeit gegeben, und sie wisse noch von ihr, da habe man ehrliche Leute zu Ortsrichtern gemacht; da heutzutage aber alles Spitzbuben geworden sei, so müsse der größte davon Richter sein, das begreife sie wohl.

Hierauf entgegnete der Richter:

»Liebe Elisabeth, solltet Ihr eine bestimmte Person damit meinen, so müßte ich Euch freilich auf ein paar Tage einsperren lassen!«

»Gemeint hab' ich den, der sich getroffen weiß!« sagte herauf die Liesel mit einer Stimme, die scharf war wie ein Nadelstich, dann humpelte sie davon und versicherte: Dem hätte sie's eingetränkt, der ließe sie sobald nicht wieder rufen!

Müßige Leute hatten folgendes Rätsel verbreitet: »Warum braucht der Wurzner-Franzel keinen Kettenhund?« Und boshafte antworteten: »Weil er die Liesel hat!« Im Orte war ein alter Pfründner, ein noch von den Franzosenkriegen übriggebliebener Soldat. Der hatte die Schlacht bei Leipzig mitgemacht und trug deshalb immer einen drohenden Schnurrbart zur Warnung, falls die Franzosen wieder übermütig werden sollten. Kanonier war er gewesen, und man hieß ihn den Bum-

Peter. Der Bum-Peter fürchtete sich vor nichts, bettelte bei Guten und Bösen, nur ins Häusel der alten Elisabeth wollte er nicht. Einmal war er dort gewesen, ein einzigmal, seither nie wieder. Sie hatte ihn zwar beschenkt, dann aber ein grelles Wetter über ihn losgelassen, wovon die Bezeichnungen: Franzosenschmecker, Bartwisch, mit dem man Schornsteine auskratzen könne, Hundsdarm und Vielfraß ihm längere Zeit im Gedächtnis blieben. Ob er nicht wisse, hatte sie ihn gefragt, was so ein Knochenschragen zu tun habe, wenn er seinen Gotteslohn gesagt? Ob sie ihm das Loch in die freie Weite größer machen müsse oder ihn zerkleinern? Geschmeidig huschte er hinaus und brummte in seinen weißen Bart das schwarze Wort: »Schreiender, speiender Höllenkrater, zu dir nimmer!« Der Soldat aus deutscher Heldenzeit hat kapituliert vor der Liesel.

Dieses achtbare Ehepaar, der Franzel und die Liesel, hielt im oberen Dorfschlag ein Häuschen in Pacht, das Häuschen hatte nur ein Stübel und einen kleinen Vorraum, der Küche genannt wurde. In diesen zwei kleinen Räumen herrschte eine so große Ordnung, eine so musterhafte Nettigkeit und Reinlichkeit, daß die Dorfleute nur so darauf erpicht waren, irgend bei einer Fuge hineinzugucken, denn freien Schrittes kam kein Fremder über die Schwelle. Die Alte hütete ihr Heim wie jener Drache das Paradies. Allerdings war es mit dem letzteren nicht wohl vergleichbar, denn man hörte in ihm nichts als Brummen und Greinen; in der Tat – aber das geschah in züchtiger Verborgenheit – fügten die zwei Leutchen sich gegenseitig lauter Gutes und Treues zu. Ihre Betten waren stets hochgeschichtet und von weißer Wäsche, die Kissen hatten schneeweiße Überzüge mit Spitzen, und zu Festtagen lagen sogar kirschrote Wolldecken darüber. Das Koch- und Eßgeschirr war blank, also daß die kleine Herrlichkeit ringsum sich fortwährend darin spiegelte. Ein silbernes Eßbesteck, mit dem sie ihre manchmal sehr leckere Kost zu sich nahmen, trug die Liesel auf ihren Wanderungen stets zuunterst im Korbe mit sich; gab's wo zu schmausen, so wurde es hervorgeholt, damit man nicht nötig hatte, fremdes Zeug in den Mund zu stecken.

Mußten sie einmal in fremdem Hause übernachten, so bedeckte die Liesel das Bett mit einem eigenen Leintuche, das sie immer bei sich hatte, und auf das Kopfkissen legte sie noch kleine weiße Tüchlein, weil ihr alles, was etwa nur eine unbestimmte Reinlichkeit zeigte, sehr ekelhaft vorkam.

Der Franzel hatte eine große braune Brieftasche, in der er genauestens Buch führen mußte über jeden Krug von Ameiseneiern und Beeren, über jedes Bündel von Kräutern und Wurzeln, so er dem Händler ablieferte, über jeden Strähn Garn, den sie gesponnen, und über jeden Dienst, den sie sonst irgendwo geleistet hatten. Er schrieb nur mit spießigen Zügen die Ziffern auf, das Geld einzubringen übernahm aus verschiedenen Gründen die Liesel.

Es gab auf der Welt keinen gefürchteteren Gläubiger als die Liesel mit dem scharfen Mund; sie schmetterte so elementar gewaltig, und sie betraute den Schuldner so entschieden mit den aberwitzigsten Titeln, bis der letzte Kreuzer herausgeschimpft war. Das Geld wickelte sie dann zierlich in die Ecke des roten Sacktuches, brachte es heim und legte es in sicheren Gewahrsam. Der Franzel durfte es besehen, sooft er wollte, aber nicht berühren, denn an seinen Fingerspitzen war sonst manchmal welches davon kleben geblieben, das er sich dann im Wirtshause abwusch. Nebenbei lobte er sie als den grimmigsten Exekutionssoldaten.

»Du bist halt die Meine, du!« sagte er, seinen alten Arm um ihren Nacken legend. »Du bist halt alleweil meine liebe Dudl. Sterben müssen wir alle! Einen Schmatz, wenn du magst!«

»Alter Lapp, kindischer!« lautete die Zärtlichkeit von ihrer Seite, und war sie besonders zutunlich, so erhielt er auch noch einen Puff in die Seite.

Also lebten sie dahin, diese zwei Leutchen, ein Jahr ums andere, ein Jahrzehnt ums andere. Spärlich war die Freude und sparsam glimmte der Docht.

Vom Schicksal war der Franzel eigentlich bestimmt gewesen, vorzeitig zugrunde zu gehen, aber ein böses Weib ist manchmal dem Schicksal über. Dieses, das Schicksal nämlich, hatte den Franzel, der armer Leute armes Kind war, in dessen jungen Jahren eine unverhoffte Erbschaft machen lassen. Allsogleich hatte der Franzel sich vorgenommen, auf dieser Welt nichts mehr zu tun, als gut zu essen und zu trinken, schöne Kleider zu tragen, seine Weibsbilder anzuschauen, und zwar mit Augen, die in der Nacht besser sehen als am Tage. Das sollte einmal ein Himmelreich werden für den bisher zur Arbeit gehetzten, kümmerlich gehaltenen Burschen, ein Himmel, der voller Geigen hing, und fiedeln wollte er auf diesen Geigen, bis ihm vor lauter Musik die Augen übergingen. Und wenn er sich zu Tode gelebt, dann wollte er, den Hut schief im Gesicht, vor unseren Herrgott hintreten und sagen: »So, fertig sind wir. Aber fein ist es zu wohnen gewesen in dem Leib, den du mir gegeben. Hast etwa noch so einen?«

Anders kam's. Der richtige Lump muß geboren sein. Der Franzel war ein Stümper in der Lumperei, er hatte kein Talent. Er hatte die schlechte Gewohnheit, das Geld zu zählen, welches er ausgab, und auch das, welches im Sack blieb.

»Schlechter Lump!« schimpften ihn die Leute und hatten unrecht, denn er war ein schlechter Lump. Gut essen, gut trinken schmeckte ihm anfangs ganz gewaltig, allein Trinken war ihm nur gut, solange er Durst hatte, ohne Durst war ihm das frischeste Bier, der beste Wein nachgerade widerwärtig. Und das will ein ordentlicher Lump sein? An dem ist Hopfen und Malz verdorben! Die Lust zum Essen schwand ihm schon nach wenigen Tagen; er war genötigt, Bewegung zu machen, zu arbeiten, wenn er ein gutes Mittagsmahl auch richtig genießen wollte. Bei der Arbeit waren ihm die schönen Kleider lästig, man mußte achtgeben, daß sie nicht verdorben wurden, er zog wieder die alten, abgetragenen an, die trugen sich bequemer. Die Arbeit gab auch wieder Schlaf, wenn er aber länger als acht Stunden im Bette liegen sollte, kam die Langeweile. Überhaupt wurde es fad auf der Welt. Kartenspielen? Wozu? Gewann er, so sagte er sich: »Hast ja ohnehin Geld, weshalb die Leute ausziehen?« Und verlor er, so tat's ihm leid um das gute Geld. Ein paar Pferde hatte er sich angeschafft, um zu reiten, weil er gehört hatte, daß Reiten nobel sei; nachdem ihn eines davon hinten abgeworfen hatte, was nicht nobel war, spannte er beide an einen Wagen und setzte sich hinein. –

Das ging prächtig. Allein, weil man doch nicht immer umherkutschieren mag und die Rosse jeden Tag ihren teuren Hafer fraßen, so spannte er sie auch allmählich an Lastwagen, und jetzt brachten sie ihm Geld ein. Dann versuchte er es mit dem Reisen, tat ihm aber leid, die Zeit so zu verzigeunern, anstatt irgendwo behaglich zu sitzen und nach Bequemlichkeit und Geschmack gut zu leben. Nur daß er auf den Geschmack nicht recht kommen konnte; was er in der ersten Woche unterhaltsam fand, wurde ihm in der zweiten langweilig und in der dritten sah er sich aus Langeweile nach einer Arbeit um. Dasselbe Ungemach, in der Liederlichkeit nicht recht vorwärtszukommen, verfolgte ihn auch auf zärtlichen Wegen. Mit den Weibsbildern war's ein sehr großer Spaß, ein Kapitalspaß! Aber allmählich wurde ihm eine Bestimmte lieber als die anderen, und diese Bestimmte sprach:

»Oho, Büberl, wenn du mich willst haben, mußt du dir alle anderen aus dem Sinn schlagen!«

Weil er das aber selbst nicht tun wollte, so schickte sie sich an, es ihm zu tun; da dachte er:

»Sie hat recht. Wissen tu' ich's, und des weitern bin ich ja kein Türk' nicht.«

So hatte er es vor lauter mißlungener Lumperei bis zum Traualtare gebracht.

Als die beiden Leutchen ihre Taufscheine holten, stellte es sich lächerlich genau und klar heraus, daß beide, der Franzel wie die Liesel, am 17. Mai 1777 geboren worden waren. Was sollen sie anfangen mit so vielen Siebenern? Die Erbschaft war zur Zeit bereits glücklich vertan. Als die Gemeinde so arme Leute nicht heiraten lassen wollte, begründeten sie ihr Begehr damit, daß sie beide an einem Tage geboren worden seien und zusammen zehn Siebener hätten, denn sie waren auch gerade siebenunddreißig Jahre alt. Wenn sie zusammen zehn Siebener haben, natürlich, da muß man sie heiraten lassen, sintemalen sie zusammen auch vier starke Hände haben, mit denen sie sich schon durchboxen werden.

War der Franzel schon kein ganzer Lump, so konnte er doch

vielleicht ein halber sein. Die Liesel fürchtete es ein wenig. Allein ein Stoßgebetl kannte er, das vor manchem Bösen schützt, es heißt: »Zweimal zwei ist vier.« Hat er Kreuzer: »Zweimal zwei ist vier.« Hat er Gulden: »Zweimal zwei ist vier.« Kauft oder verkauft er, verdient oder gibt er: »Zweimal zwei ist vier.« Er schaut das Geld an und rechnet und hat auch richtig den Spitznamen »Der Zweimal zwei ist vier« – Franzel erhalten – als ob er nicht fünfe zählen könnte!

Jetzt tun sie manches Jahr so herum. Einmal arbeiten sie im Jahrlohn, dann wieder im Taglohn, einmal im Waldschlag und in der Köhlerei, dann wieder auf der Straße beim Steinbruch; einmal im Eisenwerk, dann wieder als Teichgräber auf sumpfigen Wiesen. Einmal haben sie Geld, das andere Mal haben sie keines. Wenn sie eines haben, da möchte der Franzel manchmal probieren, ob das Liederlichsein nicht jetzt vielleicht besser ginge als in den jungen Jahren, wo der Mensch ungeschickt ist. Aber: »Zweimal zwei ist vier!« Ihm tut das Geld leid. Und wäre im schlimmsten Fall auch zweimal zwei nicht vier gewesen, so wäre doch die Liesel gewesen! Die Liesel war verläßlicher und unwiderleglicher als alle neun Ziffern zusammen, und die zehnte war der Franzel. Sie hatte alle Gewalt an sich gerissen; ihr Wille war wie eine Eisenbahn, darauf mußte sich der Franzel fortbewegen wie ein Dampfwagen, er pustete und schnaubte und ging doch. Sie heizte ihm tüchtig ein. Sie suchte Arbeit, Erwerb, er mußte fleißig sein, dann ließ sie ihm aber auch nichts abgehen.

Als sie dem fünfzigsten Lebensjahre nahe kamen, zeigten sich an dem Franzel neuerdings beunruhigende Erscheinungen. Er hub an, sich sorgfältiger zu kleiden, sein Haar zu pflegen, den Schnurrbart stehen zu lassen und ihn sogar in Hörnlein aufzuspitzen. Er ging häufiger, als es sonst seine Gewohnheit war, unter Leute und guckte, wie die Liesel mit Schrecken gewahr ward, allerhand Weibsbildern nach. Sie sagte nichts, sie schwieg. Wenn ein Feuer auslöschen soll, so darf man nicht hineinblasen, man muß nur ordentlich Asche und Erde darauf schütten.

»Nau wart', mein lustiges Männlein!« dachte sich die gescheite Liesel, »zu dieser Hacke wollen wir auch noch den rechten Stiel finden!«

Zur selben Zeit war im Orte der Totengräber gestorben. Lief die Liesel nicht vom Pfarrer zum Ortsrichter, vom Ortsrichter zum Physikus und von diesem wieder zum Pfarrer? Plötzlich war der Franzel Totengräber.

»Jetzt, altes Bürschel, magst lümpeln, wenn's dich freut!«

»Das macht nichts«, meinte er, aber freilich mehr für sich als für sie, »ich grabe nur die Toten ein, die Lebendigen bleiben noch immer bei mir heraußen!«

Mit so verstockten Leuten! Es ist ein rechtes Kreuz!

An zwanzig Jahre lang war er nun Totengräber, der Franzel, und die Liesel Totengräbersfrau.

»Es ist halt ein trauriges Geschäft«, sagte er oft, »zweimal zwei ist vier. Ich bekomme für den Mann nur einen Gulden, und wenn's der größte ist, das Kind zahlt gar nur die Hälfte, als ob das Grab ein Ringelspiel wäre!«

Er machte sich aber just nicht viel draus. Die erste Zeit hatte es ihm manchmal kalt über den Rücken gerieselt, als ob ihm jemand am Nacken ungekochte Erbsen hinabgesteckt hätte, stach die Schaufel so auf ein Gerippe, an dem noch Lappen und Haare hingen! Bald war es ihm eine Arbeit wie jede andere – zu einem Gulden das Loch. Und den Gulden nahm die Liesel. Es war ihm auch recht, im Essen und Trinken bekam er ihn ja wieder zurück.

Bei dieser grüblerischen Arbeit das Unangenehmste war ihm das Weinen und Klagen der Hinterbliebenen, wenn er einen hinabrollen ließ. Nichts war ihm zuwiderer auf der Welt als Weinen. Wie oft nahm er ein Trauerndes an der Hand, führte es beiseite an die Kirchhofsmauer und sprach:

»Was hilft's? Nichts hilft's! Er hat's überstanden. Sei getröstet. Sterben müssen wir alle!«

Und das Wort hat er im Lauf der Zeiten so unzähligemal gesagt, daß es ihm ordentlich auf die Zunge wuchs und zu seinem Sprichworte ward, das nachher allemal, sooft er den Mund auftat, gedankenlos hervorsprang.

Als der Franzel an die siebzig Jahre alt war, begann er die

Mühsal des Todes zu spüren, zum Glücke nur fremden Todes. Die Gräber wollten sich nicht mehr so leicht auftun; die Arbeit begann ihm sauer zu werden. Und da war es um diese Zeit, daß der Franzel sich in ein Abenteuer stürzte.

Das trug sich so zu. Einem alten armen Mann, einem voreinstigen Jugendkameraden des Franzel, war das Weib gestorben. An ihrem Grabe traten sich die beiden Alten näher. »Tröste dich, Moser-Mich«, sprach ihm der Franzel zu, »sie ist gut aufgehoben, und sterben müssen wir alle!«

»Ich mag aber nicht sterben!« rief der Moser-Mich.

»Was hast du denn auf der Welt?« fragte Franzel.

»Was hast denn du auf der Welt?« fragte der andere zurück.

»Ich hab' ein Geschäft, du gehst mit dem Bettelsack um!«

»Mit dem Bettelsack!« murrte der Mich. »Glaubst jetzt wieder einmal was gesagt zu haben. Und ist doch erlogen, nichts hast gesagt! Mit dem Bettelsack! Man merkt es wohl, daß du bei deiner Alten in die Schul' gehst. So was Ungereimtes daherreden. Bettelsack! Wer redet denn vom Betteln? Zeitweilig sammeln geh' ich um zu den Häusern!«

»Sammeln!« sagte der Franzel nach. »Mit dem Sack umgehen und mildtätige Gaben sammeln, daß du nicht verhungerst über den Winter, ist das nicht ein bissel gebettelt?«

»Mein lieber Freund«, sprach der Mich, »das ist freilich noch lange nicht gebettelt. Wenn ich zeitweilig ausgehe, daß ich Lebensmittel zusammentrag' in mein Stübel, wo ich sie nachher im Winter für die Wirtschaft aufbrauche – so ist das gesammelt, wie ein anderer auf dem Feld die Garben sammelt und auf den Bäumen die Äpfel. Wenn ich aber gar kein Stübel hab', wenn ich umgeh', im Sommer und im Winter und die erbetenen Gaben gleich von der Hand in den Mund stecke – das heißt betteln, mein Lieber! Sammeln tut jeder fleißige Mensch, betteln tut nur der Bettler, Bettelmann bin ich noch keiner, Gott sei Dank!« – Sagte der Franzel für sich: »Da lern' ich auch was Neues. Sterben müssen wir alle!«

»Was der Mensch sammelt«, fuhr der Mich fort, »das geben ihm die Leut' aus Nachbarlichkeit und gutem Willen, wie eine Brandsteuer, wenn einer arm ist. Wenn der Mensch sammelt, so kriegt er ein Tröpfel Schmalz, ein Stückel Speck, ein Schwartel Fleisch, ein Maßel Mehl oder so. Wenn der Mensch aber bettelt, so geben sie ein Stück Brot oder einen rostigen Kreuzer, und das müssen sie, ist Christenpflicht, dem Bettler und Hungerleider Almosen zu geben. Ich bin kein Hungerleider! Das sollt' mir einer sagen, daß ich ein Hungerleider wäre! Ich kann leben von meinem Gütel, wenn's drauf ankommt, das ist gewiß! Aber alle Jahr' ein paar Wochen geh' ich sammeln, weil's halt so viel lustig ist.«

Mit Leidenschaft sprach das der alte Moser-Mich, mit schier überzeugender Leidenschaft. Dabei streckte er seinen kleinen geschorenen Graukopf gegen den Franzel vor.

»Du glaubst es nicht?« fuhr er fort. »So probier's. Geh einmal mit. Wirst sehen, wie unterhaltsam es ist, wirst es schon sehen!«

»Mitgehen!« sagte der Franzel. »Ist mir gleich recht. Das Graben ist mir eh schon halb zu schwer, und meine Alte ist auch woltern bissig. Es gilt, ich geh' mit. Sterben müssen wir alle!«

Ein paar Tage später war kein Totengräber zu finden. Die Liesel hub alsbald an zu schelten. Ein Tunichtgut war er doch sein Lebtag gewesen, wenn man's recht betrachtet. Die Wirtshäuser waren bald abgesucht – allerhand Lumpen, aber kein Franzel! Heimlich hielt sie Umschau, ob in der Gegend kein Weibsbild fehle. Außer solchen, die er begraben, fehlte keines.

»Eine Spitzbüberei steckt dahinter!« schrie das Weib. »O wart', Franzel, zernichtetes Krüsperl, spottschlechtes, wenn ich dich erwisch! Du laufst mir nimmer davon, das weiß ich, dich krieg' ich weich wie ein Regenschneckerl! Wart' nur, ich will dich bald haben!«

Sie setzte ihren breiten Hut auf, nahm einen großen Hagedornstock in die Hand und ging auf die Suche nach ihrem Mann. Sie ging stattlich fürbaß.

Die beiden Alten waren mittlerweile arglos in den Bergen umhergestiegen von einem Hause zum anderen, daß sie fleißig »sammelten«. Nicht wie Bettler traten sie ein, die, demütig an der Tür stehend, ihr Sprüchel hersagen und dann, den Pfennig in der Hand, armselig davonhumpeln. Unsere beiden brachten beim Eintritte den christlichen Gruß, dann sagten sie, daß der Berg steil sei und daß sie ein wenig abrasten wollten. Dann über das Wetter, die lieben Kindlein, die da umherkrauchen, und was man vom Krieg höre, und ließen sich über mancherlei des Langen und Breiten ein mit dem Bauern oder der Bäuerin. Endlich rüsten sie sich zum Weitergehen, aber gerade noch im letzten Augenblick, so ganz nebenbei, weil's ihnen zufällig beikommt, rücken sie heraus: »Im Winter geht's halt knapp, im Winter. Im Sommer ist's leicht, da kann man der Sach' nachjagen, im Sommer. Ein Stückel Fleisch oder so was kriegt man doch in jedem Haus. Gelt, Bäuerin, ich darf dich auch drum anhalten?«

»Oh, ihr Närrlein, um ein Bröckel Fleisch ist mir der Himmel noch nicht feil. Gesegne euch's Gott!« So die brave Bäuerin.

Wenn sie nachher mit der Gabe draußen waren, sagte der Franzel zu seinem Genossen:

»Wahrlich, du hast recht, nicht bald gibt es so etwas Lustiges als wie das Sammeln. Sterben müssen wir alle! Wenn man angehalten hat und nachher so wartet und wartet, was da kommen wird: ein Speck, ein Schmalz, ein Mehl? Wenig? Viel? Es ist über das Hasenjagen!«

Bedank mich, dachte der Mich, du bist mir ein Schaden. Soll ich jetzt alles mit dir teilen? Totengräber, du bist mir ein Hagelschlag. Wart', morgen früh bleibst im Heu liegen; ich laß dich gern schlafen und geh' allein meiner Wege.

Der treulose Entschluß stand heimlich fest, allein bevor er zur Ausführung kommen konnte, stand das Verhängnis da mit dem breiten Hut und dem Hagedornknüppel. Sie waren just aus einem Hause getreten mit einem Almosen.

»Ja«, sagte sie milde, aber in ihren Äuglein loderte die heimlichste Wut, »ja, ihr Leuteln, was macht ihr denn da?«

»Wir?« entgegnete der Franzel mit einer jämmerlich erheuchelten Gleichgültigkeit. »Ein klein bissel betteln tun wir allzwei, gelt, Mich? Aus Unterhaltlichkeit, ja. Ist eh nichts Schlechtes, gelt, Mich? Jeder teilt, was sein freier Willen ist. Sei gut, Liesel, ein tolles Trumm Speck hab' ich im Sackel; schau, sterben müssen wir alle!«

»Tropf! Alter Zigeuner!« fuhr sie drein und riß ihm das Bündel vom Rücken. »Betteln! Als ob du daheim nichts zu essen hättest! Jesses und Josef, ein solcher Halbnarr ist mir noch nicht vorgekommen!«

Dann gegen den Mich: »Dir ist er nachgelaufen, altes Kameltier, verdächtiges! Schau, daß du weiterkommst, wenn du deine paar schäbigen Haarfetzen sicher haben willst. Gehst! Gehst nit?!« Da ging der Mich. Hernach zum anderen: »Und wir zwei werden es daheim richtig machen, mein liebes Franzerl. Marsch, voran!« Alsdann hat ein ehelich Gespons das andere vor sich hergetrieben.

Was sich hierauf zu Hause zugetragen, das ist nie recht offenbar worden; der Franzel soll nur geseufzt haben, sammeln ginge er nicht mehr.

Jetzt machte der Pfarrer Geschichten. Er tat folgenden Ausspruch: »Der Totengräber-Franzel kommt mir vor wie der Mann im Evangelium, nur umgekehrt. Jener sagte: ›Graben kann ich nicht, und zu betteln schäme ich mich.‹ Beim Franzel heißt es: ›Graben kann ich und zu betteln schäme ich mich nicht.‹ Wir brauchen aber kein umgekehrtes Evangelium und der Franzel soll machen, was er will. Auf den Kirchhof gebe ich von heute an den Meßner-Anderl!«

»Macht nichts«, sagte der Franzel, »der Anderl ist eh recht.«

»Aber du!« schrie die Liesel.

»Ich? Ah so, ich, meinst. Weißt, ich bin ohnehin schon alt.«

»So«, sprach die Liesel, »du bist schon alt! Zum Herumzigeunern und Ludertreiben bist noch jung genug, aber zum Arbeiten bist zu alt, Faulpelz! Man schmeckt deine Faulheit eh schon von weitem. Kannst dich einpfeffern lassen und auf die Beiz hängen! Grausen kunnt einem! Nichts mehr arbeiten! Das wär' mir! Wovon sollen wir denn leben?«

»Leben?« fragte der Franzel. »Wenn man alt ist, stirbt man ja. Sterben müssen wir alle!«

»Still sei!« schrie das Weib. »Du bist der höllische Leichtsinn, hörst! Du bist der Nichtsnutz, der Tunichtgut! Du warst dein

Lebtag ein Taugenichts und bist einer und bleibst einer in alle Ewigkeit!«

»Amen!« sagte der Alte. Das hatte er zu bereuen. Tagelang ging er nach diesem traulichen Gespräche mit einer eingebundenen Wange umher. Er hatte den Backen um ein einziges Wort zu voll genommen, nun war er voll geblieben.

Was tat die Liesel! Sie ging hin und pachtete in den Wäldern und Geschlägen die Ameisenhaufen, die Wildbeeren, die Pilze, die heilsamen Wurzeln und Kräuter.

»Da heißt's jetzt sammeln, mein lieber Bursch!« sagte sie hierauf zum Alten. Hei, wie es jetzt wieder Arbeit gab! Und der Franzel meinte:

»Macht nichts. Ein paar Jahrln wird's wohl noch gehen. Man muß alles probieren auf der Welt. Aber ein Körbel mußt du mir herfürsuchen, Alte, und einen Krampen. Sterben müssen wir alle!«

Dagegen war nichts einzuwenden. Sie stattete ihn aus, sie leitete ihn an, sie tat selber mit. Sie suchte Kunden, sie führte das Geschäft und sie schalt und fluchte den ganzen Tag. Nebenbei hielt sie ihm das Haus zusammen, sah drauf, daß er nahrhaft aß und sanft schlief, zankte schreckbar, wenn er mit staubigen Schuhen in die Stube trat, anstatt früher in die Strohpatschen geschlüpft zu sein, die sie ihm geflochten hatte.

Die Leute, die allemal übertreiben und allemal das Richtige streifen, sagten von der Liesel:

»Im Reden ist sie ein Teufel und im Schaffen ein Engel!«

Also war nun folgendes: Im Sommer Waldfrüchte sammeln, im Winter Wolle krauen und Garn spinnen und ein Leben führen wie die Tauben, wenn sie aufeinander picken mit den scharfen Schnäbeln.

Die Bauern gaben den Leutchen recht gerne Arbeit, weil die Liesel alles aufs beste, genaueste und zierlichste besorgte.

Seufzte der Franzel einmal halblaut:

»Jetzt in meinem achtzigsten Jahr soll ich noch Garn spinnen lernen!«

»Warum denn nicht?« rief sie. »Alte Leute werden kindisch und Kinder müssen lernen!«

Der Franzel guckte sie von der Seite an, ob sie bei ihrem Ausspruch nicht etwa doch ein wenig schmunzle. Nein, sie machte ein Gesicht wie die leidige Hölle. Grausamer Ernst war's, und er lernte Garn spinnen. Damit seine steifen Finger dazu auftauen sollten, heizte sie fleißig in den Ofen; damit sein Fuß flink den Hebel treten konnte, setzte sie ihm manchmal ein weißes Porzellankrüglein vor, an dem unter dem Schnabel ein rotes Röslein gemalt war. Daraus nahm er einen Schluck um den anderen – da war das Spinnen lustig. Ein paarmal geriet der Schluck zu länglich, da riß der Faden, und der Franzel bekam hierauf mehrere Tage das Krüglein mit der Rose unter dem Schnabel nicht zu sehen.

Andere Krüge gab es mehrere im Hause; der Franzel guckte in jeden hinein und sagte einmal wehmutsvoll: »Wasser und nichts als Wasser! Das ist nicht gesund, macht Brunnenkresse im Magen. Sterben – «

Er unterbrach sich – die Liesel hatte ein Auge auf ihn geworfen, aber nicht so, wie es die Verliebten tun. Im ganzen wurde in späten Jahren die Elisabeth milder, so als ob man zu Weinessig Wasser gegossen hätte.

An dem Tage, als sie volle siebenundneunzig Jahre alt waren, saßen sie vor ihrer Hütte auf der Bank in der warmen Sonne. Das eine Ungemach hatten sie ganz hinter sich, es war ihnen nirgends mehr zu warm. Der Franzel hatte seine große Hornbrille auf der Nase und schaute ins Tal hinaus, wo auf den Feldern die Leute ackerten und ein Sämann Korn in die Erde streute. Lange waren sie schweigend nebeneinander dagesessen.

Jetzt – fast schüchtern tat er's – hob er seinen Arm, legte ihn sanft auf die Schultern seiner Genossin und sagte ganz leise: »Bist du gesund, Liesel?«

»Warum soll ich nicht gesund sein?« begehrte sie auf.

»Das ist merkwürdig«, sagte er.

»Ich bin mein Lebtag nicht krank gewesen«, rief sie scharf; »ein ordentlicher Mensch hat nicht Zeit zum Kranksein!«

»Ich bin auch alleweil gesund gewesen, Gott Lob und Dank!« sagte der Franzel in Demut.

»Ja, wenn man die Faulheit abrechnet!« gab sie drauf.

»Hi, hi, hast wohl eh recht!« sagte er, dann schwiegen sie wieder. Es war ganz still.

Seine Hand lag immer noch auf ihrer Schulter.

»Ja, ja«, sagte hernach der Franzel nachdenklich, »siebenundneunzig!«

Sie schwieg. Er fuhr fort:

»Was meinst, Alte, wenn wir hundert Jahre alt geworden sind, was werden wir machen, allzwei?«

Sie sagte nichts. So war auch er wieder still. Und wie diese tiefe, ernste Ruhe war, und wie beide so eng nebeneinander saßen und jedes für sich hinträumte, da kam sachte, sachte in ihre Herzen eine große Traurigkeit. Sie hatten niemand in ihrem hohen Alter, sie standen ganz allein . . .

Ein Jährchen ging hierauf hin und noch eins. Da kam einmal einTag, an dem unterwegs im Wald der Franzel sich langsam aufs Moos niederließ, um ein wenig zu rasten. Sie blieb neben ihm stehen und wartete, bis sie ihm wieder auf die Füße helfen sollte, denn allein brachte er sich schon allemal schwer in die Höhe. Er aber hielt über seinen Schoß die mageren Hände gefaltet und sagte, sie solle sich doch auch niedersetzen, ihm tauge das Rasten heute gar so gut.

Sie blickte jetzt einmal in sein Antlitz und erschrak. Er lehnte sich an seinen Korb, schloß halb die Augen, und nachdem er so ein Weilchen wie geschlummert hatte, murmelte er:

»Bist da, Alte? Geh', geh', Liesel, tu' ein bissel zanken. Es ist so feierlich wie in der Kirchen. Schön ist's, schön ist's. Aber – die Luft tut ein bissel drucken. Ah – gut – gut ist's. Liesel! Sterben müssen . . .«

»Um Gottes willen, was treibst denn?!« Sie rief es schmetternd aus.

»Sterben . . .«

Dieses Wort und dann nichts mehr. Sie hat ihn betreuen wollen, mit feuchtem Gras ihn laben, mit einer Essenz seine blassen Lippen benetzen; sie hat sein Haupt in ihren Arm gelegt, hat seinen Namen gerufen mit einer Stimme weich und süß, in der alle unendliche Liebe lag, die sie seit ungezählten

Jahren mit harten Worten in sich zurückgescheucht hatte. Es war zu spät. Nach einer Weile, als die Liesel von ihrer Betäubung sich erholt hatte, stand sie behendig auf und sagte:

»Fertig ist er. Jetzt werden wir einpacken!«

Dann ging sie, das Begräbnis zu bestellen. Ein gutherziger Nachbar wollte es für sie besorgen.

»Bedank' mich«, antwortete sie scharf, »ich brauch' keine Gnad'! Von niemand keine! Soll jeder auf sich selber schauen!«

Alsdann ging sie zum Mesner, daß geläutet werde, ging zum Physikus, daß er die Totenbeschau halte, ging zum Tischler, daß er den Sarg zimmere, ging zum Totengräber, daß er das Grab richte, ging zu den Bauern um, daß vier Männer den Franzel auf den Kirchhof tragen möchten, und sie ging zum Pfarrer, daß er die Einsegnung halte und die Totenmesse lese.

Nach zwei Tagen war alles aufs beste besorgt. Es geschah, wie es geschieht. Als sie den Sarg hinabsenkten, stand das kleine, schlanke alte Weiblein stramm vor dem Grabe, den uralten Hut mit der breiten Krempe tief ins Gesicht hineingebogen. Sie regte sich nicht. Während der Einsegnung und während des lauten Gebetes, das die wenigen Anwesenden verrichteten, stand sie da wie eine Bildsäule.

Als die Leute sich verzogen hatten, stand sie immer noch so. Plötzlich wendete sie sich und ging den Totengräber an: Was das solle? Ob er nicht wisse, was seines Amtes sei? Oder ob sie selber das Grab zuschaufeln müsse?

Er ging an die Arbeit. Sie schaute zu, wie der Sarg durch die hinabrollende Erde verdeckt ward, zuerst zu Füßen und dann zu Häupten, wie die Grube sich allmählich füllte, wie nichts mehr war als der erdige Hügel.

»So, Franzel«, sagte sie dann laut, »mit dir wär' ich fertig. Jetzt geh' ich auch!«

Stand kaum an sieben Wochen lang, da haben sie auch die Liesel, die »schlimme Liesel«, auf den Kirchhof getragen. War aber schon zu spät und nie soll ein getreues Eheweib den Mann so lang' allein liegen lassen. Mit den Gräbern armer Leute geht es strenge nach der Reihe, zwischen unser altes

Ehepaar hatte sich bereits ein Soldat gedrängt, und so stehen diese zwei Leutchen – wie der witzige Bach-Steffel sagt – noch im Grab auf dem Kriegsfuß.

Natürlich verhielt sich das wesentlich anders. Der Soldat war niemand anderer als der alte Pfründner aus den deutschen Befreiungskriegen, der Bum-Peter. Wie zu hoffen steht, belfert die Liesel da unten ihn nicht mehr hinaus. So halten sie gute Kameradschaft alle drei, denn Mutter Erde ist die beste Friedensstifterin, und die Liesel ist sehr sanft geworden.

Das Bußjoch

Wir waren gerade vom Standesamt gekommen. Mein Freund, der Volksschullehrer Hausmaning, hatte sich verlobt und die eine Ecke des Heiratskontraktes guckte munter aus der Brusttasche hervor. Fabelhaftes Glück! Die Braut war eine stattliche, reiche Bauerntochter und das tat insonderheit einem armen Schulmeister wohl, der schon in Gefahr gewesen, sein Leben an eine arme Putzmacherin zu vertun. Das arme Dirndel war zwar nicht übel gewesen, aber ihr fehlte die Tugend, die heutzutage allein selig macht, das Geld. Die Riedelgartner-Tochter war sehr – tugendhaft. Doch als wir – ich war als Zeuge mit dabei – jetzt im Wirtshause bei einem kleinen Festmahl saßen, gab es schon Verdruß. Die Braut schob ihren Teller von sich und weinte. Die Mutter der Braut tranchierte heftig an dem Schweinsbraten herum, und plötzlich rief sie grell aus: »Ich bedank' mich! Wenn's so bettelhaft hergeht, mag ich gar nicht dabei sein!« Der Riedelgartner als Brautvater trank auf einem großen Zuge den Maßkrug leer, setzte ihn auf den Tisch hin und sprach unter heiserem Lachen: »Mir kann's recht sein. Bleibt das Geld im Sack.«

Der Bräutigam hatte nämlich den Wunsch ausgesprochen, keine große Hochzeit, wie sie in der Bauernschaft Brauch und Sitte ist, zu halten, sondern im Kreise der nächsten Verwandten ein kleineres, aber feines Mahl ohne viel Zeremonien zu begehen. Ich weiß es nicht sicher, ob mein Freund aus Bescheidenheit auf ein großes Hochzeitsfest verzichtete, es kann auch sein, daß er vor seinen städtischen Verwandten nicht gerne mit der ausgedehnten und sehr mannigfaltigen bäuerlichen Sippe prunken mochte.

Als nach den obigen Ausrufen ein unheimliches Schweigen eingetreten war, wobei nur die Messer und Gabeln klapperten, hätte mein junger Schullehrer sehr bequem Zeit gehabt, seinen ausgesprochenen Wunsch zu widerrufen; er tat's aber nicht, sondern zog es vor, sich durch Speise und Trank für künftige Ereignisse zu stärken.

Auch die dicke Riedelgartnerin, die Brautmutter, hatte sich beruhigt, begann aber von ihrer eigenen Hochzeit zu erzählen, wie das noch eine andere Zeit war, vor sechsunddreißig Jahren. »Nicht weniger als hundertundfünfzig Hochzeitsgäste, sechs Musikanten, zwölf Pfund Pulver! Fünf Paar Kranzeldirnen und Junggesellen. Drei Mahlzeiten zu sieben Gängen! Bettelhaft war's nicht zugegangen dazumal! Wo die armen Dinger (sie meinte die Brautleute) eh nur einen einzigen Ehrentag haben ihr Lebtag!«

Die Braut verdeckte ihr Gesicht mit beiden Händen und brüllte laut auf vor Schmerz, darüber, daß ihr der schönste Lebenstag sollte verdorben werden. Wo sie den feinen Herrn Lehrer als ihren Mann hätte aufführen können den neidischen Jugendgesellinnen, unter Pfeifen und Geigen! Wo unter Pulverknall die Hochzeitsreden wären gehalten worden an die ehrsame, engelsschöne Jungfer Braut! Wozu ein Mädel nur heiratet, wenn all die guten alten Bräuche und Ehren und Hochzeitsgaben abkommen? Am besten, wahrhaftig, wenn man schon gestorben wäre! Meiner Seel', das Begrabenwerden macht schon bald mehr Aufsehen und Lustbarkeit als das Heiraten ...

Der Bräutigam suchte zu beruhigen, und obwohl ich ihm ein- ums andermal unter dem Tisch auf die Zehen trat, doch nicht gleich das erstemal nachzugeben, begann er sachte einzulenken. Hielt er es nicht für die Aufgabe eines heiratenden jungen Mannes, sein Weib glücklich zu machen? Und wenn die Seine schon einmal so ist, daß sie weniger des Bräutigams als einer schönen Hochzeit wegen heiratet, nun, so darf man ihrem Glücke nicht im Wege sein, besonders, wenn sie so tugendhaft ist, wie die Luzia mit ihrem Heiratsgut von sechstausend Gulden! Der Schullehrer wollte also schon – horch auf!

Aus dem Hofe herauf, zum Fenster herein kam ein weicher Klang. Da unten stand eine merkwürdige Gestalt und blies auf der Flöte eine gar wehmütige Melodie.

»Das ist der alte Joch-Jackel!« rief ich aus.

»Geh, plausch nit!« sagte die Brautmutter, »der Joch-Jackel wird's sein! Der schon seit Jahr und Tag im Grab liegt!«

»So schauet doch hinab! Er ist es. Mit seiner Kutte, mit seinem Halsjoch – der Joch-Jackel, kein anderer!«

Ein Mensch, der aus dem Grabe aufsteht, um dem verlobten Paare ein Ständchen zu bringen! – Da hob sich denn auch der Bräutigam von seinem Sitze. Der war noch nicht lange im Orte und wußte nichts von dem Joch-Jackel.

»Das ist ein Besonderer«, belehrte ich ihn kurz. »Das Betteln ist ihm zu lumpig, da geht er als lustiger Spielmann um, pfeift vor den Haustüren seinen Hunger aus, und wer sich mit ihm einläßt, dem weiß er allerhand Mären und Schalkereien zu sagen; das trägt etwas für den Durst, denn Spielleute, du weißt es ja . . . Bei Hochzeiten stellt er sich besonders gern ein, und je reicher und angesehener das Brautpaar ist, je trauriger ist sein Blasen. Bei armen Leuten weiß er lustige Stücklein. – Vor Zeiten ist der Jackel selbst ein reicher Bauer gewesen. Jedoch unglücklich verheiratet. Den Sack voll Sechser, aber die Wangen voll Kratzer, anders hat man ihn nicht herumgehen sehen. Und am großen Hofe kein Mitrecht als die Sorgen. Im Steuerbüchel der erste, im Hause der letzte. Zeitweise soll er im Hundskobel genächtigt haben, weil seine Eheliebste vor ihm das Haustor verriegelt hatte. Sie war älter als er, und darauf hatte er die Rechnung gestellt, als er sein Jungdirndel verließ und den großen Bauernhof heiratete. Nach vielen Jahren endlich konnte er sie auf den Kirchhof tragen lassen, aber nun war auch er alt, unbegehrt und zu nichts mehr nutz, als den verkommenen Hof an die Gläubiger abzutreten und sich auf lustige Spielmannschaft zu verlegen. Auf der traurigen Flöte blies er manchmal die übermütigsten Walzer. Das kann kein anderer, das kann nur der Jackel. Er lebte auf; sein Lebtag, sagte er gern, sei es ihm nicht so gut ergangen denn jetzt als Musikant vor den Türen der schönen Bäuerinnen. In einem talarartigen Rock ging er umher; das tat er, um in Demut den inneren Menschen zu verbergen. Der Zustand seines Beinkleides und Hemdes war ihm allein bekannt. Am Halse trug er ein Holzjoch. Das war ein Gelöbnis. Als dazumal sein Weib auf dem Tode krank lag, hatte er das Gelübde getan, wenn's einen guten Ausgang nähme, sein Lebtag lang zu Buß und Dank ein Holzjoch zu tragen um den Hals. So ward er der Joch-Jackel genannt. Er bettelte und flötete manchmal auch hinüber in die Nachbartäler. Bisweilen vergingen Wochen und Monate, ohne daß der wunderliche Alte gesehen wurde, es war auch blutwenig Nachfrage nach ihm – und endlich hieß es, er sei gestorben.

Mein Schulfreund nahm an dieser flüchtigen Erzählung wärmeren Anteil, als es sich für einen Bräutigam schickt, für den es im Himmel und auf Erden nichts gibt und geben darf, als die eine, die Schönste, die Liebste, die Beste, die Braut. Er winkte gleich am Fenster, der Alte möge heraufkommen. Als der Spielmann zur Tür hereinhuschte, drehte sich das Joch, mit dem er an den Türpfosten stieß, wie eine Spule. Das Ding war aus vier armlangen Holzbalken zusammengenagelt, so daß es einen spießigen Kranz bildete um den runzligen Hals. Lautlos hastete er gegen den Tisch her; seine Füße, soweit man sie unter der verschwiegenen Kutte sah, waren in Lappen aus Pferdekotzen gewickelt. »Gelt!« rief er mit seinem dünnen Stimmlein dem Bräutigam zu. »Gelt, eine solche Halskrause hast du noch nicht oft gesehen? Ist aber lange nicht das härteste Joch. Die aus Fleisch und Blut, sollt' man meinen, wären leichter und weicher. Wer's glaubt! Ich nit.«

»Ich will dir für den Winter ein Paar Schuhe geben, Jackel«, sagte der Brautvater.

»Vergelt's Gott! Riedelgartner, du Braver, du Großmächtiger! Hast ihrer keine, die so lind und warm wären, wie die da.«

Dann zog er feierlich seinen breiten Schlapphut vom weißen Köpfl, setzte sich fast flink an den Tisch, faßte den erstbesten Krug am Henkel, schob sich das Joch zurück und trank.

»Aber, Jackel!« rief ihn die Großbäuerin an, »jetzt haben wir alleweil gemeint, du wärest schon gestorben!«

»War's auch, war's auch«, antwortete der Alte und hielt ihr den leeren Krug unter die Augen. »Da drin ist's finster.«

Der Bräutigam goß das Gefäß wieder voll, und nach dem zweiten Trunk wurde es auf dem fahlen, kaum faustgroßen Runzelgesicht des Spielmanns ganz feierlich, wie es sich schickt für einen, der aus der Ewigkeit zurückkommt zu den Menschenkindern.

»Was ist denn mit dir?« fragte die Bäuerin.

»Neugieriges Weibsbild!« brummte der Alte, dann trank er noch einmal, schob das Joch um, daß es tanzte auf den Schultern. »Wie ich gestorben bin, willst du wissen? Soweit christlich. Nachher haben sie mich auf die lange Bank gelegt. Kennst sie, die lange Bank? Gut liegen ist's drauf. Die Leut' zünden das Licht an, daß sie gut sehen zum Säckelaussuchen. Teuxl! denk' ich mir, das scheint ernst zu sein – bist gestorben. Der Totengräber macht schon das Loch auf in die andere Welt hinüber – neben meiner Alten ihrem Grab. Da hat's mich einmal geschaudert.«

»Aber, Jackel!« unterbrach ihn jetzt die Braut, »so trink' und nachher erzähl' lieber was Lustiges. Trauriges hat eins eh genug auf der Welt!« Der Stich galt dem Schulmeister mit seiner Hochzeit ohne Musik.

»Laß nur Zeit, Jungfer Braut«, schmunzelte der Alte, »es kommt schon auch lustiger.«

»Spann' dich doch einmal aus, Jackel«, sagte ich und wollte ihm sein Joch über den Kopf ziehen. Er hielt es mit beiden Händen fest: »Das ist mein Schutz und Schirm. – Wieviel Krügeln hab' ich schon getrunken, Leut'?« fragte er plötzlich.

»Nur zu, Jackel, ist dir wohlvergunnt.«

»Das erste? No, dann hat's keine Not. Erst beim dritten lüg' ich die Leut' an.«

Ein echter Spielmannszug aus dem Kruge und dann fuhr er

fort: »Meiner Seel', jetzt hätt' ich bald auf meine Seel' vergessen. Die hat schon geglaubt, sie ist ein Engel und fliegt durch das schwarze Loch hinaus gegen Himmel zu. – Oho, Jackel! schreit einer und steht ein fuchsteufelswilder Kerl da. Mit dem Himmel wär's nichts. Ich sollt' nur ein bissel nachdenken. In alten Zeiten! Jungerheit! Ob mir kein feines Dirndel tät' einfallen, ein Dirndel mit krausem Haar, zu der gern ein junger kecker Bursch gekommen ist in den Samstagsnächten. Und ihr das Heiraten versprochen. – Herr Jesses! denk' ich, das ist die Nähterin. Die gute, liebe Gundel, die ich nachher verlassen hab', weil sie arm ist gewesen. Dieweil ich mit meiner reichen Braut bei der Hochzeit hab' gejuchezt und getanzt, ist sie in der kalten Nacht draußen beim Lindenbaum gelehnt und hat geweint. Und ist bald darauf sterben gegangen. Herrgott, wenn das noch auf der Tafel steht, wird's freilich nichts sein mit dem Himmel. Jetzt denkt euch, Leut', ist mir mit einem Male weniger um den Himmel gewest als um das Dirndel. Und hat's schreckbar heiß in mir gerufen: Du armes Dirndel, du liebstes Dirndel! Wenn ich nur bei ihr kunnt sein! – Soll ich dich führen zu ihr? fragt der Schattenmann, 's ist halt eine unangenehme Ortschaft, wo sie wohnt. – Ist alles eins, sag' ich, führ' mich zu ihr. Sie ist in der Höll', sagt er. – Hol's der Teufel, sag' ich, mit deinem langweiligen Herumreden, zum Dirndel führ' mich! – Nachher sind wir abgefahren. Durch eine dunkle Felsenschlucht hinab, in der Tiefe hat man bald den Feuerschein gesehen. Und wie wir ganz hineinkommen – na, gute Nacht! Ein Feuerofen, so groß, daß man den Untersberg hätt' hineinstellen können. Ist aber schon ein anderer Berg drin gewesen, ein lebendiger, mit hunderttausend zuckenden Händen und Füßen, Rümpfen und Köpfen, die gewinselt haben vor lauter Feuersbrand. – Das ist die erste Höll', sagt mein finsterer Mann zu mir, da kochen und braten lauter junge Liebesleut', die einander verführt haben und nachher untreu geworden sind. – Das Dirndel kann nit da sein! schrei' ich auf, untreu ist sie mir nit geworden. Ich bin ihr untreu geworden. – Sie ist auch nicht da, sagt er, und du mußt tiefer hinab. – Nachher sind wir in die zweite Höll' gekommen: da ist's mauerfinster und schon von weitem hört man ein Geklapper, als ob tausend Mühlen täten gehen. – Was ist denn das? frage ich und überkommt mich ein Schüttelfrost wie beim Nervenfieber. – Das ist das Zähneklappern der Eheleut', die aus Habsucht und Eitelkeit geheiratet haben, sich spinnefeind geworden sind, sich gepeinigt haben bis aufs Blut und doch nicht auseinandergegangen sind. In dieser kalten Finsternis müssen sie ewig heulen und zähneklappern und sich zerfleischen. – So heiß die Liebesleuthöll' ist gewest, so kalt ist die Eheleuthöll'. Das Herzblut hat mir gestockt und unbeschreiblich angst ist mir geworden, als sollt' jeden Augenblick die eiskalte Hand meiner Alten auf mich hergreifen und mich hineinzerren in die Finsternis zu den Zähneklapperern. – Von Rechts wegen wärst du hier zuständig, sagt mein Führer, doch wenn du deinen Schatz sehen willst, so mußt du noch tiefer. – Aber mein Gott! ruf' ich aus, noch tiefer? Was hat denn das arme Mädel angestellt, daß es in die unterste Hölle ist verstoßen worden? – Darauf sagt mein Schattenmann: O Mensch! Freilich ist's die größte aller Höllenpeinen, die ein betrogenes Kind muß leiden, wenn der Liebste ihr ist unhold geworden mit einer anderen! Die hat heiß und kalt zugleich.«

»Trink', Jackel«, unterbrach der Großbauer fast gerührt und weichmütig den Erzähler. »Trink', Jackel! Du bist ja ganz aufgeschreckt! Tu' dich laben.«

Der Alte hielt zwei Enden des Jochbalken in seinen dürren braunen Händen, als wollte er sich daran festklammern, und sagte ganz heiser: »Narr, jetzt lust's mich nach keinem Trinken. – Jetzt kommen wir hinab in die dritte Höll'. Da ist in dem Felsen ein enges Pförtlein, und mein Führer pocht mit seiner Knochenhand. Hör' ich drinnen eine liebe Stimm': Bist du's, Jakob? Geht das Türlein auf und sitzt sie drin gar heimlich im sonnenlichten Stübel beim Nähtisch, und sind zwei schneeweiße Betten mit rosenroten Kissen. Die Gundel! Mit ihrem guten Gesichtel schaut sie mir entgegen und sagt in stiller Freude: Endlich bist da. – Was ich hab' gelitten die Zeit her, es ist wohl nit zu sagen. Und doch ist es mir fürgangen, du kannst meiner nit vergessen, du wirst mich suchen und wirst kommen.

Ich hab's ja gewußt und auf dich gewartet. Schau, mein lieber Knab', ich hab' derweil das Hochzeitskleid genäht, hab' alles bereitet, wenn du kommst, daß es dir gut soll sein bei mir. So komm, mein lieber Mann, komm doch herein! – Und jetzt, wie ich auf die süße Red' hinein will in das trautsame Stübel zu ihr, da geht's nicht. Am engen Pförtlein spießt sich mein Halsjoch und ich – mein Gott, mein Gott, ich kann nit zu ihr . . .«

Und wie der Alte das erzählt, da grölt er auf und rüttelt an seinen Jochbalken, als wollte er sie sich vom Halse reißen. Dann ward er ruhig und schluchzte still vor sich hin, und plötzlich rief er wieder aus: »'s ist der Liebsten Kämmerlein, und ich kann nit zu ihr!«

Jetzt hob der Bräutigam ihm den Krug entgegen: »Stärkt Euch, armer Mann, und dann erzählt mir endlich auch etwas anderes. Ihr sollt ja so viel wissen.«

In den alten grauen Augen noch die Tropfen, so lachte er nun hellauf, mir ging es hart ins Herz, dieses Lachen. Aber er wurde fast heiter, tat einen herzhaften Zug und noch einen, hob den feuchten Krug in die Luft, und mit schalkhaftem Augenzwinkern fragte er: »Ist's der dritte? Wenn's der dritte ist, nachher kommt der Himmel. Na also. – Gesehen hast sie, sagt der Schattenmann, und jetzt vorwärts! – Ihr heiligen vierzehn Nothelfer! Muß ich noch tiefer hinab? – Laß gut sein, sagt er, es geht bergwärts. Wirst dich wundern, sagt er, daß dir das Loch noch offen ist hinaus aus der Höll', verdient hättest es zwar nit. Aber dein Bußjoch! – Ihr Leut', das Jöchel da hat mich gerettet! – Drauf hat er mich allein gelassen und ich bin auf den Himmelssteig. Wenn ich noch Blutstropfen hätt', daß ich den Weg kunnt merken für die Gundl, wenn sie nachkommt. Leicht ist er nit zu finden, im Wolkennebel, der Weg. Immer einmal bin ich seitlinks gekommen, auf der breiten Straße talab. Da nit, denk' ich bei mir selber, das ging wieder gefehlt, mußt dich mehr rechter Hand halten. So bin ich endlich oben und steh' vor der Himmelstür. Der heilige Sankt Petrus kennt mich gut, noch von meiner Apostelwallfahrt her, wo ich ihm eine Pfundkerze geopfert hab'. – Bist da, Jakob? sagt er, ist schon alles hergerichtet für dich, drin im Himmel, du hast ihn wohl verdient, bei meiner Seel'. Aber rasieren mußt du dich lassen vorher, sonst möchten sich die Englein sauber derschrecken. – Leut', und jetzt hab' ich keinen Kreuzer Geld bei mir, ein einziger Hosenknopf von Messing ist vorhanden, vom Reit-Hansel als Almosen, den ich in der dunkeln Lauben für einen Groschen hab' gegeltst. – Du hast dein Vergelt's Gott! dafür gegeben, sagt der Petrus, so wird er ihn auch wert sein, ich will dich rasieren. Tu' jetzt nur einmal dein Holzjöchel vom Hals und setz' dich auf den Schemel. – Wohl, wohl, richtig wahr auch – beim dritten Krug! Und nachher, wie er mich mit Seifen einreibt und an seinem ledernen Hosenträger das Messer wetzt, tun wir ein bissel tratschen allzwei, der Sankt Peter und ich. – Sackerment, sag' ich, mich gefreut's, daß ich in den Himmel komm'! – Ich glaub's, sagt er, wirst Bekannte finden drin. – Bei meinem Nachbar, beim Bastian, der kürzlich gestorben ist, möcht' ich sitzen, sag' ich, sind in der Kirche auch nebeneinander gesessen. Aber gebetet hat er fleißiger wie ich; mir sind alleweil die weltlichen Gedanken gekommen. Ich wäre halt zu wenig fromm, hat der Bastian oft gemeint, so fleißig wie er sollt' ich beten; nicht aufs Weltliche denken, nur aufs Himmlische, sagt er, der Bastian; so fromm wie er sollt' ich sein, sonst wär's nix. Der wird gewiß einen gar vornehmen Platz haben im Himmel! – Sagt der Petrus: Der Bastian ist gar nit drinnen. Dieweil er in der Kirche ist gesessen und nicht aufs Weltliche hat gedacht, haben bei ihm zu Haus seine Knechte die Töchter verführt. Auf seinem Himmelsstuhl sitzt der alte Hausierer Mausel, den die Leut' überall aus dem Haus gestoßen haben und der im Straßengraben hat sterben müssen. – So, so, sag' ich, der alte Mausel ist im Himmel. Aber wenn der Hausierer schon einen so guten Platz hat, was wird erst der Kraulerknaff, der reiche Rambauer, der alle Jahre hundert Gulden an die Armen verschenkt, was wird erst der für einen Palast haben! – Sagt der Petrus: Der Kraulerknaff? Der ist gar nit drinnen. Dieweil er hundert Gulden hat Almosen gegeben, hat er um tausend Gulden Leut' betrogen. Auf seinem Stuhl sitzt ein Weibsbild, eine gar gute Bekannte von dir. – Bin ich gleich ein wenig erschrocken. – Du, sagt der Petrus, wenn du nit stillhalten willst, so werden wir Malheur haben! Bei einem Haar hätt' ich dir das Ohrwaschel weggeschnitten! – Will doch lieber mein Joch wieder umnehmen, sag' ich und greif' danach. – Geh', laß es sein, sagt der Petrus, das Ding brauchst jetzt nimmer, hat dich eh schon ganz wund gerieben auf den Schultern. – Du redest da von einer guten Bekannten? sag' ich und will mir der Atem stehenbleiben vor lauter Angst. – Sagt er: Sei getrost, Jakob, es ist alles gut, eure Sessel stehen da drinnen im Himmel, nah' beieinander hinter dem Backtrog beim Ofen. So, der Bart ist weg, jetzt bist wieder sauber, jetzt geh' hinein zu deinem lieben Eheweib. – Lang' kann ich mich nit derfangen vor Schrecken. Endlich sag' ich: Petrus, du sprichst von einem Eheweib. Du wirst mich verkennen, ich hab' da heroben kein Eheweib! – Du bist ja der Joch-Jackel, sagt er, der einmal Großbauer ist gewesen. Du hast wohl eins heroben, ein besseres Hälftl. – Macht dabei ein so pfiffiges Gesicht, daß ich schon hätt' mögen aus der Haut fahren, wenn ich in einer dringesteckt wär'. Ich derfang mich und sag' ganz ruhig: Ein Irrtum oder derlogen. – Jetzt wird er scharf und sagt, ich sollt' mich hüten! – Aber, mein Gott, schrei' ich auf, die Alte? Die alte Raffel mit den gespitzten Fingernägeln? Nit möglich, daß die im Himmel ist! – Ja, mein Lieber! sagt der Torwartl, sie selber möcht' es schwerlich dermacht haben. Aber deine guten Werke, die du für dein verstorbenes Weib verrichtet hast! Daß du's nur weißt, Jakob, dein Bußjoch hat sie erlöst. – Wie? Was? begehr' ich auf, mein Bußjoch? Das Holzjoch da, das ich getragen hab' viel Jahr und Tag in aller Demut und Geduld? Aber um Gottes willen, das ist ja ganz anders vermeint gewest. Wie sie auf den Tod krank ist gelegen, da hab' ich mir's angelobt: Mein Lebtag lang ein Halsjoch will ich tragen, wenn es gut ausgeht. Gut ausgegangen ist's, und am selbigen Tag, wie wir sie in die Erden haben hinabgetan und das Loch zu und einen großmächtigen Stein darauf, da bin ich in die Holzhütten und hab' mir aus Birkenästen das Joch gezimmert und hab' den Kopf hineingesteckt und hab's um den Hals getragen aus Freud' und Dankbarkeit, daß ich erlöst bin. Und jetzt! Jetzt schaut's aus, als ob ich just deswegen, just weil ich das

Bußjoch so lang' und so geduldig hab' getragen, wieder zu ihr sollt' müssen! – Der kalte Schweiß steht mir schon auf meiner armen Seel'. Nein, Petrus, ruf' ich, du liebster Patron, jetzt mag ich nit hinein in deinen Himmel, soviel von seiner Gutheit auch gesagt wird! Da geh ich lieber wieder zurück in meinen alten Leib. Der ist zwar schon über und über nichts mehr nutz, zwicken und stechen und reißen tut's, die Gicht und Gall' in allen Gliedern, daß man frei immer einmal winseln möcht' wie ein getretener Hund, aber lieber ist's mir noch in dem alten Marterkasten unten auf der Erden, als wie da drinnen bei der. – Der heilige Sankt Peter zuckt seine Achseln und sagt: Ich kann dir nit raten und kann dir nit abreden. Wenn du aber wirklich zurückwillst, so mußt gleich gehen, eh sie dir deinen Knochenschragen ins Loch stecken. – Drauf ich wieder mein Jöchel um den Hals und eilends davon. Arg derschrocken sollen die Leut' sein über den Greuel, wie mein Leichnam mit dem Fuß anhebt zum Zucken, wie er die Arme rührt, den Ellbogen krumm biegt und sich langsam aufsetzt. Da rühr' ich den Mund und ruf': Schreckt euch nicht, liebe Leut', das ist noch gar nichts. Der größte Greuel ist da oben . . .«

So hat er erzählt, mein Hans Sachs in der Bauernjoppe, hat wieder sein Joch umgeschoben, daß es tanzte auf den Schultern, und hat den Krug geleert.

»Das ist der dritte gewesen, gelt?« bemerkte jetzt der Brautvater. »Man hat's wohl gemerkt. Fabelhans du!«

Darauf hat der Alte auf seinem faustgroßen Gesichtl allerhand Zeichen spielen lassen, als wollte er sagen: Jeder hat's, wie er's nimmt.

Die Weibsleute waren etwas mißmutig und meinten, der Jackel gehe gewiß hinüber ins Obertal; wenn er nicht in den Regen kommen wolle, so müsse er gleich gehen, es werde ganz duster. Der Alte erhob sich in seiner dürren Eckigkeit, zog über den Bauch die Kutte zusammen und sagte vergrämt: »Der vertrackt' Mantel da wird alleweil weiter!« Die Bauersleute wollten es nicht verstehen. Der Schullehrer aber nahm von den Tellern Brot und Braten, wickelte die Sachen in einen schönen Papierbogen und schob sie dem Joch-Jackel in den Sack.

»Jesses, Schulmeister, was treibst du denn?« fuhr der Brautvater auf, »Schaden hast getan! Im Papier hast dich vergriffen! Der Heiratskontrakt! Den uns der Notar heut' aufgesetzt hat! In den Heiratskontrakt hast du das Schweinerne gewikkelt!«

»So!« sagte der Bräutigam – noch verwundert tat der Schelm: »In den Kontrakt? Ah, das ist fatal! Zum Glück ist er noch nicht unterschrieben gewesen . . .«

Seine Zerstreutheit stammte von der Erzählung des alten Fabelhansen her. – Die reiche böse Bäuerin, die dem guten Jackel sogar den Himmel verleidet! Und die arme verlassene Nähterin mit dem treuen Herzen und mit dem heißen Leide drin, das so groß, so unbeschreiblich groß ist wie die Pein in der Hölle! –

Der dicke Riedelgartner lud ein, es sich um den Tisch wieder gemütlich zu machen und die bevorstehende Hochzeitsfeierlichkeit des weiteren zu besprechen. Der Schullehrer jedoch setzte sich nicht mehr hin, sondern stellte sich in aller Artigkeit vor die Braut und ihre Mutter und sprach: »Schon wegen der Hochzeit, wie sie mir recht gewesen wäre, hat die Jungfer bitter geweint. Wie unglücklich müßt' sie erst sein in einer Ehe, wie sie mir recht wäre! Unglücklich machen will ich die Jungfer nicht. Ich für meinen Teil will kein Bußjoch tragen, sei es aus Birkenholz oder aus Menschenbein. Die Jungfer wird's wohl auch so meinen. Behüt' Gott!«

Und ging noch am selbigen Tag zur armen Putzmacherin, die seine erste Liebe gewesen war und nun – allem Anschein nach – auch seine letzte sein wird.

Das neue Liderl

Im Richterbaumhofe war eine so tiefe Trauer, als hätten sie erst an diesem Morgen ein Totes aus dem Hause getragen und als stünden in der Kammer die Schrägen noch, auf denen die Bahre geruht hatte.

Es war daher etwas unzeitlich, daß ein sehr frischer und lachender junger Mensch ins Haus trat, der einen schrecklich breiten Samthut auf dem Haupte trug und einen zierlich geschnittenen blonden Spitzbart gehabt haben würde – wenn er überhaupt schon einen Bart gehabt hätte. Ein junger Maler war's, ein wildfremder Mensch, und der hatte gleich zwei Anliegen auf einmal. Erstens wollte er im Richterbaumhofe über Nacht bleiben, zweitens wollte er im Richterbaumhofe alle miteinander abkonterfeien. Die stattliche Hausfrau mit den hochbauschigen Spenserachseln und dem glattgescheitelten Haar, auch mit dem breiten Samtband um die Stirn und den großen hellen Augen, in denen nach des Malers Ausspruch ein ganzes Osterfeuer von Liebreiz und Gutherzigkeit leuchte – das gibt ein Bild, wie in der ganzen Welt und selbst in Italien seinesgleichen nicht ist! Dann der Hausvater! Das müßte schon ein arger Stümper sein, der aus diesem viereckigen Haupte mit dem feinrasierten Gesichte und der wohlgeformten Adlernase nicht einen wahrhaftigen Kaiser-Rudolf-Kopf herauspinsle. Ein Charakterkopf, wie man ihn sobald nicht wieder finde. Und Charakterköpfe müsse man besonders heutzutage, wo die meisten Leute charakterlos sind, auf der Leinwand verewigen für Kinder und Kindeskinder und daß nach soviel hundert Jahren der Urahn noch an der Wand hänge im Richterbaumhof. Endlich das Bübel! Bei dem ist unserem Herrgott der Erzengel Gabriel zum Muster gestanden – so wird's wahrhaftig sein, und der Junge muß auch in den Rahmen. Es tut ja nicht weh. Und kosten tut's für die Person, wenn's gut ist, einen halben Hunderter, und wenn's nicht gut ist, ein freundliches: »Pfuscher, schau, daß du weiterkommst.«

Mit ähnlichen Vorstellungen führte der junge Maler sich im Hause ein, und den Träger, der ihm einen großen braunen Kasten nachgeschleppt hatte, hieß er im Vorhause gleich ablasten, entlohnte und entließ ihn.

Der Richterbaum und sein Weib waren völlig sprachlos über den so jäh dahergeschneiten Gesellen, und sie wußten nicht, was sie mit ihm machen sollten. Die Tageszeit war aber so, daß bereits das Herdfeuer einen Schein warf auf die Wände der Küche. Also über die Nacht soll er dableiben. Der kleine Erzengel Gabriel umlauerte und umlugte den braunen Kasten, der Maler kam seiner Neugierde gleich auf ganzem Wege entgegen, öffnete das Geheimnis, tat Leinwandtafeln, Pinsel, Ölfläschchen, Farbentiegel und derlei wunderbare Sachen, desgleichen noch nicht gesehen worden, heraus auf die Wandbank. Nach einer Viertelstunde waren der Maler und der Knabe die besten Freunde, und beim Nachtmahltische saßen sie bereits so eng nebeneinander, daß dazwischen kein Mäuslein hätte sitzen können, um etwa das junge Freundschaftsband zu zernagen. Beim Essen wurde aber wenig gesprochen, die Hausleute waren gar betrübt.

Am nächsten Morgen, als der Bauer nach der Brennsuppe der Meinung war, nun werde der fremde Reisende schön Dank sagen und seine Kraxe auf den Buckel nehmen und weiterreisen, stützte sich der Mensch vornüber mit den Ellbogen auf die Stuhllehne und sprach: »Nun also, Vater, welches wird zuerst sitzen?«

»Ah, das nicht«, antwortete der Richterbaum kopfschüttelnd, »aufmalen lassen wir uns nicht. Keines nicht. Ah, Narr! Das ist nichts für unsereins, das ist für die hohen Herrschaften. Fragen Sie einmal da oben im Talheimer Schloß an; der Herr Baron paßt besser in einen goldenen Rahmen als ein Bauernmensch und zahlt auch besser.«

»Vom Baron komme ich ja eben; zweimal hat er sich ins Öl getan, einmal für seinen Ahnensaal und einmal für seine verheiratete Tochter.«

Sehr gut war es, daß der Maler solches antworten konnte, denn nun besann sich der Richterbaum.

»Wenn S' um paar Tage früher gekommen wären«, sagte er leise und zögernd. »Was kosten wollt' ich mir lassen, wenn ich sie daheim hätt', und wäre es auch nur in einem Bildnis. – Meine Liderl kommt mir nimmer.« Das letzte Wort sprach er nicht zum Maler, sondern zum großen Ofen, der ihn mit seinen grünen Kachelaugen verständnisvoll und traurig anblickte.

Fragte nun der Maler: »Ist Euch wer gestorben, Vater?«

»Nicht viel anders, Herr.«

Der Vater ging zum Winkelkastel, tat ein Gebetbuch hervor, und aus diesem zog er eine kleine Photographie. Ein herziges Dirndel bis über die Brust hinab. Die großen kirschrunden Augen im eirunden Gesichtl schauten schnurgerade auf den Maler. Dem schien der Blick zu taugen, er hielt eine Weile still, endlich sagte er die Worte: »Vater, so was läßt sich sehen. Dreihundert Gulden kostet der goldene Rahmen, in den es hineingehört, aber gemalt wird's umsonst – nur um den Löffel Suppe und ums Sonnenlicht. Wenn das Eure Tochter ist, so gebt acht! Ich sag' es Euch! Ich verliebe mich in sie, und dann müßt Ihr uns heiraten lassen. Herrgott, ist das ein schönes Mädel!«

»Wenn S' mir nach diesem Blatt ein halbwegs richtiges Bildnis malen, vielleicht doch ein Eichtl größer wie das –«

»Es wird lebensgroß, es wird zum Sprechen, es wird, wenn's fertig ist, aus dem Rahmen springen – dem Vater an den Hals – dem Maler an den Hals und so weiter!«

»So will ich Ihnen nicht zu sparsam sein. Aber die Späße sind nicht nötig, Herr Maler. Wir haben viel Leides ...«

So traurig war das letzte gesagt, daß auch der junge Mann ernsthaft wurde und es nicht an der Zeit fand, weiter zu forschen, wieso und weshalb. In einer guten Lichtecke der großen Stube richtete er sich das Atelier ein, stellte aus zusammenfügbaren Latten die Staffelei auf, legte Pinsel, Farbenkasten und Palette aus, lehnte die große, in Rahmen gespannte Leinwandtafel zurecht und machte sich an die Arbeit. Daß der kleine Erzengel Gabriel neben ihm stand, mit der löblichen Absicht mitzuhelfen und daß er, weil der Mann sich durchaus nicht helfen ließ, den Finger im Munde, dastand und zuschaute, das versteht sich. – Soll ja die Liderl werden, die eine Heilige worden ist, und kann man nachher das Bild von der heiligen Liderl gleich in die Kirche hineinhängen. – Gott, jetzt hebt er kohlschwarz an! Und die Liderl ist so schön rot gewesen.

Der Richterbaum war an demselben Tag nach der Messe in den Pfarrhof hineingangen. Der Pfarrer war ein rasches Greislein. Sein großer runder Kopf hatte nur rückwärts einiges Haar, aber das war noch fast schwarz. Alles andere, bis weit hinter den Scheitel hinüber, war Stirn. Im rundlichen Gesicht zuckten allerlei lustige Geisterlein, und in allen Gliedern war's noch lebendig. Jetzt saß er auf einem Dreifuß, wie ihn die Schuster haben, saß in blanken Hemdsärmeln und kratzte sich just den Bart von der Haut. Da herum, wo man's nicht mag, da wachst's noch, das dumme Haar; oben auf der Kuppel sollt's wachsen, da hätt's Platz genug.

»Franz, bist du's?« fragte er, ohne aufzuschauen, nach der Tür hin.

Der Richterbaum redete nicht viel, schritt nur so etwas träge durch die Stube und setzte sich neben dem Tisch in einen großen Ledersessel.

»Bin schon fertig!« schrie der Pfarrer hell herüber, hatte aber nur erst die eine Backe gemäht. »Kannst mir nachher gleich den Kaffee trinken helfen.«

»Na, Pfarrer, deswegen bin ich nicht hereingegangen«, sagte der Bauer. Obzwar der geistliche Herr sein Oheim war, seines seligen Vaters Bruder, so beobachtete er doch gegen ihn stets eine gewisse Höflichkeit und zurückhaltende Bescheidenheit, weil er mit solchen Tugenden bei solchen Herren immer besser fuhr, als andere, die ihre Wägen nicht einölten.

»Bin schon fertig!« versicherte der Pfarrer wieder, strich den Seifenschaum vom Messer und sprang vom Dreifuß auf. Wie flink er aufsprang! Und wie breit und klein er dastand! Nicht größer als der Richterbaum, obschon der im Ledersessel saß. Die kurzen Beine waren es, die ihn so tief unten ließen, und just von diesen kurzen Beinen wird erzählt, daß sie ihn in die Höhe gebracht hätten. Voreinst, als der kleine Johannes noch in der Dorfschule gesessen, oben in Sankt Barbara, und eines Tages der Bischof zur Firmung gekommen war und auch die Schule besucht hatte, fiel es Seiner Gnaden auf, daß bei seinem Eintritte ein einziger Schulknabe sich nicht erhob wie die anderen. »Na, Junge!« rief er ihm zu, »willst du nicht auch ein bißchen aufstehen?« – »Aber ich steh' ja schon!« rief der Kleine, und so war es auch. Weil der Bischof lachte, so hub nun der Lehrer an, ihn zu loben, und daß der Knab' das oben habe, was ihm unten abgehe. Davon überzeugte sich der Kirchenfürst, das Bauernbübl Johannes antwortete fix und fein und redete wie der zwölfjährige Jesus im Tempel, da wurde es schließlich befragt, des Studierens wegen, auf Geistlich – ob es keine Lust habe? Also da war der Johannes gleich auf der richtigen Straße, die ihn dreißig Jahre später in diesen Dorfpfarrhof führte, wo er eben jetzt auf dem Dreifuß seine Backen blankgekratzt hatte.

Nun war auch die Beschließerin gekommen, hatte Bücher, Kruzifix und die Tabaksdose vom Tisch geräumt, ein weißes Tuch aufgedeckt und das Frühstück gebracht. Als sie wieder draußen war, leitete der Pfarrer den braunen dampfenden Strahl zuerst in des Gastes Schale: »Greif zu, solange er heiß ist. Beim Beten wird's wohl in der Brust warm, aber im Magen kalt, gelt?«

Der Richterbaum hatte mit seiner dicken Hand schon eine Weile den belederten Sesselarm heftig geknetet, dabei war ihm der Kopf ruckweise immer tiefer und tiefer nach vorwärts gesunken; jählings verbarg er das Gesicht mit den Fäusten und hub laut an zu stöhnen.

Der Pfarrer, arg erschrocken, stand wie festgenagelt. »Um des Himmels willen?« sagte er dann, »was ist denn nur geschehen?«

Gute fünf Minuten lang konnte der Bauer gar nicht reden, allmählich ermannte er sich doch so weit, daß er, stets von Schluchzen unterbrochen und gestoßen, sprechen konnte.

»Die Liderl!« stieß er hervor, »meine Liderl! – hätt's nit geglaubt, daß sie mir – so hart sollt' abgehen. – Wie wenn sie mir's in der schmalen Truhen hätten fortgetragen, just so ist's mir und nit anders. Unser Herrgott weiß es, mitten in der Nacht hab' ich gemeint, ich müßt' auf und ihr nach. Und hat mir mein Weib ein Wort gesagt, das brennt wie Feuerbrand, just so – das wird mir noch 's Leben abbrennen. Daß die Liderl so ungern von heim fortgegangen wär', hat mir mein Weib erzählt, so blutsleidig ungern! Und mir hat das schlechte Mädel nichts merken lassen und hat alleweil nur gelacht, und Gott zulieb – und mir zulieb –, das ist ihre Red' gewesen und nichts weiter. Und jetzt stirbt sie hin im fremden kalten Haus! Ja, ja, Pfarrer, sie stirbt hin, wie ich daheim! Ich weiß es ganz gewiß, und das ist mein ewiges Verderben, und ich weiß mir nit zu helfen . . .«

Nun aber stellte sich das alte Herrlein mit verschränkten Armen gerade zwei Schritte weit vor ihn hin und wartete, bis das Schluchzen nachgelassen hatte und der Mann wie gebrochen im Lehnsessel kauerte. Da sagte er:

»Franz, du bist ein Tschappel. – Wie lange ist's denn her? Drei Jahre ist's her seit der Mission. Seit dieser Zeit ist keine gotteinzige Woche verstrichen, daß du nicht wärst in den Pfarrhof gekommen, und ich soll um des Himmels willen Anstalt machen, daß sie ins Kloster käme. Dich und mich und alle hast abgequält damit: Das Dirndel müßt ins Kloster. Ob dir das junge Blut denn nicht tät' erbarmen? hab' ich dich gefragt – weißt es noch, draußen bei dem Kirchhoftor sind wir gestanden. Aber du: das Himmelreich leidet Gewalt, die Welt ist voller Gefahr, und glücklich jeder, der sein Kind in heilige Hut geben kann. So hast du gesagt, weißt es noch? Und so hat der Missionspater gepredigt. Das Dirndel weiß noch nichts und sagt's nach und denkt: Im Kloster ist alleweil Sonntag, das Beten wird mich nicht umbringen, singen ist eh meine größte Freude und das geistliche Gewand wird mir so sauber stehen wie der heiligen Elisabeth. Und nach diesem Sonntagsleben kommt die ewige Seligkeit mit den lieben Engelein, mit denen tanze ich mich nachher erst aus. Gewiß auch noch, daß sie es so gedacht hat! Weibsbilder muß man kennen. – Und warum soll so ein junges Ding auch gescheiter sein wie die Alten! – Jetzt habe ich sie mit deinem Willen hineingeführt, und jetzt ist's geschehen und ich weiß nicht, was zu machen ist.«

Der Richterbaum rang die Hände: »Mein lieber Pfarrer! Und du redest so? – Und du redest so! – Nachher weiß ich nicht, was ich tu'. Um deinen Trost bin ich hergegangen.«

»Na, Franz, trink jetzt deinen Kaffee«, sprach der Pfarrer, »auch ein Schwarzer, der das Trösten versteht. Du bist nüchtern und hast nicht ausgeschlafen, da schaut alles noch wüster aus. So schlimm ist's doch nicht. So schlimm ist's noch lange nicht, mein Lieber, als wenn sie dir das Dirndel in der schmalen Truhen hätten hinausgetragen. – Ein paar Tage laßt jetzt vergehen, vielleicht kommst du doch wieder auf deine alten Gedanken. Mußt erst auch einen Brief von ihr abwarten. Nur nicht gleich so kreuzelend verzagt sein. Unser Herrgott lebt ja auch noch ein bissel. Geh', Franzel, sei gescheit. Ein Lackel wie du und so flennen da! Geh', trink!«

Auf soviel Zureden trank er denn, der Bauer, und da wurde es besser.

»Lachen wirst auch noch, Pfarrer«, sagte er und lachte selber ganz ungefüg auf. »Ich laß mir schon eine neue machen.«

»Und da haben wir noch einen Schwarzen!« rief der Pfarrer, seinem Gaste die Schnupftabaksdose hinhaltend.

Während der Richterbaum die Prise zwischen den Fingern hielt, teilte er dem geweihten Oheim mit, was bei ihm zu Hause vorging, daß ein fremder Mensch gekommen sei, der sich erbötig gemacht habe, mit Pinsel und Farben die Liderl neuerdings zuwege zu bringen.

»Na, schau, da hat dir der liebe Gott gleich einen kleinen Trost geschickt. Er macht's immer so. Wird gewiß nicht der einzige sein, wart' nur. Und wenn das Bild fertig ist, will ich mir's einmal ansehen.«

»Bitt' dich gar schön, Pfarrer, komm' bald hinab zu uns. Seit sie fort, ist's bei uns wie in einer Totenkammer, richtig wahr. Jetzt sehen wir's erst, was das für ein Quecksilbertropfen gewesen ist, ja, Narr! – Mein Weib hat wohl auch ein Gotteswörtel vonnöten in dieser harten Zeit. Ich bin so, daß ich mich ausreden kann, meine Alte druckt alles hinunter, höchstens, daß sie sagt, wir hätten eh noch den Buben, und die Liderl tät' im Kloster glückselig sein wie eine Braut Gottes. Aber sie glaubt's selber nit, was sie so sagt, Pfarrer, sie glaubt's nit!«

»Na, ich glaub's, daß sie's nicht glaubt«, sagte der Pfarrer, dem Bauer auf den Arm klopfend, weil die Schulter zu hoch oben war. »Und jetzt geh' heim, in Gottes Namen, ich will schon nachkommen. In Ewigkeit Amen. Oha!«

Denn der Bauer war während seines frommen Grußes über

die Türschwelle gestolpert. Nun ging er doch leidlich getröstet von hinnen. Nach Hause eilte er, zu sehen, ob die neue Liderl schon fertig wäre.

Sie war freilich noch lange nicht fertig. Als der Richterbaum auf der käsefarbigen Leinwand nur einige Fäden im Gevierte gezogen sah, und in schwarzen Umrissen einen ruppigen Kürbis, da ging er brummend hinaus in die Küche und sagte zu seinem Weib: »Es wird nichts.«

Sein Weib verstand ihn, auch wenn er etwas nur halb sagte, also entgegnete sie jetzt: »Gott Lob und Dank! Ist eh ein Unsinn. Anstatt meinem lebendigen Kind ein angeschmierter Leinwandfetzen! Nit anschauen hätt' ich ihn mögen, nit anschauen! In den Ofen stecken hätt' ich ihn müssen.«

»Du Narr!« rief der Bauer, und das war bei ihm allemal soviel wie Beistimmung. Er ging in die Stube zurück, um dem Maler zu sagen: Er solle seine Siebensachen nur einpacken. Jetzt seien die Wege noch trocken, später könne es regnen. Aber er sagte nichts, denn als er in die Stube kam, sah er auf einer kleinen Tafel seinen leibhaftigen Knaben, den Gaberl.

Der Maler fand heute gar keine Lust an seiner Arbeit, er tändelte so herum, und da hatte er nebenbei aus Zerstreuung in einer Zeit von etwa zehn Minuten das Bübel auf die Leinwand geworfen. Und das schaute jetzt mit seinen klaren Augen so natürlich auf den Richterbaum-Vater hin, daß es zum Staunen war!

»Schau, schau«, sagte der Alte schmunzelnd, »da ist auch ein Bekannter. Der geht mit uns Suppen essen.«

Das Bild meinte er, und seine Rede war ein größeres Lob, als er eigentlich sagen wollte. – Wenn das liebe Liderl auch so möcht' ausfallen! – Er hat den Maler nicht fortgeschickt.

Später brachte der Knabe ein Schilfrohr, und der Maler schnitt ihm daraus eine Pfeife. Und wohin sie mit dieser Schilfrohrpfeife wieder kamen! Zuerst blies der Gaberl hinein, und was da heraustönte, das machte ihn lachen, und dann konnte er nicht blasen, weil der Schnabel auseinanderging. Nicht lange dauerte es, so wünschte der kleine Musikant, der Herr

Maler solle zu seinem Blasen zitherschlagen. Meinte der Herr Maler: »Ja, gern, wenn ich eine hätte.« Hierauf der Knabe: »Wir haben eine!«, machte das Winkelkastel auf und tat etwas Surrendes heraus auf den Tisch. Eine vollendete Zither war's mit sechsunddreißig strammgespannten Saiten.

»Wer spielt denn bei euch?« fragte der Maler.

»Niemand«, sagte der Gaberl, »die Liderl hat gespielt, wie sie noch nit im Kloster war.«

»Was hat sie denn gespielt? Was für Stücke hat sie denn gespielt?«

»Na, halt so lustige Sachen, und mit den Füßeln dazu gestrampft.«

»Und so was geht ins Kloster!«

»Ja, damit sie nachher vom Mund auf in den Himmel kommt.«

»Die will's aber schon gar zu gut haben – deine Schwester. – Geh', laß mal versuchen, ob ich was kann.«

Kaum, daß er nach einigem Saitenstimmen angefangen hatte, einen steirischen Ländler zu spielen, schoß zur Küchentür die Bäuerin herein, im Gesicht blaß wie eine Gestorbene, denn alles Blut war ihr zum Herzen geschossen vor freudigem Schreck. Sie hatte geglaubt, das Liderl spiele. Als sie beim Zeuge den Maler sah, schlug sie die Türe wieder zu.

Der Richterbaum, als er inne ward, daß der Maler schier geradeso die Zither spielte wie das verwirtschaftete Töchterl, und dieselben lustigen Stückeln, wurde von neuem aufgebracht. Das ist ja gerade, als ob's ihm zu Fleiß geschähe und als ob ihm der Maler ein Ersatz sein sollte! Na, den kunnt man brauchen! – Am folgenden Abend aber, als der Bauer vor dem Suppenessen sich ein wenig auf die Ofenbank gelegt hatte und wie er glaubte, der Maler der Dämmerung wegen ohnehin nicht mehr arbeiten könne, bat er ihn, daß er ein klein bissel klimpere.

Dem war aber – wie wir wissen – durchaus nicht so, als ob der Maler von Sonnenaufgang bis zur Dämmerung pinselte. Am nächsten Tage lud er die Hausmutter ein, daß sie ihm sitze. – »Ich? Mich aufmalen lassen? Da werden sie mich wohl eher auf den Friedhof tragen!« So ihre Antwort. Der Hausvater entgegnete auf die Einladung: »Wenn das Liderl fertig ist, nachher werden wir sehen.« Was also wollte der Maler machen? Einen fast heftigen Anlauf nahm er, das Porträt der abwesenden Haustochter vorwärtszubringen. Hundertmal verglich er jeden seiner Striche mit denen auf der kleinen Photographie; jeder Schatten war an seiner Stelle und jedes Licht – aber das Bild wollte nicht lebendig werden. Es wollte nicht und es wollte nicht. War er doch sonst gewohnt, auch nach Photographien zu arbeiten, und die Farben für dieses Bild vertraute ihm ja der kleine Erzengel Gabriel an. Das Braun der Haare, das Rosa der Wangen war dem Knaben recht; bei den Augen wußte er selber nicht, ob braun, ob grau, ob blau, wußte nur, daß alle diese Versuche nicht das Rechte waren. Und beim Mund rief der Kleine immer nur: »Röter! Noch röter! Noch röter!« Und doch hatte der Maler sein purpurnstes Purpurrot fingernageldick aufgetragen. »Noch röter!« rief der Knirps, da warf der Maler den Pinsel weg.

Etliche Tage nach diesen sehr wichtigen Ereignissen erhielt unser gutes altes Pfarrerlein aus der Hauptstadt ein Briefchen von Frauenhand.

»Hochwürden Herr Vetter!

Küß die Hand. In aller Geschwindigkeit und heimlich, denn die Oberin sieht's nicht gern. Ich danke schön dafür, daß Herr Vetter mich hergeführt haben. Mir geht es gut, aber wenn mehr gesungen und weniger gebettet tät' werden, wäre gescheiter. Außer meiner sind noch zwei Novizen und eine hat einen Mundhobel, und wenn wir Holz tragen, da wird draußen in der Scheiterhütte fix eins getanzt. Heim schreibe ich nächstens, und derweil bitte ausrichten, die Oberin läßt sagen, der Vatter könnte am ersten Juli gleich zwei Ratten auf einmal schicken. Herr Vetter haben durchschauen lassen, mich einmal zu besuchen, bitt' gar schön nicht vergessen. Burrr, die Alte kommt. Küß die Hand.

Dankschuldige

Liderl.«

Na, der Pfarrer lugte drein. – »Der sollt' man doch ein paar langgeschwänzte Vieher schicken!« brummte er. »Das Betten und den Vatter wollt' ich ihr noch verzeihen, aber daß die hochwürdige Oberin statt des Termingeldes Ratten haben will und gleich zwei auf einmal! Liderl, Liderl! – Und überhaupt gefällt mir dein Brief sehr gut. – Da haben wir was Rares angestellt. Ich bin auch manchmal einer!« – Den letzten Satz – muß ich bemerken – verbildlichte der alte Herr mit den zwei Zeigefingern, die er beiderseits an den Ohren aufwärts stehen ließ.

»Muß doch nachschauen gehen, was das neue Liderl macht!« Mit diesen Worten trat der kleine Pfarrer in die Stube des Richterbaumhauses.

»Sie läßt sich entschuldigen, sie ist noch bei der Toilette!« Also antwortete der Maler, der auf der Wandbank lag und eine Zigarette rauchte. Als er jedoch die würdige Standesperson erkannte, sprang er auf und warf das Rauchröllchen weg. Sonst war niemand in der Stube.

Stand der kleine Herr schon vor der Staffelei, blickte eine Weile auf das noch unvollendete Bild und sagte dann: »Es tut sich ja, es tut sich ja. Nach der Photographie ist's trefflich, ganz vortrefflich, mein Herr Meister, aber die Photographie ist nichts nutz.«

»Na, da haben wir's, ich ahnte es ja!« rief der Maler, sich mit fünf Fingern in die Haare fahrend.

Der Pfarrer guckte durch die halbgeschlossene Faust auf das Werk, denn das Bild muß einen Rahmen haben. »Es ist recht gut, es ist recht gut«, sagte er, »aber es wird mir nicht lebendig. Das ist halt so ein Kreuz, mit Photographien arbeiten.«

»Ah was, Photographie! Da fehlt's!« schrie der Maler und schlug sich die flache Hand über Stirn und Augen. »Ich sehe ja nicht die Photographie, ich sehe sie selber, sie selber mit dem lachenden Gesicht, mit den springenden Augen, mit dem sprechenden Mund. Sogar die Nasenwinkel sehe ich sie zucken, so deutlich schau ich sie durch das kleine Bild, aber fassen kann ich sie nicht, übertragen kann ich sie nicht. Da – da drinnen bleibt sie stecken. Verwünschte Geschichte!«

»Also Sie kennen das Mädel persönlich?« fragte der Pfarrer zum Maler aufblickend, »aber setzen wir uns doch, Meister!« – Denn beim Sitzen war er jedem körperlich ebenbürtig.

»Nie habe ich sie gesehen, Herr, oder immer. Immerwährend, und das verwirrt mich«, sagte der Künstler unwirsch, aber tatsächlich froh, seine aufgelastete Stimmung einmal entladen zu können. »Bin ja doch sonst kein Stümper, soviel ich von meinen Münchner Meistern weiß. Hier bin ich mit meinem Latein zu Ende.«

»Sie hausieren wohl so herum mit Ihrer Kunst?« fragte der Pfarrer, und man kannte sich nicht recht aus, war da ein wenig Ungeschicklichkeit oder Bosheit mit im Spiele.

»Rauchen Hochwürden?«

»Schön' Dank. Ichh hab' den meinigen in der Büchsen.« Damit hielt er dem Maler die geöffnete Dose hin.

»So gestatten Sie vielleicht, daß ich mir eine anbrenne?« fragte dieser.

»Sackerment, das geht höflich her!« lachte der alte Pfarrer, »na in Gottes Namen, frönen wir halt jeder unseren Lüsten, wie wir mögen.«

Er führte sich die Prise zu, und der andere zündete eine neue Zigarette an.

»Ja freilich, Hochwürden, hausiere ich so ein wenig herum mit meiner Kunst«, gab der Maler nun Antwort und betrachtete die Ringe seines Rauches. »Will's Ihnen auch sagen, weshalb. Ich habe vor kurzem unten in Breitenmarkt ein kleines Landgut meines verstorbenen Vaters übernommen, so eine Art von Fideikommiß, und weil ich meine Kunst nicht ganz ablegen mag, so tu ich bei den Landleuten manchmal in der freien Zeit ein wenig herum, male, was ich finde: Bauern, Bäume, Steine, Wasserfälle, Gemsen, Füchse und auch ehrwürdige Pfarrer, wenn sie mir stillhalten. Desgleichen in dieses Haus gekommen – leider! Oder vielleicht zum Glücke. Ich wäre sonst zu hochmütig geworden, ich glaubte alles zu können und soweit zu laufen als ich wollte in der Kunst. Jetzt habe ich mir den Schädel an die Planke gerannt – und das ganz ordentlich.«

»Meister«, sagte der alte Herr, »Sie kreuzigen sich umsonst. Das Mädel ist überhaupt nicht zu malen. Der leibhaftige Unhold! Der Photographie merken Sie's ja an. Eine Momentaufnahme vielleicht, wie man laufende Rehe photographiert oder fliegende Vögel! Und so eine sollt' dem Maler sitzen?! Ach, Herr, unser Liderl, das war ein lustiges Kind.«

»Verdammt, warum sperrt ihr sie denn ins Kloster?«

»Ich? Ah so – wir«, entgegnete der Pfarrer. »Nun, weil der Jesuit lockte und der Alte wollte und ihr es recht war und ich – Amen dazu gesagt habe.«

»In welchem Stifte schmachtet sie? Ich entführe sie. Gewiß, Pfarrer, ich hab' ein Recht dazu, eine Pflicht, ich muß es tun, bin es meiner Kunst schuldig. Auf die Leinwand muß sie mir, wie sie leibt und lebt.«

»Meister, Meister!« Der Alte drohte mit dem Finger und machte ein schiefes Gesicht.

»Natürlich, verliebt!« warf der Maler mißmutig hin und schmiß das Restchen Rauchzeug in den Winkel. »Das haben Sie von der Frau Professorin des Herrn Auerbach. Der Reinhardt! Gott, das wäre auch was Neues, sich in ein Modell verlieben! Habe dann aber ich ein Modell? – Aus meiner Erinnerung muß ich sie malen, rein aus meiner Erinnerung – und habe sie nie gesehen. Soll man da nicht verrückt werden?«

Nun wandte der Pfarrer sich teilnahmsvoll zum jungen Manne: »Ich verstehe nichts von der Sache, aber ich meine, Sie sollten ein paar Tage aussetzen und ein paar Nächte darüber schlafen.«

»Was nutzt's mir?« entgegnete der Maler. »Ich werd's ja doch malen und doch fertig machen und doch verpfuschen.«

Sagte der Pfarrer lachend: »Freilich werden Sie das Bild malen, denn es wäre ein Wunder, wenn's ein anderer fertig machte, wie es jenem Maler zu Florenz erging. Kennen Sie die Geschichte? Der sollte für das Senarikloster ein Muttergottesbild malen; aber als er mitten in der Arbeit war, verlor er den Mut – just wie Sie, und meinte, die heiligste Jungfrau recht zu malen, das sei keiner irdischen Künstlerhand gegeben. Er verschloß sich in seine Kammer und weinte und betete und war halb von Sinnen – gerade wie Sie! Und am nächsten Frühmorgen, wie er wieder in sein Atelier geht und die Staffelei aufdeckt, ist das Bildnis fertig, voll himmlischer Schönheit – das wahrheitsgetreue Angesicht der Mutter Gottes. Gemalt haben es die heiligen Engel.«

So erzählte der kleine Pfarrer.

Der Maler stand auf und tauchte einen Pinsel auf die Palette. »Das will ich sehen«, sagte er mit heiserer Stimme, »ob's ein anderer fertig machen wird, was ich begonnen habe.« Damit zog er mit derber Hand einen kohlschwarzen Strich quer über das Gesicht des Bildnisses.

Der Pfarrer war vor Schreck auf die Füße gesprungen. »So, da haben wir den Toren«, sprach er gelassen. »Und jetzt hat's dem armen Liderl im Kloster gewiß einen Kratzer getan übers Gesicht, wie ein Kater kratzt. Mag wohl so sein. Mißverstanden haben Sie mich, Meister, ganz vertrackt mißverstanden. Wenn Sie schon keinen anderen Maler darüberlassen wollen, gut; aber die heiligen Engel werden doch Erlaubnis haben!«

Der junge Meister schämte sich seines Zornes und sagte nun: »Ich will es wieder frisch anfangen. Aber vorher will ich nach Ihrem Rate ein paar Tage vergehen lassen. Er soll mich fortjagen, der Hausherr, was ich zugesagt, werde ich doch leisten. – Wie heißt das Kloster?«

»Ja, mein Allerschätzbarster, das Kloster, das darf man Ihnen freilich nicht anvertrauen«, schmunzelte der Alte, »na packen Sie eine!«

Auch diesmal lehnte der Maler die angebotene Prise ab. Der Pfarrer nahm Hut und Stock. »War aber nicht schön von Ihnen, dieser schwarze Verband übers Gesichtel herab. War nicht schön. Na, nehmen Sie das Dreckerle da mit (auf die Photographie deutend) und machen Sie's ganz bei Ihrer gelegenen Zeit.«

Der Maler stellte sich, als ob er die Praxis des Hinauskomplimentierens in keiner Weise verstünde. Einstweilen begann er das Bild des Knaben vollends auszuführen.

Der Pfarrer war in die Küche hinausgegangen, wo Bauer und Bäuerin beim Herd saßen und immer wieder Rat hielten, was denn eigentlich anzufangen sei ohne das Liderl.

»Den ganzen Handel rückgängig machen!« meinte der Pfarrer. Der Richterbaum machte große Augen und sah doch nicht mehr als den kleinen Pfarrer. Rückgängig machen einen Handel, den man mit unserem Herrgott geschlossen hat?

»Eine Mustersendung verpflichtet nicht zur Abnahme«, sagte der kleine Greis. »Das erste Klosterjahr ist ein Probejahr. Ist die Oberin mit der Novize nicht zufrieden, so kann sie sie zurückschicken; werden die Eltern klüger, will sagen, weltlicher gesinnt, so können sie sie zurücknehmen, und gereut es das Kind, so kann es selber zurückgehen.«

»O mein Gott!« sagte das Weib, »die Leut', was möchten sie lachen, wenn jetzt das Dirndel wieder heimkäm', was möchten sie lachen!«

Antwortete der Pfarrer: »Das Lachen ist doch nichts Schlechtes, insonderheit wenn man selber mitlachen kann.«

»Das wohl, das wohl«, meinte der Bauer. »Nachher wollt' mir das Lachen schon wieder schmecken. Wenn ich nur wüßt', wie ich's sollt' angehen!«

»Es ist schon gut«, sagte der Pfarrer. »Franz, morgen ist keine Messe, ich verreise zu einem Amtsbruder, übermorgen bin ich wieder da, nachher wirst merken, wie du es angehen sollst. – Zwick eine!«

Seit zwanzig Jahren bot er dem Vetter bei jeder Gelegenheit eine Prise, und seit zwanzig Jahren nahm sie der Franz nicht ein einziges Mal. Solche Sachen da! Wozu denn die Nieserei, wenn man nachher doch allemal wieder »Helf Gott!« sagen muß. Will Gott helfen, so gibt's schon wichtigere Dinge dafür. – »Das Liderl! Wer weiß, wie es ihr geht! Schreiben tut sie auch nicht.«

»Ja, um Ratten schreibt sie. Derweil aber keine Ratenzahlung leisten, ist besser«, so das alte Herrlein und trippelte vergnüglich von dannen.

Ein paar Tage später, als die Richterbaumleute in die große

Stube gingen zur Morgensuppe, trat schon der Pfarrer zur selben Stubentür heraus. Er besprach kurz eine Gemeindeangelegenheit, weil der Richterbaum zum hohen Rat gehörte.

»Einen Löffel Suppe wird der Herr Vetter wohl mit uns essen«, lud der Bauer ein.

Vorwurfsvoll blickte ihn der Pfarrer an: »Ich? Suppe? Vor der Messe? – Unchrist. Aber hinsetzen kann ich mich schon, ein halb' Stündel ist noch Zeit. – Sag' mir, Franz, ist dein Weib schreckig?«

»Sie hat ihr Lebtag schon viel ausgehalten«, antwortete der Bauer.

»Wer Leid erträgt, muß auch Freud' ertragen können«, sagte der Pfarrer, und sie gingen in die Stube.

Sie setzten sich alle zum großen Tisch im Hausaltarwinkel. Der Richterbaum, sein Weib, der kleine Gaberl und der Maler, welcher heute endlich mit dem Bilde seines Erzengels fertig werden wollte. Der Pfarrer saß am äußersten Rande. Zum Fenster schien die Morgensonne herein, just in die Milchsuppe, in welche der Bauer heute statt Schwarzbrot Weißbrot gebrockt hatte – dem Pfarrer zu Ehren, der den wackeren Essern gemütlich zuschaute. Die Unterhaltung war schleppend, auch der Maler sprach nur wenig. Die große Leinwandtafel mit dem unfertigen Mädchenporträt stand auf der Staffelei in der halbschattigen Stube. Das verdroß ihn. – Jetzt muß es überhaupt anders werden, so kann's nicht fortgehen. Schon gestern abend hatte er dem Hausvater Kost und Quartier von sechs Tagen vergüten wollen, worauf der Richterbaum sagte: »Das wär' sauber! Wo Sie uns eh den Gaberl aufgemalt haben, rechtschaffen sein, daß man ihn nur gern anschaut. Gelernt haben S' was, das sieht man. Ah, bleiben S' noch ein bissel da bei uns, es ist ja sonst gar soviel öd.«

Nun begann es den Maler neuerdings zu wurmen, daß er mit der »neuen Liderl« so eigentlich abgeblitzt war. – Wie? Was haben denn heute seine Augen? Jetzt ist der schwarze Strich weg! Wer hat denn das getan?

»Haben S' es doch!« rief der Richterbaum plötzlich ganz laut, sein voller Suppenlöffel blieb zwischen Schüssel und

Mund stehen, und er starrte auf das Bild hin. »Haben S' es doch fertig!«, denn es war vollendet. Ganz sprechend ähnlich, als ob sie leibte und lebte, so war sie auf der Leinwand. »Liderl!«

»Maria und Anna!« kreischte das Weib auf, »was ist denn das? – Was ist denn das? – Sie dreht ja die Augen! Sie bewegt das Gesicht . . .!«

»Guten Morgen, Vater und Mutter!« lachte das Dirndel vom Bild heraus, wendete den Kopf, den wirklichen Liderlkopf, hin und her, zog ihn durch das Loch der Leinwand zurück, sprang hervor und hing den Eltern auch schon am Hals.

»Da bin ich wieder!« rief sie hell lachend, »und ins Kloster geh' ich nimmer, da drinnen ist's mir zu langweilig. Und das Jodeln und Tanzen und lauter so lustige Sachen wären Sünd'. Leut', wenn da drinnen alles Sünd' ist, da kommt man ja im Kloster viel gewisser in die Höll', wie heraußen. Gott, da gehe ich nimmer hinein!«

Der kleine Herr hielt dem verwirrten Maler eine spitze Schneiderschere unter die Nase: »Jetzt schauen Sie einmal diese Beißen an, Meister, die hat Ihnen den ganzen Fleck herausgeschnitten. Ist doch ein Unzücht, so ein alter Pfarrer.«

Nun lief das Liderl wie besessen vor Lustigkeit in der Stube umher, dann blieb sie stehen vor dem Maler, schaute ihm hell und frisch in die Augen: »Sind Sie der Herr, der so schön malen kann?« Und trillerte ihm ein Lachen ins Gesicht, wie er so herzfröhlich all sein Lebtag keins gehört hatte.

Der junge Mann war sonst nicht gerade leicht in Verlegenheit zu bringen. Dieser Spott aber und dieses Gelächter machte ihn sprachlos. – Ist das ein Unband! – Ist das eine Hexe! Ja, da gibt es freilich kein anderes Mittel, die muß geheiratet werden.

Nun aber die glückselige Mutter: »Auf alle Mittel und Weis', ihr lieben Leut', wie kann das sein, daß ich mein Liderl wieder hab'?«

Rückte das Pfarrerlein vor, schlug sich die Faust auf die breite Brust: »Der Nonnenräuber! Da steht er! Ich! – Aus dem Kloster entführt, die ganze Nacht geflohen durch Nebel und

Wind. Mit dem Postzug angekommen. – Die Oberin läßt euch grüßen und sagen, das Teuxelein stelle sie mit Dank zurück. Da habt ihr's wieder. – Und nun, Kinder, zur Messe!«

– Ich merke es wohl, die schöne Leserin bleibt nicht daheim, sie geht mit zur Messe, und zwar in der Erwartung, daß nach derselben eine Verlobung stattfinden werde.

Aber, Schätzbarste, so schnell geht das nicht.

Die umworbene Schöne

Sitzen sie da, ihrer drei, jedes mit seinem Instrumente, Saiten und Pfeifen! Aber die letzteren werden geblasen, ohne daß sie tönen, anstatt Klang – Rauch! Da hast du etwas Armseliges gelernt, du derber, zuhabiger Bursch! Wird dir nicht unbehaglich, wenn du siehst und hörst, wie die Töne der anderen Instrumente so lieblich schmiegsam, so verständnisinnig und traut zusammenklingen?

Was mögen sie spielen auf ihren bäuerlichen Lyren? Was mögen sie singen dazu? Von Haß? Von Heldentaten hoch zu Roß? Von Schlachten und vom Sterben? Ich glaube nicht. Da klingt durch der Menschheit Kette von Glied zu Glied ein süßes glutheißes Lied, verstanden von allen Geschlechtern, verstanden zu allen Zeiten. Die gewaltigsten Taten, die gräßlichsten Leiden, die unergründlichsten Sünden, die herrlichsten Tugenden werden wie bunte Perlen aneinandergefügt, zusammengehalten von dem goldenen Faden des Liedes, dessen erster und letzter, dessen einziger Laut das jauchzende, zagende, weinende Stammeln ist: Ich liebe dich!

Ob nun einer seinem Schatze dieses Lied singt oder spielt, oder schweigt oder raucht, das ist eigentlich einerlei, die Hauptsache dabei sind funkelnde Augen und frischrote Lippen. – Na also, da sitzen sie beisammen.

Die beiden alten Knaben strengen sich tapfer an um die dralle Agathel.

Am Sonntag nachmittag ist's, dachte sich die Agathel, sie

nehme ein wenig die Zither auf den Schoß, um Gott zu Ehr' einen Steirischen aufzuspielen. Und wenn's die Mannsleute hören, die draußen vorbeigehen und stehenbleiben, so ist das auch kein Unglück. Na freilich ist's kein's, du feines Dirndel, du!

Und der Sägemeister Luidel hört's, stellt sich bald ein mit seiner »Zupfgeigen«, die er gerade vom Wirtshaus heimtragen will.

»Bist 'leicht allein daheim, Dirndel?« fragt er. »Nachher will ich dich ein bissel begleiten.«

»Wenn du gut begleitest«, antwortet sie, »so tun wir halt eins miteinand.«

Er guckt sie an. Er ist in den Jahren, wo die Liebe das zweitemal blüht – eine ganz verhexte Zeit, wenn der Apfelbaum zarte Röslein trägt im Herbst, da auf anderen Bäumen schon die reife Frucht prangt. Aber es macht nichts, die Leute eilen zusammen und rufen: Seht, da blüht noch ein Apfelbaum! Und schier so guckig werden die jungen Dirndeln, wenn ein Mannsbild den Johannestrieb ansetzt.

Der Luidel weiß so alte Volkslieder und erwischt alsbald das richtige.

Klimp – klimp – klimp, auf den Saiten, und er hebt an:

»Ich hab' dich lieber als Haus und Ham (Heim)
Und als mein Bett, wo ich schlaf und tram (träume).«

Hier wird er schon unterbrochen. Der Halter-Michel hat im Vorbeigehen das Klingen gehört, und hätte er es auch nicht gehört, er wäre doch in die Hütte geschlichen, denn draußen unter freiem Himmel könnte es regnen. Es war zwar ganz heiter und kein Wölklein stand am Himmel; um so besser, braucht sich einer nicht zu eilen auf dem Heimweg, kann sich ein wenig aufhalten bei der Agathel.

Eintretend sieht er, der Michel, es ist schon einer da. Das macht nichts, ihm – das weiß er aus Erfahrung – ihm wird nicht leicht einer gefährlich. Er braucht sein Liebeslied gar nicht zu singen, er schweigt es den Weibern vor, und jede hört ihm zu, so schön kann er schweigen. Der Michel setzt sich neben das Dirndel auf die Bank und sagt bedächtig: »Na, spielt's eins, allzwei, ich hör' euch zu.« Sonst sagt er nichts, zündet die Pfeife an und hört auch schon zu.

Der Luidel läßt die seine gar nicht ausgehen, auch beim Singen nicht. Also klimp – klimp – und fährt fort, zwischen Zähnen und Schnurrbart hervor also zu singen:

»Ich hab' dich lieber als Haus und Ham,
Und als mein Bett, wo ich schlaf und tram,
Ich hab' dich lieber als Roß und Wag'n,
So lieb – ich kann dir's gar nicht sag'n.«

Jetzt klimpert auch sie auf ihrer Zither, schlägt die Augen nieder und singt mit feiner, weicher Stimme:

»Ich hab' dich lieber als Kuh und Gas (Geiß),
Als Milch und Butter, als Rahm und Kas (Käse),
Ich hab' dich lieber als Zucker und Met,
Mein feiner Bursch, du glaubst mir's net.«

Hierauf wieder der alte Luidel:

»Ich hab' dich lieber als die Kugelstatt,
Wenn's auch neun neue Kegel hat,
Ich hab' dich lieber als Bier und Wein,
O wann ich nur oft bei dir kunnt sein.«

Dann das Dirndel:

»Ich hab' dich lieber als mein' Mutter gar,
Ich hab' dich lieber als das Kranzel im Haar,
Lieber als Vetter und Muhm, als Godel und Göd,
Mein Knab', nur weitersag'n tu's net.«

Und jetzt klingen Zither und Gitarre, ihre Kehle und seine Kehle zusammen:

»Wir haben uns gern, so gern, so gern,
Kunnt eins dem andern nit lieber wer'n.
Das Gernhab'n, ach, das ist ein' Freud,
So groß, wie die himmlisch' Seligkeit.«

Das Lied ist aus. Der Luidel klimpert eine Weile nach, der Michel bläst ein paar Rauchwölklein von sich und schmunzelt. Die kann sich verstellen! Das ist sein Gedanke.

Die Agathel tut, als wäre er gar nicht da, der Halter-Michel. Sie spricht nur mit dem Luidel und sagt: »Willst du heut' noch hinüber in den Kargraben?«

»Na freilich«, sagt der Luidel.

»Nachher hast bald Zeit, daß du gehst. Der Weg ist weit hinüber in den Kargraben.«

»Wenn ich auch in die Nacht komm', das macht mir nichts«, sagt der Luidel.

»Es wird aber stockfinster werden unterwegs in den Kargraben«, gibt das Dirndel zu bedenken, »und morgens wirst zeitig bei deiner Holzsäg' sein müssen. In deinem Alter braucht der Mensch schon nachtschlafend' Stund'.«

Jetzt schaut der Luidel einmal auf. Er schaut das Dirndel an, er schaut den Burschen an, der neben ihr sitzt und jetzt sachte seinen Arm um ihren Nacken legt.

»Ihr Saggera!« murmelt er endlich, »mir scheint, ihr wollt mich draußen haben! Ist ja rechtschaffen lieb von dir, Agathel, daß du dich so bekümmerst um meine nachtschlafend' Stund'; solltest es schon wieder vergessen haben, was du mir just voreh zugesungen hast?«

»Was hab' ich dir denn zugesungen?« lacht sie. »Ich hab' halt ein altes Lied gesungen, du hast mich begleitet, und wen ich dabei gemeint hab' im Lied, das geht gar niemand nichts an.«

»So!« murmelt er. »So!« Seine hageren Finger zupfen noch ein paarmal an den Saiten, dann sagt er: »Ist mir schon um jeden Ton leid, den ich hab' losgelassen, meiner Seel'!« Packt die Gitarre zusammen, wirft den Rock über die Schulter und stolpert schiefeckig zur Tür hinaus.

»Und jetzt, Michel, jetzt singen wir zwei!« sagt die Agathel schneidig zum Burschen.

»Singen?« antwortet dieser langsam, »singen ist mir zu langweilig.«

»So spielst halt eins auf der Zither.«

»Zitherspielen? Ah na, das kann ich nit.«

»Ja, was willst denn nachher da?«

»Ich? – Was ich will? – Dirndel!« Er legt den Arm noch enger um ihren Nacken und will es so einrichten, daß seine Wangen den ihren nahe kämen.

Die Agathel steht rasch auf und sagt: »Bübel, du irrst dich! Geh' du nur hinab ins Kroißdorf, dort ist eine, die verlangt nach dir. Im Tannerhof wartet auch eine auf dich. Willst du eine dritte foppen in diesem Monat?«

»Warum«, so meint nun der gedeftete Michel mit träger Gebärde, »warum hast denn nachher den Sägemeister fortgeschickt?«

»Damit ich dich nachschicken kann.«

»Wenn ich aber nit geh'?«

»Nachher wirst halt fliegen.«

In dem Augenblicke weiß der Halter-Michel nicht recht, wie das gemeint ist. Wie kann er denn fliegen, wenn er kein Vogel ist? – Nicht lange Zeit vergeht und er begreift. Ein strammer, bildhübscher Jäger tritt in die Stube. Die Agathel geht ihm entgegen, gibt ihm die Hand und sagt: Grüß dich Gott, Anton!«

Der Jäger hat ein heißes Auge, mit diesem schaut er zuerst das Dirndel an und dann den Halter, der mißmutig in der Ecke kauert.

»Was will denn der da?« sagt der Jäger, zwar fast leise sagt er's, aber der Michel ist nicht schwerhörig. Ziemlich flink steht er auf und eilt zur Tür hinaus.

Auch wir glauben, daß wir überflüssig sind in der Hütte, daher treten wir ins Freie – wegen der gesunden Luft. Doch mögen wir es nicht lassen, an der Wand ein bißchen zu horchen. Drinnen wiegen und schmiegen zwei schöne Stimmen sich aneinander und singen trautsam leise:

»Wir haben uns gern, so gern, so gern,
Kunnt eins dem andern nit lieber wer'n.
Das Gernhab'n, ach, das ist ein' Freud,
So groß, wie die himmlisch' Seligkeit.«

Thomas und sein Unglück

Thomas Landstetter fuhr auf seinem einspännigen Steirerwäglein die Straße entlang. Es war ein schwüler Julitag und über den Bergen stand Wettergewölk. Die einzige helle Wolke, die wie ein fabelhaft steiler Schneeberg hinter dem Tale emporstand, legte ein fahles Licht in die dunkelnde Bergschlucht; in diesem Licht hatten Roß und Wagen einen leichten mitlaufenden Schatten. Hoch am Berghang, die Fichtenwipfel schlugen schon aneinander, auf der Straße spürte man nur kurze Windstöße, vor denen manches Staubhöslein aufwirbelte.

Thomas ließ die Peitsche pfeifen in der Luft, daß der Schimmel rascher trabe. Er hatte wohl Ursache, den Ausbruch des Gewitters zu fürchten, denn der Wagen hatte kein Dach und neben ihm kauerte, in die Pferdedecke eingewickelt, sein junges, krankes Weib. Die Wetter sind wüst in diesem Sommer, und er hatte unterwegs gehört, daß es die Nacht zuvor im Hilmbachtal, dem er nun zufuhr, schlimm hergegangen sei. Das Wasser, das ihm aus diesem heimatlichen Tale entgegenkam, wälzte sich schwer und trüb heran und überflutete in schlammigen Wellen die Ufer, dürres Geäste, Baumrinden und Scheiter auf die Wiesen werfend. Vor zwei Tagen war er mit seiner Ottilie aus Altlechen im Hilmbachtale ausgefahren, gen Schellbach im Unterland zu einer traurigen Pflicht. Den Vater seines Weibes, der dort Grundbesitzer gewesen, hatten sie begraben. Und ein paar Stunden nach dem Begräbnis, als Ottilie zur Heimfahrt in den Wagen steigen sollte und noch vor der Haustür ihr Bündel fester binden wollte, fiel sie um und blieb liegen wie ein Stück Holz. Thomas riß sie an sich, aber sie ließ Arme und Haupt hängen, in den halboffenen

Augen sah man nur das Weiße, und zwischen den gepreßten Lippen kochte etwas wie Schaum hervor. Die umstehenden Leute sprachen schon davon, daß der Küster die Sterbeglocke läute, da begann sie allmählich wieder zu atmen, kam zu sich, fuhr sich mit der Hand übers Gesicht, schaute mit großen Augen ihren Mann an und sagte verwundert: »Was ist denn jetzt gewesen? Bin ich denn eingeschlafen?« – Thomas hat später nachgedacht, wie ihm in jenen Augenblicken gewesen sei. Er wußte es nicht, hatte nur den Eindruck, es sei ein Augenblick aus purem Stein gewesen. – Ans Herz ging es ihm eigentlich erst, als sie jetzt wieder zu sich gekommen war und die Leute hin und her redeten, das Weib sei wohl zu bedauern, es habe die »hinfallende Krankheit«. War es ja selbst sein erster Gedanke gewesen: Epilepsie! Soweit er sich an Leute, die die Fallsucht hatten, erinnern konnte, es war so. Die Gemütsflut wegen des Vaters Tod wäre wohl die Ursache gewesen, und nun würde der Anfall von Zeit zu Zeit immer wiederkehren.

»Jetzt magst den Herrgott wohl um Standhaftigkeit bitten, Bauer, jetzt ist ein großes Kreuz auf dich vom Himmel gefallen!« Also sagte mit hoher, zarter Stimme der Totengräber des Ortes, weil er als einzige anwesende Amtsperson sich für verpflichtet hielt, ein gewichtiges Wort zu sagen und den armen Leuten christlichen Zuspruch zu erteilen. Ein paar Nachbarsfrauen stimmten ihm bei: Wer diese schreckliche Krankheit einmal habe, der müsse mit ihr in die Truhe steigen. Bei jedem Vorfall, bei jeder Freude und bei jedem Schreck komme der Anfall, und die arme Frau würde ihr Lebtag die zerbissenen Lippen haben und die Beulen im Kopf vom Hinfallen und von Mundkrämpfen! Das beste sei noch, ihr allemal schnell den Daumen aufzudrehen und ihr in die hohle Hand zu spucken, damit wenigstens der böse Feind über sie keine Gewalt habe.

Mit solchem Troste war Thomas davongefahren, an der Seite das Weib, das fröstelnd und erschöpft dahinlag. Wenn er sie nur glücklich möchte heimbringen nach Altlechen; dort bei ihrem Herde und beim klugen Doktor Baldmann würde sie sich doch wohl wiederfinden. Aber es ist noch stundenlang dahin, und das Gewitter, just zum Niederstürzen, lastet über den

Bergen, wie der Kummer auf dem Herzen. Wenn sie wenigstens das Wirtshaus in der Brühl noch erreichten! Ehe sie zu dem kamen, begegneten ihnen zwei Landwächter, die einen Mann vor sich hertrieben. Dem waren die Hände auf den Rücken gebunden und den grauen Filzhut hatte er bis über die Augen herabgestülpt. Thomas sah ihn, machte lebhaft eine kleine Bewegung und saß wieder fest. Sein Weib zupfte mit zwei Fingern das Kopftuch zurück, das ihr übers Gesicht hereingerutscht war und sagte: »'s ist frei zum Lachen.«

»Dir ist jetzt besser, gelt?«

»Aber so eine Ähnlichkeit. Den sie dort dahintreiben – man meint, dein Bruder hätt's sein können, der Natzl.«

»Ist dir das auch eing'fallen?« rief Thomas wie verwundert aus. Sonst sagte er nichts mehr, es sausten große Tropfen nieder. – Was mag das jetzt wieder sein? Da ist was geschehen. Gewesen ist er's sicher. Nach der Seite hat er sich gewendet, wie er unseren Wagen sieht. Sein Jähzorn, oder was – daß er mir nicht ins Gesicht sehen kann. Es mag mich aber doch betrogen haben. Es wäre nicht zu denken.

Endlich waren sie zum Wirtshaus in der Brühl gekommen. Dort gab's Verwirrung. Der Hausknecht war nicht zuhanden, so leitete Thomas das Gefährte unter ein breites Stalldach, und sie stützend, schritt er mit ihr langsam ins Haus.

»Fahrst 'leicht jetzt aus, oder wie?« Mit diesen Worten begrüßte ihn der Wirt, dieweilen er hastig schnaufend von Tür zu Tür eilte. »Im Hilmbachtal soll's ja schauderhaft ausschauen. Ist's denn wahr? Ist's denn wirklich wahr, daß ganz Altlechen verschüttet ist?«

»Was redest denn? Ich weiß nichts, ich komm' vom Unterland. Was weißt denn, Brühlwirt? So red'!«

Der Brühlwirt wußte viel. Alle Fuhrleute, die vom Hilmbachtal herabkamen an demselben Tage, hatten erzählt und nicht genug erzählen können. Der erste wußte, der Bergsturz habe das halbe Dorf unter sich begraben, die nachfolgenden sprachen davon, daß Altlechen einfach nicht mehr existiere. »Welcher Bergsturz? Was nicht existiere?« So schrie Thomas heftig auf. Aber der Wirt wußte weiter nichts. – »Und der

Ramesbauer, der Bruder?« – »Ja, der Natzl, man soll dem Gerede gar nicht glauben. Seinen Nachbar soll er erstochen haben.« – »Welchen Nachbar? Wann? Warum?« Näheres wußte der Wirt nicht. Die Fuhrleute hätten es so eilig gehabt, sie fürchteten, der See könne losbrechen jeden Augenblick und das ganze Tal mitsamt der Straße unter Wasser setzen. – »Welcher See?« – »Ja, es hieße, der Bergsturz habe das Wasser gestaut. Oberhalb, wo Altlechen gestanden, sammle sich ein See, und wenn der Schuttwall bricht, sei das ganze Hilmbachtal bis herab in die Brühl in größter Gefahr. Er, der Wirt, beobachte den Bach, der sei des Morgens so klein gewesen, daß die Forellen verdurstend auf dem Sand umhergezuckt wären. Seit einer Stunde schwelle das Wasser unerhört schnell an, und wenn jetzt das Ungewitter auch noch losbricht, wisse man nicht, was geschehen werde. – So der Brühlwirt. Länger hielt er nicht stand, eilte aufgeregt in seinem Gehöfte umher, mit den Knechten schreiend, die allerhand Geräte in die höher liegenden Gebäude brachten. Die Wirtin trug jammernd das Silbergeschirr zusammen in einen großen Korb, und zwei Mägde führten Kühe und Kälber aus den Ställen und jagten sie den Berghang hinan.

Thomas, der Bauer von Altlechen, war starr.

»Das sind ja lauter Narren in diesem Haus!« sagte sein Weib, und sagte es ganz gelassen, »fahren wir heim, Thomas. Schau, es regnet ja gar nicht arg.«

Er schaute sie an. Sie war jetzt plötzlich wie in gesunden Tagen und war schier gar nicht erschrocken. Wo alle Leute vor Entsetzen beben, war sie ruhig. Und das Hinfallende war nicht gekommen.

Es kann aber kommen, dachte Thomas, nicht einen Augenblick ist man sicher. Unglück über Unglück! So groß, daß es kein Mensch kann ausdenken. Und da soll die Krankheit ausbleiben? Es ist schon alles eins, wenn der Hof hin ist und das Gesinde und die Ehr', so mögen wir auch hin sein, soll alles miteinander zugrunde gehen. »Ja, Ottilie, fahren wir!« – Der losgebrochene See wird uns ein kurzes Ende machen. Ist am besten: Ich will von allem nichts mehr sehen, nichts mehr wissen. Eine verdammte Luderei ist alles miteinander. – In solch grenzenlose Verzweiflung sank er nieder, der Bauer von Altlechen.

Die Zechmünze warf er auf den Tisch. Den Wein ließen sie stehen im Glase, setzten sich in den Wagen und fuhren davon. Ein feiner Regen ging nieder, daß die glitschige Straße glänzte, im Bergwald war es ruhig geworden, zwischen dem sich lösenden Gewölk blickte blauer Himmel. Es duftete der Tann.

Thomas hieb mit der Peitsche heftig auf das Pferd ein, obschon es nach allen Kräften dahintrabte. Sie legte die Hand an seinen Arm: »Mußt nicht, Thomas, schau, es kann nicht schneller laufen.«

»Der Teufel soll's holen!« knirschte er, »alles miteinander soll der Teufel holen!«

»Ein bissel sollst doch Gottvertrauen haben.«

»Wer? Ich? Gottvertrauen? Da müßt' ich mir wohl selber ins Gesicht spucken.«

»Aber, Mann!«

»Wenn einer noch ein schlechter Mensch wär'! So lang hab' ich gebetet alle lieben Tag': Bewahr' uns vor allem Unglück! Was hab' ich denn angestellt? Daß ich jetzt mit dem kranken Weib betteln gehen muß, und die Schand' dazu? Seit die Welt steht, ist in unserer Familie kein Mörder gewesen! Und jetzt auf einmal hat der Teufel alles, was er weiß, über mich zusammengeworfen. Meiner Seel', wenn jetzt das Wasser daherkommt, schnurgerad' fahr ich mit Roß und Wagen hinein, wo's am tiefsten ist.«

»Schau, Thomas, mußt denken, einmal kommt über jeden Menschen ein schwerer Schlag. Es wird nachher allemal alles wieder besser.«

»Wenn mir der Teufel hilft, vielleicht!«

»Was du alleweil mit dem Teufel hast. Unser Herrgott ist da!« Sie sagte es mit sanfter Stimme, daß er es nicht sollte wie einen Vorwurf nehmen, denn er erbarmte ihr so sehr, daß sie nicht weiter sprechen konnte, soviel ihr auch noch einfiel, ihn zu trösten und aufzurichten. Der Wagen rasselte dahin, das Pferd stolperte auf dem Wege, der ausgewaschen und steinig geworden war; Thomas hieb mit der Peitsche drein, und daß er dreinhauen konnte, schien ihm die einzige Erleichterung zu sein. Sie lag wieder hingelehnt im Wagen, hüllte sich fröstelnd in den Kotzen und unterdrückte oft einen Seufzer. Thomas begann zu murmeln. Er sah in sich den ungeheuren Schutthaufen auf dem Fleck, wo Altlechen gestanden. Die Kirchturmspitze ragt noch hervor, ganz schief, talwärts gedrückt. Und sein Hof? Eine feuchte, schmutzige Steinschütte mit zerbrochenen Waldstämmen bedeckt alles. Ein großer Hügel, und auf dem wird ein Galgen gebaut. –

»Das größte Unglück wär', wenn du den Verstand tätest verlieren«, sagte sie.

Das belebte ihn fast. Ja, wahnsinnig, das wollte er sein, da konnte er sich gehenlassen, konnte selber Unglück sein, anstatt es zu tragen. Er freute sich an der Angst, die er seinem Weibe machte, und er phantasierte weiter, so wie man halb wachend, noch im Traum befangen, mit stöhnender Stimme ein Ungeheuer herausfordert. Das Weib hatte unter der Decke die Hände gefaltet und betete heimlich. Das Gewitter hatte sich allmählich verflüchtigt, doch als sie hinter der Schlurerschlucht ins Hilmbachtal einbogen, zogen hinter den fernen Rittfelsbergen neue Wolken herauf, dunkel und schwer. Von den Seitengräben herab schossen trübe Bäche, wovon mancher die Straße durchbrochen hatte, so daß der Wagen nur mit Mühe weiterkam. Das Wasser des entfesselten Sees aber war immer noch nicht gekommen. »So wird das obere Tal ertränkt, wenn der Wall nicht bricht!« rief Thomas. »Lustig, lustig! Fahr' zu, alter Drache!« Und hieb auf das Tier ein.

Beim Gatterkreuz begegnete ihm der Sägemeister von Altlechen. Der hatte seine Pfeife im Mund, schritt ganz gelassen einher und setzte seinen Stecken fest auf den Boden.

»Aber, Simon, lebst noch? Lebst noch?« rief ihm Thomas zu.

»Freilich. Alleweil noch ein bissel«, antwortete der Mann und wollte vorübergehen.

»So halt still!« rief Thomas zornig und riß den Leitriemen zurück.

Nun blieb der Sägemeister stehen, nahm die Pfeife aus dem Mund und sagte: »Hast eine traurige Fahrt gehabt. An was hat's ihn denn so schnell gepackt?«

»Sag' mir um Gottes willen, Simon, wie schaut's aus in Altlechen?«

»Soweit nichts Neues. Hochwasser hätten wir bald gehabt. Vom Göckelberg ist eine große Lahn niedergegangen, hat den Bach verlegt. Die ganze Nacht hat sie zu tun gehabt, unsere Feuerwehr, bis das Wasser wieder zum Ablauf gebracht worden ist.«

»Aber mein Gott, es soll ja –. Es hätt' ja Häuser verschüttet, sagen sie. Das ganze Altlechen hätt's verschüttet, sagen sie.«

»Wann?« fragte der Sägemeister. »Ich komm' doch gerad' von Altlechen herab. Die Brunnermühl' hat's weggerissen, sonst weiß ich nichts.«

»Heiliges Kreuz! Aber so lügen!« Der Thomas und sein Weib riefen es mit kreischender Stimme. Und sie lachten in freudigem Schreck.

Gelogen war's zwar nicht vom Brühlwirt und seinen Gewährsmännern, aber übertrieben war's, mächtig entstellt und aufgebauscht, wie jedes Ereignis, das sich halb verhüllt vollzogen hat und dann durch vieler Leute Köpfe und Mäuler geht. Von Kopf zu Kopf vergrößerte sich auch der Bergsturz, die Wasserstauung, es bildete sich die Verschüttung des Tales, der Untergang des Dorfes, und was die eigene Phantasie schuf, als schon geschehen oder geschehend, das glaubten die Leute und sagten es gläubig weiter und redeten sich selbst in eine Aufregung und Angst hinein, der sie dann zu entfliehen suchten.

Der Sägemeister sagte noch: »Na also, kommt's gut heim!« und wollte weiter. Allein Thomas ließ ihn nicht, sondern fragte: »Und sonst nichts? Wirklich nichts sonst?«

»Was denn? Wo du erst seit ein paar Tagen fort gewesen bist, wird weiter viel Neues geschehen sein! Sei froh. Das Neue ist eh selten was Gutes.«

Thomas wurde mutiger: »Was ist's denn mit meinem Bruder, dem Ramesbauer?«

»Ah, das meinst. Hast schon gehört davon? Beim Raufen

gestern im Lindenwirtshaus. Mit dem Sandbichler soll er ins Raufen gekommen sein. Zuerst halb Spaß, nachher Ernst, wie das schon immer einmal geht. Ein Handschurf, mehr Blut als Wunde. Aber den Sandbichler, hab' ich gehört, sollen doch die Gendarmen heut' abgeholt haben.«

»Den Sandbichler abgeholt? Ich hätt' gemeint, meinen Bruder hätten sie fortgeführt.«

»So, deinen Bruder?« lachte der Sägemeister. »Nachher ist's wohl umgekehrt und ich hab' nicht recht verstanden. Na, ich sag's ja, das verflucht' Raufen allemal. Ein paar Tag' kann's ihm schon kosten. Ja, Leut', ich verweil' mich. Behüt euch Gott beieinand!«

Ein Fuhrmann mit seiner Blockfuhr kam heran, auch von Altlechen. Der sagte auf Thomas' Befragen ähnlich aus. Altlechen stehe, wie es gestanden, den Ramesbauer aber hätten sie zum Bezirksgericht gebracht, weil er gegen den Sandbichler ein wenig gewalttätig geworden wäre. Der Doktor Baldmann hätte aber gesagt, in einer Woche sei die Wunde heil.

Als die Berichterstatter davon waren, hieb Thomas nicht mehr aufs Pferd ein, sondern stieg vom Wagen, streichelte es und nannte es ein gutes Tier. – Ja, das war einer von denen, die des Herrn Prüfung noch nicht bestehen. Im Glücke sind sie freundlich und gerecht und schöner Grundsätze voll. Kommt Widerwärtiges, gleich werden sie ungeduldig, roh, rücksichtslos und geraten in Verzweiflung. Was half es, daß der Wildling ob seiner wahnsinnigen Auflehnung sich jetzt schämte vor dem Pferd und vor seinem Weibe? Dieses hatte nun gesehen, daß noch eine ganz andere Glut notwendig sein wird, um das Gold in ihm zu läutern. Wie männlich er auch dagestanden war als ihr Gebieter und als Großbauer in Altlechen, wie er dem Gesinde auch den Herrn zeigen konnte und sein Recht und Ansehen sich zu wahren wußte im Dorf – ein wirklicher Mann war es doch nicht, das hatte sie jetzt erfahren. Nicht einmal gesehen hatte er das Unglück, nur auf Hörensagennähe war es ihm gekommen, und er bricht ein wie morsches Holz! – Das war dem Weibe weit härter auf die Seele gefallen, als der Tod ihres alten Vaters, als ihre eigene Erkrankung, aus der er so trostlose Vorstellungen machte, anstatt sie zu trösten.

An demselben Abend, als nunmehr wirklich am Fuße des Berges Altlechen vor ihnen dalag und die Abendsonne – das Gewölke durchbrechend – auf die weißen Mauern, roten Holzwände und silbrig schimmernden Bretterdächer schien, hielt Thomas die Hände zusammen über den Bauch und sagte mit Befriedigung: »Na also, da wär'n ma halt wieder!«

Endlich in seinen heimatlichen Hof gekommen, der unversehrt und traut seine stattlichen Gebäude um ihn auftat, ließ Thomas den Arzt holen und klagte, sein Weib hätte die Fallsucht bekommen.

»Unsinn!« sagte der Doktor und ließ sich alles erzählen. Dann erklärte er das plötzliche Bewußtloswerden und Hinfallen für einen gewöhnlichen Ohnmachtsanfall, verursacht durch die vorhergegangene schlaflose Nacht, die weite Fahrt, die Aufregung beim Begräbnisse und vielleicht mitverursacht von einem jungen hoffenden Zustande, zu dem Anzeichen vorhanden waren. Von Fallsucht oder sonst irgend etwas Bedenklichem keine Spur. Völlig beruhigt schüttelte Thomas dem Arzt die Hand, dann ging er in die Wirtschaftsgebäude, um zu sehen, ob das Korn eingebracht worden war, und um in seiner kurzen, barschen Art neue Befehle zu geben. Sein Weib hatte ihn mit Bangen beobachtet, nur ein wenig Zerknirschung, nur ein bißchen dankbare Demut, wenn sie an ihm wahrgenommen hätte! – Noch vor dem Einschlafen kam es ihr bei: Altlechen ist nicht verschüttet, aber seine Seele ist verschüttet.

Tief in der Nacht wachte sie auf, denn nahe an ihr hörte sie ein Stöhnen. Und da kniete vor dem Bette ihr Mann, die Ellbogen ans Brett gestützt, mit den Händen das Gesicht bedekkend und schluchzend.

Da langte sie nach seinem Haupt und sagte voller Liebe: »Thomas, gelt, jetzt hast es erst bedacht?«

»Ottilie, ich bin mein Glück nicht wert.«

Und das eben war sein Unglück. Und die Erkenntnis war vielleicht auch der Wandel zum Glücke.

Der Schlaucherl vom Berg

In einer Fürstenstadt gibt's allerhand seltsame Sachen – und jeden Tag etwas anderes. Und doch bewahren sich die Einwohner ihre kindische Neugierde bis ins graueste Alter hinein. Die Gesetztesten noch bleiben auf der Gasse stehen, schauen um, andere laufen gar der erstbesten Gestalt nach, die irgendwie auffällt.

Was wunder, daß der Dunnererbum sein großes Publikum besaß, sooft er sich in der Stadt zeigte.

Freilich war er schön, der Dunnererbum! Er hatte niedere Bundschuhe mit breiten Messingschnallen; er hatte weiße, ruppig gestrickte Wadenstrümpfe; er hatte eine Bocklederne, an allen Nähten und Ecken weiß ausgesteppt; er hatte um den ziegelroten Brustfleck einen breiten Ledergurt, der mit allerhand Figuren geziert war und Haftlein hatte, in denen Messer, Gabel und Löffel steckten. Dann hatte er einen langen, braunen Lodenrock an, dessen aufstehender Kragen wie eine Ringmauer das kleine, mittendrin steckende Köpfl umgab und dessen zwei große Seitentaschen schwer und wanstig niederhingen, weil der Mann sein Hab und Gut drin herumtrug. Dann hatte er einen schwarzen schwammigen Filz auf, der gleich einem Zuckerhut wolkenwärts strebte, der stets von Alpenblumen und Kräutern umkränzt war und dessen Krempe breit wie ein Riesenrad den ganzen Kerl eindeckte. Den ganzen breitschulterigen Kerl samt seinem Buckelkorb. In diesem Korbe hatte er seine Warenniederlagen, zugedeckt mit dem blauen Bettzeuge, aus dem er sich für die Nächte in irgendeinem Wagenschuppen eine prächtige Liegestatt zu bereiten wußte. In der braunen knochigen Hand hatte er einen langen Hirtenstab, an dessen oberem Ende ein bunter, aber zumeist schon welker Strauß gebunden war. Vom Angesicht dieses Mannes sah man aber vor lauter Rockkragen und Hut blutwenig. Man sah nur eine sehr stattliche, rote Adlernase und dann und wann einen Blitzer aus den springenden Augen. Aber hören tat man es, dieses verborgene Menschenangesicht: Wacholderzweige, Kranabetbeeren, Waldrauch, Ameiseier schrie es aus, mit einer Stimme, die allen Straßenlärm übertönend hell und grell an die Häuser schlug. Jeder Ausruf ging in ein Jodeln über, das schließlich mit einem lustigen Juchezer endete.

Also marschierte er mit langen, schweren Schritten würdig durch die Gassen, und hinter sich hatte er stets eine Rotte von Gassenbuben, zufällig müßigen Dienstmädchen und anderer Leuten, die sich an solcher Erscheinung nicht satt sehen, satt hören und satt lachen konnten. Böse Buben begnügten sich natürlich nicht mit dem, sondern bezupften seine Kleider, warfen Steinchen auf seinen Hut und ergötzten sich, wenn die auf der Krempe liegen blieben. Jetzt, unter solchen Neckereien, hörte beim Dunnererbum manchesmal die Gemütlichkeit auf. Da begann er die Arme auszuwerfen, mit dem Stab herumzufuchteln, wild und zornig, aber immer achtend, niemanden zu treffen, höchstens, daß er dem kecksten Zudringling mit dem Almbuschen die Wange scheuerte. Er hub in solchen Augenblicken auch ein schauerliches Geschrei an über die Belästigung und Verfolgung, der ein armer anständiger Mensch bei den dummen Stadtleuten ausgesetzt sei! Zum Dunnerer! Sie sollten, wenn sie »gebültete« Leute sein wollten, ihm lieber Wacholderstauden abkaufen, um ihre schmeckenden Nester auszuräuchern, oder Kranabetbeeren, um dem Magen Luft zu machen! Abfahren sollten sie! Zum Teuxel sollten sie sich scheren oder was arbeiten oder einen Rosenkranz beten – sei gescheiter, als einen ehrlichen Mann auszuspotten! – Mit solcher Art von Vorstellungen machte er es allerdings nicht besser, der Schwarm wurde nur immer noch dreister und wollte ihm auf die Bude. Da rief er himmelan: »Dunnerer! Dunnerer.« Und schrie es dem Pöbel zu: »Der Dunnerer soll euch stäupen!« und sagte offen heraus, was sie nach seiner Meinung wären: Lauter Hirschen und Ochsen und Gimpel! Und rief schreckbar laut den Herrgott an, daß er glühendes Schusterpech sollte regnen lassen über die lasterhafte Stadt.

Sie grölten vor Lachen, er verkaufte Ware. Aber siehe, das glühende Schusterpech war der Polizei nicht recht. Der Dunnererbum, wie man ihn nannte, ward abgeschafft! Als er zwischen den Wachleuten mächtig dahinstiefelte, schwang er seinen Stock hoch in die Luft und jauchzte so durchdringend, daß die Wagenrösser scheuten. Also ein gemeingefährliches Individuum. Na, und ob! In den Kotter bockte er mit vorgehaltenem Haupt so scharf hinein, daß er mit seinem Spitzhut dem Profosen schier den Bauch eingerannt hätte. Zur Stunde war just die Fürstin vorübergefahren, und als sie die wunderliche Gestalt so in den Händen der Häscher sah, fragte sie die Kammerfrau: »Was sie nur dort mit dem alten Mann haben?«

»Hoheit«, antwortete diese, »wie der Mann so hell schreit und singt, kann er noch nicht alt sein.«

Weil ihm bei dem unsanften Gehaben der Wachleute der Hut vom Kopf gefallen war, so zeigte es sich, daß die Zofe sehr richtig geurteilt hatte. Es war ein verwilderter, aber ein junger, frischer Blondkopf.

»Dann sollen sie ihn zu den Soldaten nehmen«, sagte die Fürstin.

»Sehr richtig, Hoheit!«

Am nächsten Tage dachte kein Mensch mehr an den Dunnererbum. Vielleicht mit Ausnahme von ein paar Köchinnen und Vogelinhabern, die den Zündholz- und Ameiseiermann vermißten. Man hätte ihn ganz ruhig köpfen können, falls eine Machtperson an seinem Jodeln und Juchezen ein Staatsverbrechen gefunden haben würde. Kein Hahn wäre darob krähend geworden. –

Ein halbes Jahr später, im Mai war's. Ein sommerlich heißer Sonntag. Die Hoheiten waren ausgefahren, die Dienerschaft ausgegangen. Nur die Kammerfrau war im Schlosse auf dem Zimmer geblieben, um einen Brief zu schreiben an ihren Ritter, der auf einem Landgute in fürstlichen Diensten stand. Schwül war es überhaupt, bei dem Briefschreiben war es ihr sehr warm geworden. Am offenen Fenster stand sie und wedelte mit einem taubengrauen Seidenfächer ihrem drallen, geröteten Gesichte Kühlung zu. Da hörte sie plötzlich unten auf dem Schloßplatze jodeln. Aber der weite Platz war fast menschenleer, auch die breit sich hinziehenden Straßen. Alles in den kühlen Häusern oder draußen in den Gärten und Wäldern der Umgebung. Auf Kies brütete die Sonne. Das Jodeln wirbelte in ein Getriller aus. Ist denn – sollte denn jener Bergmensch wieder vorhanden sein, den sie so drollig den Dunnererbum nennen? Die forschende Kammerzofe merkte nun auch, woher es kam. Am Hauptportal des Schlosses, über das sich der Schatten des plumpen Turmdaches legte, stand der wachehabende Soldat. Die weißen Riemen kreuzweise über der breiten Brust, die Pickelhaube mit dem funkelnden Knauf stramm an die Backen geschnallt, das aufgemesserte Gewehr über der Schulter – so stand der Kerl da und jodelte. Die Dame nahm ihre Zuflucht zum Operngucker. Der wußte schon mehr. Es war ein junger Mensch mit stattlicher Nase und einem hellblonden Schnurrbart, so buschig, daß ein Dutzend Kadetten damit hätten ausgestattet werden können. Und niemand anderer war's. Der Dunnererbum war's. Sie stieß ein wenig das Fenster an die Mauer, daß es klirrte. Sie mußte es zwei- oder dreimal tun, bis er heraufblickte. Da hat sie mit dem Fächer gewinkt. Das konnte aber ein gewöhnliches Weiberflügelflattern gewesen sein, der Soldat legte kein Gewicht darauf. Erst als sie sehr gegen ihn niederfächelte und winkte, merkte er, daß es ein außergewöhnliches Weiberflügelflattern war. – Er sollte ein bißchen heraufkommen!

Ja, was denn nicht noch! Jetzt hat er keine Zeit.

Als jedoch die Glocke vier Uhr schlug und der Wachsoldat abgelöst wurde, dachte er: Der Sonntag ist jetzt sowieso schon verpatzt, warum soll ich mir das schöne Schloß nicht auch einmal inwendig anschauen? Heißt's halt das einfältigste Gesicht aufstecken, das wir extra für den Stadtgebrauch mit haben. Damit kommt man überall durch. – Die breiten Steintreppen mit den weißen Bildsäulen gefielen ihm sehr gut. Daß nur die hohen Herrschaften gar so eine Freud' haben mögen mit so nackenden Figuren da! Die weiten Gänge sind mit Teppichen belegt, daß man hübsch heimlich dahinschleichen kann. Wie ausgestorben. Nur eine Schwalbe schwirrt unter den Stuckdecken hin und her und kann das Loch nicht finden, wo sie hereingekommen.

»Was suchen Sie denn?« fragte plötzlich im Vorsaal eine schmiegsame Stimme.

»Nix, nix!« antwortete der Soldat und wollte eilig davon.

»Aber so ist's nicht gemeint!« lachte die Kammerfrau. »Sie können ungeniert das Schloß besehen. Die Hoheiten sind ausgefahren.«

»Weiß es eh«, sagte der Soldat, »haben uns eh gegrüßt beim Tor. – Aber nobel ist's da!«

»Gefällt's Ihnen? Ich will Sie herumführen.«

»Gut ist's. Bist ein wohlgefälliges Frauenzimmer, du!«

Na, das war stark. Aber sie hat es ausgehalten. Schließlich, warum soll er nicht du zu ihr sagen. Wir sind alle Menschen. Auch die Tiroler. – Daß die Dame reserviert blieb, versteht sich aber.

»Haben Sie so hell gesungen, vorhin?« fragte die Kammerfrau.

Der Soldat zuckte mit den tief in den Knochen liegenden Augen und kicherte sich selber zu: »Natürlich. Auch schon wieder nit recht.«

»Mir? Nicht recht – sagen Sie? Das lustige Singen?«

»Der Hauptmann wird mich einsperren lassen, denk' ich. Oh, das verschwefelte Singen! Meine Mutter hat mir's gelernt, schon der Heide. Im Wald hab' ich gesungen, da hat mich der Jäger gejagt, weil ihm das Jodeln die Hahner und Hirschen verscheucht hat. In der Stadt hab' ich gesungen, da haben s' mich gut aufg'hebt. Und vor dem Schloß, auf der Wacht, wo der Mensch Zeit hat zum Singen – mir scheint, da ist's auch nit recht. Hopsa! Jetzt wär' ich bald gefallen!« Auf dem glatten Marmorpflaster ausgeglitten, lag er nach allerlängs da und die erschrockene Schloßdame wollte ihm aufhelfen. Er blieb ruhig liegen, lachte aus voller Brust und sagte: »Nein, von einem Weibsbild nit, daß ich mich heben laß. Es wird schon auch so gehen, wenn's sein muß.» Ein flinker Sprung und er stand wieder aufrecht.

Als sie ihn in das Zimmer des Fürsten führte, das er zu sehen gewünscht, stand er an der Tür still und wollte nicht weiter. »Da schaut's greulich aus«, sagte er.

Auf den Ruhekissen kauerten Bären und Wildkatzen, auf dem Fußboden lagen Wölfe und Eber, die ihre Zähne fletschten, es waren aber nur die Felle mit den Köpfen und Pranken. In den Winkeln ausgestopfte Adler und Geier, an den Wänden Hirschfänger, Flinten, Revolver und sonstiges Mordzeug.

»Gefällt Ihnen das nicht?« fragte sie.

»Da geht mich der Schiach an.«

»Was geht Sie an?«

»Dudl, verstehst nit deutsch?« sagte er mit gutmütigem Gebrumme. Sie lachte und führte ihn in ein Frauengemach.

»Aha, das ist der Seinigen ihres.«

»Nein, das ist meines.«

»Waas?« rief er, duckte sich zusammen und klatschte auf seine Oberschenkel. »In ihr Stübel führt Sie mich?«

Artig eingeladen setzte er sich rasch in einen Kissenstuhl, zuckte dabei mit den Armen auf, wie ein im Wasser Untergehender. Als er merkte, daß er doch nicht versunken war, streckte er behaglich Arme und Beine aus und sagte: »Jetzt sollen wir 'leicht ein bissel herzen und scherzen miteinand?«

»Aber Mensch!« hauchte sie verweisend und ließ sich nahe bei ihm nieder.

»Beim Busseln – ums G'mal' ist's schad.«

»Nein, Lieber. Vermählt bin ich noch nicht.«

»Ah, das ist gut!« rief er, in die Hände klatschend, »jetzt ist die noch ledig! – Aber verstanden hast mich wieder nit, Kammerkatz! Das G'mal' auf deinem Gesicht mein' ich. Schau, die Tirolerinnen brauchen sich nit zu farbeln. Bei diesen Drutscherln spielt sich alles von selber. Zuerst, wenn man bitteln kommt, werden sie rot. Nachher, wenn sie was Besunderes wissen, werden sie weiß. Endlich, wenn man sie sitzenlaßt, werden sie grün und gelb. – Da hab' ich ehezeit zu jeder gesagt: Mögen tu ich dich schon, aber heiraten tu ich dich nit.«

»Nicht wahr!« sagte die Dame, »es muß auch nicht immer geheiratet sein.«

Jetzt faßte er ihre grau behandschuhten Hände, schaute ihr treuherzig in das breite Gesicht und lispelte fast schämig: »Dich möcht' ich auch gar nit.«

»Flegel!« rief sie und sprang heftig auf. Lichterloh brannte ihr Antlitz an den Stellen, die nicht mit dem zarten Puder getüncht waren.

»Mit welchem Recht beleidigt man mich?« sprach sie, »dafür, daß ich Ihm freundlich entgegengekommen bin! Wo Er etwas ganz anderes verdient hätte. Für sein pflichtvergessenes Lärmen auf dem Posten! Der Hauptmann wird hoffentlich das Weitere verfügen!«

Jetzt nahm er sogar die Pickelhaube ab, verneigte sich und sagte sehr lind: »Recht hast, Frauenzimmer! Verklagen mußt mich. Kriegst zum Lohn ein rotes Röckel! Und gelbe Strümpfeln! Schergfist! Schergfist!«

»Mir aus den Augen!«

Er schulterte das Gewehr und marschierte die Treppe hinab. Die Schloßdame brach in ihrem Zimmer auf einen Polsterstuhl nieder. »Recht geschieht mir!« wimmerte sie kläglich.

Und recht geschah ihr. Gesagt hat sie nichts. Von ihr aus ging es nicht, als bald drauf der Bursche seinen vorzeitigen Abschied erhielt. Es sei mit ihm absolut nichts anzufangen. Er sei so dumm, so tölpelhaft und so verschlagen, ganz und gar undressierbar, man müsse ihn hinschicken, woher er gekommen sei.

So gelangte der Dunnererbum wieder heim auf seine Almen. Er war im Stockhaus gewesen, er war krummgeschlossen gewesen, aber er versicherte daheim, beim Militär sei es ganz nett, es hocke sich so gemütlich. Die Offiziere seien sehr lustige Leute und hätten ihn immer geneckt. Mit den Stadtleuten sei es überhaupt ein Spaß, und wenn er gejodelt, so wären sie aus den Häusern gerannt und ihm nachgelaufen vor lauter Freud'. Auch die Frauenzimmer! Im Fürstenschloß sei er aus und ein gegangen, wie daheim. – Es war ja alles wahr, was er sagte; nur sagte er nicht ganz alles, was wahr war – und das darf man doch! Und denken kann man, was man will, nur machen muß man's so wie andere. Das »Du« gleich mit jedem und jeder ist so treuherzig, so tirolerisch. Daß er ein Salzburger ist, brauchen sie nicht zu wissen. Daheim hatten sie ihn den Schlaucherl vom Berg genannt. Aber wenn die Schlauheit aufkommt, dann ist's keine Schlauheit mehr. »Politik von Fall zu Fall« hatte er einmal gelesen. Aber er behauptete mit tölpischer Miene, daß er keinen Buchstaben kenne. – Na halt so: Unter feinen Leuten spielt man den Einfaltspinsel, damit man ihnen die Wahrheit ins Gesicht sagen kann. Frotzeln und nekken sie einen zu arg, so kann man ja zornig werden. – Der Dunnererbum! Das macht Aufsehen. Obschon es sich gar nicht auszahlt, daß man sich auseinandertut. So bleibt man, was man ist, und geht als Sieger durchs Leben. – Dieweilen blieb er nun in der Wildnis, wo ihm ein struppiger roter Bart wuchs. Er hoffte noch so weit herunterzukommen, daß seine Höhle aussah wie jenes Fürstenzimmer – voll wilder Tiere und Mordwaffen.

Da geschah es – ich kann nichts für diese Wendung –, daß der Fürst eines Tages auf der Jagd sein Gefolge verlor, sich im Bergwald verirrte und in die Hütte unseres Schlaumeiers geriet, wo er eines Wettersturmes wegen eine Stunde lang Unterstand nehmen mußte.

»Ei ja«, sagte der Dunnererbum, als er den Fremden am Herdfeuer aufgespeichert hatte, »Jäger sein ist eh eine harte Sach'. Muß im Gebirg' herumkrallen, sich fetznaß schwitzen und krank keuchen, muß arme Tierlein totschießen oder, wenn man nichts trifft, sich auslachen lassen. Da haben es die hohen Herren gut, meiner Seel. Die dürfen fehlen, wie sie wollen, so werden sie gelobt – so ein gutes Herz, nit einmal ein Reherl umbringen! Sie dürfen treffen, was sie wollen, die Geiß oder das Kitz, es sind doch die schönsten Böcke! Wirklich wahr, so ein Graf oder Fürst oder was, möcht' ich sein. Da wollt' ich mir die Welt herrichten, saggra noch einmal! Erzählen tät ich mir nur lassen, was sich gut anhört, das andere ist nit. Ist nit! Wer mir angenehm' Sach' erzählt, der kriegt so ein Dingerl ins Knopfloch, ein sauberes; wer mir die Wahrheit sagt, der kriegt eine Nasen. – Ist ein Tröpferl Milch gefällig?«

Der Fürst machte einen Schluck aus seiner Kognakflasche, blickte den Waldmenschen schmunzelnd an und sagte: »Da wäret Ihr ja ein sehr schlechter Fürst, lieber Freund!«

»Wieso, Herr? – Just die guten Fürsten müssen der Wahrheit ausweichen. Wissen sie's, wie's zugeht im Land und sie bleiben doch, der sie sind – na, gute Nacht, vor so einem ruck ich kein Hütel, geschweige einen Hut. Wenn du ein Fürst wärest, Jager, das heißt ein guter, so wollt' ich dir ins Gesicht sagen: Hoheit, dank ab. Wenn du dir einbildest, daß du die Leut' regierst, so bist ein Narr. Sie regieren dich. Und recht so. Einer richtet sich leichter nach vielen, wie viele nach einem.«

»Und wozu, mit Gestattung, wäre denn nach Eurer Meinung ein Fürst gut, der sich von seinem Volke regieren ließe?« Der Jäger fragte das.

»Zum Gesetzsiegeln. Ein Petschierstöckel ist er, ein Siegelring. Hast ja auch einen am Finger, Jager. Zum Dunnerer, das blitzt wie ein Karfunkelstein!«

Das Wetter hatte sich aufgeheitert.

»Es hat mich gefreut!« sagte der Jäger, »nehmt das. Wenn Ihr in Eurem Einsiedlerleben dafür Verwendung habt. Und sonst behaltet es als Andenken.«

Der Waldmensch glotzte das glänzende Scheiblein in der hohlen Hand an und schnalzte mit der Zunge: »Zum Dunnerer hinein! Ein Kreuzer, ein goldener! Na hörst, Jager, wer so viel Geld hat, der sollt sich doch nit mit dem notigen Wildpretschießen abgeben!«

»Schon gut, lieber Waldbruder. Und wenn Ihr einmal in die Stadt kommt, so besucht mich. Hausnummer eins!«

Der Dunnerer riß wie erschrocken sein Gesicht in die Höhe. »Haus – Nummer eins?« fragte er verblüfft. »Man hört, daß – dort unser allergnädigster Herr wohnt!«

»Das stimmt.«

Sprang der Dunnererbum zwei Schritte rücklings, als hätte ihm einer einen Schlag ins Gesicht versetzt. Einen angenehmen natürlich. Denn dieses Gesicht tat sich jetzt in allersüßester Breite auseinander. »Du wärst zuletzt – der Fürst?« rief er aus, »na, aber da schaut's her! – Und ich hab' so dumm dahergeredt!«

»Hat nichts zu sagen. War vielleicht klüger, als was ich seit langem gehört!«

»Geh! Im Schloß bei den gescheiten Herrschaften! – Nachher wüßt' ich dir doch einen guten G'spaß, gnädigster Herr Fürst. Du kunnt'st mich gleich mitnehmen hinein. Mich zum Minister machen – gelt ja! – Sollst mit mir keine Schand' aufheben, ich laß mich rasieren.«

Der Fürst stieg herab in die herrliche Kultur. Der Dunnererbum, oder wie er eigentlich heißt, blieb oben auf dem Berge. Den Berg nenne ich nicht, er steht zwischen der Salzach und dem Bodensee. Wenn es einem der europäischen Souveräne doch am Ende einfiele, den Mann zum Minister zu machen, so liefere ich seine Adresse. Diplomat ist er genug dazu. Leute, die sich zu rechter Zeit dumm stellen, kriegen die Klügsten unter.

Die Hosen des Herrn von Gösting

Der Herr von Gösting war ein widerhaariger Herr. Er wollte nicht in die Messe gehen, obschon der Erzherzog ihm hatte sagen lassen: Jeglichen Ungehorsam in der Religion werden wir ahnden! Auch den Nachbarn, die ringsum auf den Felsenburgen wohnten, war er Ursach', daß sie der Messe fernblieben. Und fernblieben den katholischen Gotteshäusern überhaupt; denn diese Herren waren eigens durch sein Betreiben lutherisch geworden samt und sonders.

Anfangs war der Erzherzog unsicher gewesen, was mit solch Abtrünnigen anzufangen sei, denn der Fall war neu, und als frommer Christ schlug er in der Bibel nach, ob zur Befolgung der wahren Lehre wohl ein Zwang angewendet werden dürfe. Seiner Nase dünkte fast, die Verfolger der Lutheraner röchen nach Diokletian. Aber indem der Erzherzog in der Bibel blätterte, trat er selber schon einen Schritt näher den Lutheranern, was der Hofkaplan Aining beklommenen Gemütes wahrnahm. Deshalb sagte der Hofkaplan zum Erzherzog: »Eure kaiserliche Hoheit! Lasset das Buch, greifet lieber –«

»Zum Kreuz?« unterbrach der Fürst lachend.

»Zum Schwert, kaiserliche Hoheit.«

»Was sagt Ihr, Pfaff? Wer nach dem Schwerte langt, der

kommt durch das Schwert um, heißt es da drinnen.«

Der Kaplan griff sachte nach der Bibel und barg sie während des weiteren Gespräches unauffällig in seine Kutte. »Es wird wohl so heißen, mein gnädigster Herr. Nur flehe ich, sich zu erinnern, daß es auch heißt: Ich bin nicht gekommen den Frieden zu bringen, sondern das Schwert.«

»Das wird zum Schutze des Glaubens des Heiligen Vaters Angelegenheit sein.«

»Zu Gnaden, Hoheit, es ist vor allem Angelegenheit der weltlichen Fürsten.« Dann hob der greise Kaplan seine Stimme und rief: »Wenn dem ruchlosen Luthertum nicht bald gesteuert wird, so fällt das deutsche Volk auseinander wie ein am Felsen gestrandetes Schiff, das mitten entzweibricht.«

»Erklärt mir das.«

»Die Glaubenseinheit allein hält ein Volk zusammen«, sagte der Kaplan. »Hie Papsttum, hie Luthertum, das scheidet die Deutschen. Und nicht darum ist's, daß die zwei Teile getrennt sind. Vielmehr darum, mein kaiserlicher Herr, daß die beiden getrennten Teile des deutschen Volkes sich gegenseitig zerfleischen werden mit Feuer und Schwert. Ein Krieg wird entstehen in diesem Volke, dessen Schrecken und Dauer beispiellos sein werden. Jetzt erstickt Ihr das wilde Feuer kaum noch mit Eurem kaiserlichen Schilde. Ein Schwertstreich jetzt verhindert vieltausend Schwertstreiche eines unerhörten Bruderkrieges.«

Also sprach der Hofkaplan zu Ferdinand, dem Erzherzog. Da ward dieser schweigsam.

Aber in kurzer Zeit nachher wurde auf den Versammlungsplätzen des Volkes, vor den Hütten der Landleute und vor den Burgen der Edeln ein fürstlicher Wille kundgetan: »Wer an den Sonntagen nicht in seiner rechtmäßigen Pfarrkirche Amt und Predigt besucht, der wird an Hab und Gut gebüßt. Außer kleinen Kindern und Kranken gibt's kein' Ausnahm' und keinen Pardon!«

Jedoch als am nächsten Sonntag in der Pfarrkirche zu Sankt Veit in Gegenwart von Landesbütteln die Namen der Pfarrkinder laut verlesen wurden, fehlten ihrer viele, darunter auch der Herr von Gösting. Dieser widerhaarige Herr streifte mit lustigem Gefolge durch seine Wälder und jagte nach Hirschen. In der Wildnis des Frauenkogels – während aus dem zackigen Kirchlein von Straßengel das Meßglöcklein heraufklang – erlegte er einen prächtigen Sechzehnender. Und auf der Burg Gösting wurde der Tag beschlossen mit fröhlichem Gelage.

Es währte danach der Tage drei, so erschien auf dieser Burg ein herzogliches Fähnlein, und der Fürst ließ künden: Da der Herr von Gösting ansonsten löblichen Betragens und mit seinen Reisigen schon unterweilen kaiserlichen Diensten genuggetan, solle ihm dieses eine Mal noch der Ungehorsam von wegen des Kirchenbesuches nachgesehen werden. Herentgegen die Trutzjagd just an diesem Tage bleibe scharf angemerkt, und für den während der heiligen Messe geschossenen Hirschen habe der Schütze alsogleich an die landesfürstliche Kasse einhundert Dukaten abzuliefern.

Einhundert Dukaten, das war in jenen Tagen viel. Das war grausam viel. Der widerhaarige Herr von Gösting fluchte gotteslästerlich, als er den Beutel dem Hauptmanne vor die Füße warf. Aber als der Hauptmann nach artig verabfolgter Empfangsbestätigung noch um einen Krug Wein bat, weil ihm am steilen Berge die Gurgel trocken geworden, setzte der von Gösting sich zu ihm. Es hub – während die Leute im Hofe geatzt wurden – im Burgsaale ein scharfes Zechen an, wobei aber die Göstinger manchen krummen Blick auf den Dukatenbeutel zucken ließen. Den hielt aber der Hauptmann mit einem Doppelstricke gewahrsam an den Leib gebunden, und blutenden Herzens mußte endlich der Burgherr den vollen Hauptmann mit dem vollen Beutel ziehen lassen.

Am nächsten Sonntage ritt der von Gösting zur Kirche von Sankt Veit. Als dort vor dem Tore die Namen der Pfarrkinder verlesen wurden, rief der Göstinger bei dem seinen schmetternd wie ein Waldhorn: »Da bin ich!« Dann wandte er sein Roß, sprengte nach seiner Burg zurück, versammelte die Insassen und las ein Stück aus der Lutherbibel.

Der Erzherzog hörte von der sonntägigen Anwesenheit in der Pfarrkirche und freute sich der Bekehrung des wackeren

Kämpen. Als der Fürst eine Weile nachher auf seiner hohen Felsenburg zu Grätz ein kirchliches Hoffest veranstaltete, um den Steiermärkern unter großem Glanze die Herrlichkeit des mit der römischen Kirche vereinigten deutschen Kaisertums wieder einmal vor Augen zu rücken, ließ er hiezu alle Edeln und Großen des Landes laden, insonderheit auch den edlen Herrn von Gösting. Der fürstlichen Einladung ward mit Nachdruck beigefügt, daß zu diesem außerordentlichen Feste die Herrschaften in ihren teuersten Gewändern erscheinen sollten.

Da strotzten denn die engen Plätze und Gassen zu Grätz vor Glanz und Pracht. Die Reiter und die Pferde prangten schwer in Samt und Seide, in Gold und Silber und seltenen Steinen. Das Gefolge mit funkelnden Waffen, mit fliegenden Fähnlein trabte durch die Straßen, und das Volk in fröhlicher Buntheit erfüllte alle Plätze und Lauben, Erker und Fenster. Unter schmetternder Musik und vielstimmigem Glockengeläute zogen die Edeln zum Dome und dann die Bergstraße hinan von Tor zu Tor in die kaiserliche Burg.

Und nun brauste und klirrte es von Degen, Säbeln und Sporen im Festsaal und die bunten Federbüsche auf den Helmen wehten wie blühendes Strauchwerk im Winde. Alles gehüllt in goldgestickte Wämser und samtne Beinkleider, silberbeschnallt. Da erblickte Seine kaiserliche Hoheit auch den von Gösting. Der trug ein braunes Wollenwams, und am schwarzglänzenden Ledergürtel hing ein langer Säbel. Und – aber was sah da der Erzherzog? Eine falbe, lederne Kniehose hatte der Mann an den Beinen, wie sie die Bauern und Waidmänner im Gebirge am Werktage tragen.

»Herr Gösting!« rief er aus, »habt Ihr unsere Einladung nicht erhalten?«

»So wäre ich nicht hier, gnädigster Herr!«

»So habt Ihr auch unseren Willen vernommen, daß jeder bei diesem Feste in seiner teuersten Gewandung zu erscheinen habe?«

»Richtig vernommen, gnädigster Herr! Auch gehorsamst befolgt.«

»Und diese Lederhosen?!«

»Diese Lederhosen, gnädigster Herr, die liebe ich sehr! In dem ganzen weiten Reiche, über das Eure kaiserliche Hoheit mit Weisheit und Macht gebieten, gibt es kein Beinkleid, das teurer ist als diese Hosen. Sie kommen mir auf hundert schwere Dukaten zu stehen. Sie stammen von der Haut des Hirschen, um den ich gebüßt worden bin.«

Jetzt mußte der Erzherzog lachen, und er sprach: »Wie es Euch beliebt. Doch wir dulden es nicht, daß einer unserer Untertanen ein teureres Beinkleid trägt, als der Herr des Reiches. Wollet Ihr uns die Hosen verkaufen? Wir bieten hundert Dukaten.«

Solchem antwortete der Ritter: »Gnädigster Herr! Dem schuldigen Untertanengehorsam treu, will ich die Hirschlederne hier auf der Stelle ausziehen. Aber verkaufen wird einer derer von Gösting seine Hosen nie.«

Hier auf der Stelle die Hosen ausziehen?! Man sah, wie die schwarzen Augenbrauen des Fürsten sich finster zusammenzogen. Des war der Ritter vorgesehen. Aus Besorgnis, Seine Hoheit könnten diese kostbaren Hosen wollen ausklopfen lassen, ehe er sie noch vom Leibe gebracht, eilte er in den Hof hinab, sprang auf sein Pferd und sprengte spornstreichs der Burg seiner Väter zu.

Felix Hummeltreiber

Das war einer von denen, aber sie sind selten, sie sterben aus. Wenn er nicht ein so windschiefes, possierliches Männchen gewesen wäre und nicht den komischen Namen Felix Hummeltreiber gehabt hätte, sondern mit stattlichem Körper und klingendem Namen in der Öffentlichkeit gestanden wäre, so würde man eine großartige Persönlichkeit aus ihm gemacht haben. Hingegen wie er war, da mußte man lachen. Doch es war ein Lachen, das einem wohltat.

Aus seinen jüngeren Jahren ist nur zu vermelden, daß er den

Feldzug in Böhmen mitgemacht hatte, und zwar als Trommelschläger. Er war der Meinung, daß es besser sei, man schlage auf Kalbfell statt auf Menschen. Aber sein Rasseln mit den Schlegeln muß den Preußen zuwider geworden sein, sie nahmen ihn gefangen. Und da er ihren General, den Moltke, ihnen ins Gesicht einen Erzräuberhauptmann nannte, so wollten sie ihn erschießen. Drauf soll der kleine Hummeltreiber gesagt haben: »Seid's gescheit, Leuteln. Ich nehm's zurück. Räuber seid's ja nit, ihr tut's bloß Leut umbringen. Mich geht's weiter nichts an, aber ich tu euch das sagen: überlegt euch's! Wenn ihr mich über den Haufen schießt, so habt ihr nachher die Schererei, bis der Kerl weggeschafft ist. Laßt ihn lieber selber weglaufen, den Schelm. Der lauft schnurgerad' nach Steiermark hinein und tut euch sein Lebtag nichts mehr zuleide.«

Der preußische Oberst soll über eine solche Verteidigungsrede sehr gelacht haben und auf Ja und Nein war der Hummeltreiber frei und konnte gehen, wohin er wollte. Er hat Wort gehalten, ist nach Steiermark gelaufen und hat den Preußen niemals wieder ein Leid zugefügt.

Später ist er durch Arbeit und Sparsamkeit in den Besitz zweier Pferde und eines Wagens gekommen, womit er der Alpsteigstraße entlang zwischen dem Mürztale und dem Jogellande allerlei Frachten beförderte. In der Einwohne war er mit den Seinigen – nämlich den besagten zwei Pferden – in einem der Bauernhöfe, die dort so herum an der Straße stehen. Zeitweise besorgte er auch die Post und den Personenverkehr, indem er die alten Weiblein, die Eier, Hühner, Leinwand und junge Lämmlein aus dem Gebirge ins Mürztal tragen und hernach, wenn sie mit müden Beinen wieder heimgehen sollten, aufsitzen ließ. Und wenn dann so eine fragte, was sie schuldig wäre fürs Aufsitzen, antwortete er: »Mir nichts, ich hab' dich nicht gezogen. Aber den Rössern, wenn du willst, kannst ein Trinkgeld geben.«

Eine lachte über den guten Spaß, und einen Spaß braucht man nicht ernst zu nehmen. Der Fuhrmann hatte aber doch gemeint, wenn sie ein Gröschlein gebe, so sollten die Rösser einen Extrahafer bekommen. Sie sagte: »Vergelt's Gott.« – Ist auch genug, dachte er; für meine Reise nach Böhmen hab' ich nicht einmal soviel bekommen.

Einmal wurde ihm, während er auf der Straße war, die Gewandtruhe erbrochen und das Bargeld gestohlen. Von den Kleidern hatte der Dieb nichts genommen, worüber der Hummeltreiber bis zu Tränen gerührt war. »Er hätt' mir ja alles wegtragen können und hat sich mit dem bissel Geld zufriedengegeben. Nein, so gut ist nicht jeder. Mit den geflickten Hosen kunnt' ich sonntags in die Kirchen gehen, wenn er nicht so gut gewesen wär'! Muß doch ein braver Mensch sein, der Dieb. Dem, wenn sie derwischen, schenk' ich was auf eine Pfeifen Tabak. Das heißt, wenn er raucht und nit etwa schnupft. Schnupfen tut er 'leicht eh nit, aber schnipfen (stehlen) tut er.«

So half der Hummeltreiber sich lustig über Widerwärtigkeiten hinweg. Da erlaubte sich eines Tages mit ihm der Himmel eine besondere Neckerei. Der Fuhrmann führte ein großes Faß Essig über den Alpsteig. Es brach der Wagen, das Faß kippte um und kollerte den Hang hinab, wo es im Brombeergebüsch zerschellte.

»Na, da glaub ich's, daß die Brombeeren sauer werden!« rief er aus. Aber auch ihm wurde es sauer, als er das Faß vergüten mußte, doch sagte er nichts als: »Natürlich, wenn man mit Essig umtut, kann's nit allemal süß sein.«

Viel schlimmer war ein anderer Fall, als ihm auf vereister Straße ein Pferd strauchelte, über den Hang rutschte und mit dumpfem Krachen in den Abgrund fiel. Da schlug der Mann, der auf dem Wagen saß, die beiden Hände über dem Kopf zusammen: »O heilige Mariazell, vergelt's Gott, vergelt's Gott, daß du uns jetzt hast beschützt! Wären die Strangen nit gerissen, so täten wir andern, der Schimmel und ich, auch drunten liegen mitsamt dem Wagen.« Und erzählte den Leuten, die des Weges kamen, den großen Glückstag, den er heute gehabt.

Als er darauf in der ersten Nacht mit seinem Schimmel allein im Stalle lag und der Platz zwischen den Planken, wo der Fuchs gestanden, leer war, da wurde dem Mann bange. Da hätte er gern wen bei sich gehabt, um gemeinsam mit ihm für den verunglückten Fuchs beten zu können. So war ihm zumute. Als er jedoch den Schimmel beobachtete, der ganz stumpfsinnig sein Heu fraß, mußte er lachen: »So ein Vieh muß eine Roßnatur haben, daß ihm der Tod des Kameraden nicht zu Herzen geht.« Und im Einschlummern lallte er noch: »Hat auch eine, hat auch eine.« Die Nacht war unruhig, er träumte vom seligen Fuchs, und wie ihm einfiel: Sei nit dumm, Lixl, ein seliges Roß! – dann kam es ihm zu Sinn: Wenn der Mensch einen Menschen bei sich hätte, könnte er nicht auf so dumme Gedanken kommen. Er hat sich alleweil zu wenig an die Leute und zu viel an die Tiere gemacht! Und ist so ein Vieh hin, dann bleibt nichts übrig davon, nicht einmal ein Geist, vor dem man sich fürchten könnte! – Er hatte gelegentlich wohl schon ein bißchen so herumgefragt unter den Weibsleuten. Es war aber nicht viel dabei herausgekommen als Gelächter. Die eine lachte grob, die andere fein, das war der Unterschied. In jener Gegend lacht überhaupt alles, wenn es sich um Liebessachen handelt. Und lachend sagten sie es ihm offen. Dieser hatte er einen zu großen Höcker, der anderen eine zu hohe Brust, der dritten eine zu schiefe Achsel, der vierten ein zu krummes Knie, der fünften war der ganze Mensch zu klein, und der sechsten war er zu einfältig. Er meinte hingegen, gar so arg müßte es doch nicht sein mit seiner Verwachsenheit, weil sie ihn zum Soldaten genommen hätten. Zum Derschossenwerden nehme man sonst nur die schönsten Leute.

»Deswegen haben s' dich halt nit derschossen«, sagte ihm lachend eine ins Gesicht. Dagegen ließ sich auch wieder nichts sagen, und er lachte mit. Übrigens soll er sich erst als Fuhrmann beim vielen Hocken auf dem Wagen schief gewachsen haben, was freilich an der Sache nichts änderte.

Im Dorfe Ratten war das Weib, das ihm die Wäsche besorgte. Ihr Mann war schon vor Jahren gestorben und hatte ihr ein Häuschen und zwei Ziegen hinterlassen; sein Geist war ihr nie erschienen, weshalb sie freies Verfügungsrecht über sich fühlte. Dieses Weib fragte nun der Hummeltreiber, was sie meine. Er sagte nicht um ein Wort mehr, aber sie verstand schon. »Mein lieber Lixl«, sagte sie, »du bist halt zu lang' stolz gewesen. Seit sieben Jahren wasch' und flick' ich dir die

Wäsch'. Wenn du einmal was gesagt hättest! Aber derweil du zwei Rösser hast gehabt, bin ich dir nit gut genug gewesen und jetzt, weil du nur eins hast, wirst halt du mir nit gut genug sein.« Sie lachte dabei und er lachte mit. Er hatte diesmal besonders gut lachen, denn zum größten Glück war er mit der noch nicht verheiratet. Die Wäsche ließ er ihr bis auf weiteres, aber vorher schälte er sich allemal herzlich gern aus derselben heraus.

Für das eine Pferd nun mußte der Hummeltreiber den kleinen Wagen nehmen. Aber den Fahrgast konnte er immer noch mitführen. Jeden dritten Tag hatte er nämlich vom Mürztal herüber einen bestimmten Fahrgast. Es war ein schlankes, munteres Dirndl. Drüben an der Feistritz, wo es daheim war, nannte man es die Schwarzrotgoldene, denn es hatte schwarze Augen, rote Lippen und goldgelbes Haar. Da wollte denn mancher junge Bursche gerne zu dieser Trikolore schwören. Für ein solches Dirndl nun fand sich auf dem Wagen zwischen den Packen und Kistlein immer noch Platz. Der Fuhrmann ging nebenher und plauderte mit ihr. Ihr Vater, der Bachschuster, war krank, und so ging sie wöchentlich dreimal ins Mürztal zum Arzt, und da gefiel es dem Hummeltreiber, daß sie so gut von ihrem Vater sprach und wie sie sonst klug redete über allerlei. Auch diese lachte gern, wenn er etwas Drolliges sagte, aber es war so ein weiches, gutes Lachen, als ob sie immer mit ihm einverstanden wäre. Am besten gefiel ihm, daß sie an steileren Straßenstellen allemal vom Wagen steigen wollte, weil der Schimmel so schwer ziehen täte. »Aber, Kathrin, du bist auch schon weit gegangen«, sagte er einmal, »du hast noch eine lange Lebensstraßen vor dir, du mußt deine Fü-ßeln aufsparen. Was meinst, wen wirst auf dieser Straßen lauter begegnen? Allerhand Mannsbildern, gelt? Und der rechte auch darunter. Du sag', Dirndl, wirst ihn wohl auch sicher erkennen? Daß er nit etwan vorbeigeht oder fahrt wie die andern.«

»Erkennen«, meinte lachend das Dirndl, »das ist nit meine Sach', das ist seine Sach'!«

»Aber wenn's einer ist, der sich nichts zu sagen getraut, weil er vielleicht buckelig ist oder sonst nit recht gewachsen?«

Sie lachte wieder, aber diesmal unsicher. Und dachte in der Verborgenheit hinter dem goldenen Haar: Jetzt red' ich just einmal schön mit ihm. Ein Fuhrmann hat Geld. Und je älter und buckeliger er ist, je mehr hat er. Ist ein guter Mensch, und gute Leut' muß man gern haben. – Und er dachte: Sie ist dreiundzwanzig und ich noch nicht fünfzig, und wenn sich der Mensch um ein paar Jahrln irrt, so zieht's zum Schluß halt der Tod ab oder gibt's dazu. Die, wenn sie nicht gar so kreuzsauber wär', die möcht' ich haben! – Als er hernach näher herumredete und endlich geradeaus zufragte, wies es sich, daß ihre Sauberkeit kein Ehehindernis war. Sie antwortete treuherzig, sie möge ihn auch leiden. Sie habe das schon öfter gedacht. Er sei nicht so wie die andern Mannsbilder, die alleweil nur an den Kittelfalten herumschmecken und mit denen gar nichts Ernsthaftes zu reden ist. Und wenn ein Mann stellenweise ein bissel ausgewachsen ist, ob denn das was Schlechtes sei? Wenn er nur eine gute Brust hat. Und wirtschaftlich ist ein Fuhrmann ja auch. Ob er sich ein bissel was erspart hat? . . . Ihr Vater, der Bachschuster, habe auch einen großen Buckel und sogar noch einen Kropf dazu, und sie möchte wissen, wo man einen besseren Menschen finde. Wenn sie einen so guten Mann bekäme, als sie heute noch einen guten Vater habe, dann könne sie sich alle zehn Finger abschlecken. Sie habe bisher zu jedem Burschen ein scharfes Nein gesagt, zu ihm sage sie ja.

Der Hummeltreiber erschrak beinahe, als er jetzt plötzlich eine Braut hatte. Und die Schwarzrotgoldene noch dazu. Allsogleich wollte er sich zu ihr auf den Wagen setzen. »Nachher steig' ich aus«, sagte sie. »Mit dem Tiermartern fangen wir nit an – verstehst?«

So sagte er nichts mehr, ging geduldig dahin neben dem Wagen.

In den nächsten Nächten war's beim Hummeltreiber mit dem Schlaf vorbei. Etwas Neues das. Sein Lebtag hatte er es nicht verstanden, wenn die Leute sagten, sie hätten keinen Schlaf. Nur der Fuchs damals hatte etwas gestört, doch das war mit einer Nacht vorüber. Nun ging's schon eine Woche an, das schlechte Schlafen. Er hatte Wirtschaftssorgen. Seine Kathrin bringt ihm das Bachhäusel zu und zwei Kühe und eine Wiese und ein Erdäpfelfeld. Ja, was soll er denn damit anfangen? Er muß fuhrwerken auf der Straße. Soll er das junge Weib allein beim Gütel lassen? Dann braucht sie einen Knecht, das will er nicht. – Er wälzt sich im Bett hin und her. Lag er auf der rechten Seite, so war ihm: das Bachhäusel selber versorgen; lag er auf der linken, so wollte er es verkaufen und Fuhrmann bleiben. Und lag er auf dem Rücken, dann wollte er beides betreiben, und zwar ohne Knecht.

An einem der nächsten Tage stritten sie schon. Er war für das Fuhrwerk, sie für die Landwirtschaft. Er wollte den Kuhstall für die Pferde einrichten und sich wieder einen Fuchsen anschaffen. Sie wollte den Schimmel verkaufen und das Grundstück vergrößern. Sein Streiten war ein durchaus gutmütiges, aber es war ihm dabei ungut, denn er merkte wohl, daß er unterliegen würde. Sie schlug endlich vor, den kranken Vater entscheiden zu lassen, denn das wußte sie, er entschiede für die Hauswirtschaft, die er gegründet hatte. Doch als er gefragt wurde, machte er einen ganz kleinen Schneller mit der Hand und sagte: »Tut's wie's wollt's!« Und bald darauf ist er gestorben.

Da standen sie wieder auf demselben Fleck. Tut's wie's wollt's! Wollen taten sie freilich, aber jedes was anderes. Als sie vom Begräbnis nach Hause gingen, stritten sie neuerdings, er war für die Pferde und sie für die Kühe. Und als sie nach vier Wochen Mann und Weib geworden waren, stritten sie noch immer, und diesmal schon wesentlich hitziger – er war für die Pferde und sie für die Kühe, und mit Hummeltreibers einst so süßem Schlaf schien es aus zu sein für alle Tage.

Da trat ein Glücksfall ein. Bei der Nachlaßabhandlung stellte es sich heraus, daß das junge Ehepaar gar kein Bachhäusel hatte. Es war alles verschuldet, es ging gerade so aus, daß der Hummeltreiber noch sieben Gulden draufzahlen mußte, um alle Gläubiger zu befriedigen und die Familienehre zu retten. Er hatte immer noch einen Vorteil dabei, denn die

Schwarzrotgoldene, die ihm blieb, war mehr wert. Jetzt stritt sie auch nicht mehr, war sanftmütig geworden und gab sich ganz in den Willen des Mannes, der mit seinem einzigen Pferde notig fuhrwerkte. Da schlug er gar manchmal die Hände zusammen: »Himmelvater! Du machst halt alles recht! Wär's Bachhäusel unser geblieben, ein Elend wär's gewesen!« – Nun schlief er wieder, und zwar jede Nacht von neun Uhr abends bis fünf Uhr früh.

Sein Weib hatte es mittlerweile wohl erfahren, daß sein Geldsack der Größe des Buckels durchaus nicht entsprach. Sie hatte sich nun erinnern müssen, daß sie einmal das Wäschenähen gelernt hatte, ja daß sie zeitweise mit ihrem Vater auf die Ster gegangen war; er machte die Schuhe und sie im selben Hause die Hemden. So ging sie auch jetzt wieder auf die Ster als Näherin und nähte in den Bauernhöfen herum vom Montag bis zum Samstag, dieweilen er auf seinen Straßen war. Aber auch ein Fuhrmann ist nicht immer auf der Straße. Des Abends kam er mit Roß und Wagen zumeist in sein Quartier, wo er sich seit seiner Verheiratung noch ein Stübchen aufgenommen hatte. Doch was half ihm das Ehegemach, wenn er sich den Milchbrei oder den Erdäpfelsterz selber kochen mußte! Er schlief nun schon wieder schlecht. Wie es ihr gehen wird bei den Bauern, unter allerhand Leuten? An das mußte er denken. Es gibt schlechte Mannsbilder auf der Welt. Und was der alte Wagnermeister einmal über den böhmischen Schneider gesagt hat: Bei der Schwarzrotgoldenen möcht' sogar der Böhm' deutschnational werden! Man weiß nicht recht, wie das gemeint war. Viel Schönes wird er damit nicht haben sagen wollen. Und wie leicht ist es möglich, daß der Schneider im selben Haus seine Ster hat, wo die Kathrin ist! – Nach derlei Träumen stand der Hummeltreiber am Morgen allgemach recht verdrießlich vom Lager auf. Er freute sich nur auf den Samstag. Doch wenn sie dann nach Hause kam, redete er so zweideutig und mißtrauisch herum, daß ihr aller Humor verging. Und das dauerte. War sie fort, so greinte er nach ihr, und war sie bei ihm, reizte er sie mit eifersüchtigen Bemerkungen, so daß sie, anstatt am Montag, oft schon am

Sonntagabend mit ihrem Nähkorb auf die Ster ausging. Wenn der Hummeltreiber früher allein gewesen, so war er jetzt einsam. Die Einsamkeit würde er sehr schwer ertragen haben, wenn ihm nicht der Schimmel Sorgen gemacht hätte. Der war in jenes hohe Alter gekommen, wo selbst ein Roß lieber auf dem Stroh liegt als an dem Strange zieht. Auf gutes Zureden seines Herrn leistete es, was es konnte. »Schau, Schimmel, ich kann mir's ja denken, du tust halt schon hart ziehen. Aber das nit, daß du mir da steckenbleibst. Nur über den Bühel noch, wenn du's dermachen könntst, ich will recht nachschieben. Ruck! – Brav bist gewesen! – Schau, du erbarmst mir, und wollt' mich gern statt deiner an die Deichsel spannen, aber ich sag' dir's, Schimmel, der stärkst' Mensch ist alleweil nit so stark wie das schlechtest' Roß, so lang's noch stehen kann. Früher, weißt, hab' ich dir das nit gern sagen mögen. So, und jetzt, wenn wir heimkommen, kriegst deinen Hafer.«

Eines Abends jedoch dankte der Schimmel für den Hafer. Er ließ sich wackelnd nieder aufs Stroh, schlug noch mit den Beinen aus, streckte sie dann hin, legte auch den langen Schädel weg und stand nicht mehr auf. »Es ist nur gut«, sagte der Hummeltreiber, »daß er mir nit auf der Straßen ist umgefallen. Sonst hätt' ich Roß und Wagen selber heimziehen können. Aber, meine Alte, wenn sie kommt, das wird keinen schlechten Tanz geben.« –

Sie kam aber nicht. Sie war im selbigen Sommer anstatt auf die Ster ins Murtal hinabgezogen zum Kornschnitt. Da verdient sich eine fleißige Schnitterin fast an einem Tag so viel wie beim Hemdnähen die ganze Woche. Aber die Sichel nahm ihr ein andrer aus der Hand und mähte selber damit. In ein grassierendes Nervenfieber geriet die Kathrin, und nach wenigen Tagen war's aus.

Der Hummeltreiber hatte sich mit dem blauen Sacktuch mehrmals tüchtig die Nase geschneuzt, als man ihm die Botschaft brachte, dann schlenkerte er die Arme aus und rief: »In Gottes Nam'! So wär auch das glücklich vorbei!«

Er wußte es aber nicht, wie verlassen er jetzt dastand. Das Pferd hatte ihn verlassen, das Weib hatte ihn verlassen, und seine Kräfte hatten ihn auch verlassen. Er wußte das kaum, denn sein Schlaf war wieder gut, wie schon seit vielen Jahren nicht mehr. Von allem Ungemach hatte ihn nichts aus dem Gleichgewicht gebracht als das Weib. Auch das, fand er, war nun aufs beste gelöst. Nicht die Liebe tat ihm leid, nicht das kranke Pferd und nicht mehr das gestorbene Weib. Er lag in seiner Kammer und schlief. War er wach, so vertrieb er sich die Zeit mit Husten und Schnaufen.

Des war der Bauer, bei dem er wohnte, nicht ganz zufrieden, und er wollte den alten, kranken Mann in die Einlege (öffentliche Versorgung) geben. »Ich glaub' dir's, ich glaub' dir's«, lachte der Hummeltreiber, »die alten Leut' sind halt überall im Weg. Aber nur noch ein bissel behalt' mich, weißt, los einmal, ich will dir was sagen.« Er neigte sich hin und flüsterte dem Bauern ins Ohr: »Ich tu' ohnehin bald umstehen (sterben). – So lang' behalt' mich. Kannst nachher von mir erben.«

Der Bauer lachte grob auf. »Möcht' schon wissen, was!«

»Ist nit zu verachten, mein Mensch, was ich dir vermachen will. Meinen guten Schlaf. Den laß ich dir da. Brauch' ihn eh nit, weil ich einen noch besseren krieg, hehe – gelt?«

Das ist es, was ich vom Felix Hummeltreiber zu erzählen weiß. Dann war es schon in einer der nächsten Nächte – der Alte schlief, und schlief so gut, daß er – das Atmen vergaß.

Wie Peter Obenaus zu seiner Frau kam

Das ist auffallend im Hause des Peter Obenaus. Der Peter ist ja doch sonst kein Sonderling, ist ein gewöhnlicher Mensch von der besseren Gattung, arbeitet fleißig und sieht auf seinen Vorteil.

Sooft aber ein reisender Handwerksbursch des Weges kommt, muß die Hausfrau von ihrer Arbeit ablassen und dem Burschen einen Brennsterz kochen. So verlangt's der Peter. Und mancher Bursche ist gar verblüfft, wenn er an der Türe um die gewohnte kleine Gabe bittet, einen halben Kreuzer oder ein dünnes Stückchen Brot erwartet, anstatt dessen aber die Aufforderung erhält, er solle sich nur ein bissel auf die Bank setzen und rasten, der Brennsterz würde bald fertig sein. Es ist schon geschehen, daß auf solches der Bursch sich eilends davongemacht hat, weil er irrtümlicherweise den Brennsterz für den bildlichen Ausdruck eines Unliebsamen gehalten. Wer die Dinge aber ruhig abwartete, dem wurde mit weißem Tuche der Tisch gedeckt, ein blanker Zinnlöffel hingelegt und endlich ein Pfännlein vorgesetzt mit bräunlich geschmortem, wohlduftendem Brennsterz. Auch noch ein Schälchen süßer Milch kam dazu, so daß der Bursch denn alle Freuden des Himmels genoß, die ein jugendlich Gemüt, das im gesunden Magen wohnt, sich nur immer erträumen kann.

»Ich komme mir wie verwunschen vor«, murmelte eines Tages ein schmucker Töpfergesell in den Sterzlöffel hinein, »in diesem Hause bin ich plötzlich kein armer Reisender mehr, den sie anderswo allemal freundlich einladen, nur recht bald wieder den Buckel sehen zu lassen; dahier bin ich der Sohn im Hause oder gar der Bäuerin ihr Herzliebster, weil sie mir so verdammt gute Sach' aufträgt.«

Die Bäuerin, so solches hörte, gab zur Antwort: »Den Brennsterz mag er sich wohl mit Gottessegen schmecken lassen, sich nachher aber eilends davontun, denn der Bursch ist weder der Sohn im Hause noch viel weniger der Bäuerin ihr Herzliebster.«

Geschmeckt hat der Brennsterz jedem, aber erfahren hat's keiner, warum er ihn erhalten. Der Leser soll den Brennsterz nicht kriegen, hingegen aber erfahren, warum im Hofe des Peter Obenaus dieses köstliche Nationalgericht des Steirers jedem Handwerksburschen verabreicht worden ist.

In diesem Brennsterz ist nämlich etwas Süßes. Nicht etwa Korinthen oder Zibeben oder dergleichen Leckeriges, sondern eine kleine Liebesgeschichte. Der Brennsterz ist Ursache gewesen, daß der Peter die trautsame Walpa und ihren schönen Bauernhof bekommen hat, und das ging genauso zu, wie es hier erzählt werden soll.

Kochte auf diesem Hofe dereinst die alte Bäuerin in einer

Pfanne Brennsterz. Sie nahm Mehl, teigte es kalt ab, schüttelte es dann in das heiße Schmalz der Pfanne, rührte es gut um und ließ es schmoren. Und als es gargekocht in bräunlichen, lockeren Krustlein war, stellte sie die Pfanne vom Feuer weg auf den Tisch und ging hinaus, um das Gesinde zu rufen, das auf der Wiese war und Gras mähte. In diesem Augenblicke traten zwei Handwerksburschen ins Haus, die um eine kleine Gabe anhielten. Sie sahen niemand als die dampfende Sterzpfanne auf dem Tisch. Natürlich im Gewissen gleich das siebente Gebot: Aufgepaßt! Du sollst nicht stehlen! Aber eine andere Stimme sprach sehr vernehmlich: Du sollst nicht hungern! Und wer spricht denn hier vom Stehlen! Ist ja niemand da, dem man etwas stehlen könnte. Die Leute werden halt alle gestorben sein, und die Überlebenden sind die natürlichen Erben. – Sie faßten die Pfanne am Stiel und eilten damit sehr rasch hinaus in den Waldschachen, der hinter dem Hause war. Dort setzten sie sich aufs weiche Moos, stellten die Pfanne zwischen sich, nahmen den Löffel ihres Vaters, die hohle Hand, und atzten sich an dem köstlichen Gerichte.

Sie aßen so lange sie konnten. Der eine konnte lange, das war ein Schneider; der andere konnte noch länger, das war ein Schuster. Dem Schneider wurden die Augen feucht im Angesichte dieser Labe und im Vollbewußtsein seines weiteren Unvermögens. Und als endlich auch der Schuster sich seinem Schicksale ergeben mußte, beteten sie das Dankgebet für die Gabe Gottes.

Kaum sie ihre fromme Andacht verrichtet hatten, kam ein hübscher blonder Knab des Weges. Der hatte einen Wacholdernen in der Hand und ein wohlgeschnürtes Felleisen am Rücken und pfiff das Liedel von der schönen Frau Wirtin am Rhein.

»Sieh einmal«, flüsterte der Schneider zum Schuster, »der tut ganz genau, als ob er ebenfalls ein reisender Wandergenosse von uns wäre.«

»Der könnte uns aus der Not helfen«, entgegnete der Schuster, auf den Rest des Brennsterzes blickend, so noch in der Pfanne war.

»He, Bruder!« schrie nun der Schneider den Vorübergehenden an, »du bist ein vazierender Sattlergesell und hast gewiß Hunger!«

»Nein«, antwortete der blonde Knab und blieb stehen, »ich bin ein Tischlergesell!«

»Gut ist's, dann hast du noch mehr Hunger. Glücksbruder, komm her, halte mit uns, wir haben einen Freudentag. Laß dir sagen, frommer Tischlergesell, der Bauer da in diesem Haus drin hat heut ein zweiköpfiges Kalb bekommen. Aus eitel Freud darüber läßt er etwas drangehen und hat uns ein Fest gegeben da in der Pfanne. Magst mittun, wenn du nicht schon zu Mittag gespeist hast.«

Der feine Tischlergesell hatte noch nicht zu Mittag gespeist, er ging also vom Wege seitlings und setzte sich ins Moos unweit der Sterzpfanne.

»Wenn ich Verlaub habe«, sagte er und tat aus seiner Lederscheide einen sauber gehaltenen Blechlöffel.

»Schau«, sagten die beiden zueinander, »der ist besser eingerichtet, dem hat Mutterl die Kindsbreischaufel mitgegeben. Es scheint, der edle Junker von Hobelburg ist noch nicht lange auf der Reise.«

»Heute ist der vierte Tag«, berichtete der Tischler, »und der erste Tag, daß ich in der Fremde ein ordentliches Mittagsmahl habe. Ich danke euch recht schön!«

Sonst sagte er nichts, blickte aber mit jedem Löffelvoll, den er aus der Pfanne hob, dankesinnigen Auges bald auf den Schuster, bald auf den Schneider.

»Zu danken hat es dem zweiköpfigen Kalb«, entgegnete der Schneider bescheidentlich. »Wenn du dich satt gegessen hast, Adam, so nimm die Pfanne, trage sie ins Haus und bedanke dich fein für deinen Teil; wir für den unsern sind schon ledig.«

»Das tue ich recht gern«, antwortete der Tischler, »aber Adam heiße ich nicht.«

»Das macht nichts«, gestattete der Schneider.

»Ich heiße Peter Obenaus und will mich gleichwohl auch bei euch bedanken, daß ihr so freundschaftlich gewesen seid, mich herbeizurufen. Ich hab' ein Liedel gepfiffen; hätte aber nicht mehr lange angehalten, der Spaß. Jetzt tut sich's wieder, und ich werde nun also die Pfanne zurücktragen und nachher wieder ein Liedel pfeifen.«

Während im Waldschachen dieses Idyll sich vollzog, begab sich im Hause ein Auftritt von dramatischer Größe. Als die Bäuerin mit dem Gesinde zurückgekommen war und keine Sterzpfanne gefunden hatte, erhob sich Verwunderung, Staunen und endlich ein tumultartiger Zorn. Während die Bäuerin neuerdings sich an den Kochherd machte, nahm der Bauer seinen Haslinger zur Hand, um damit nach dem Missetäter zu fahnden. In demselben unseligen Augenblicke trat der junge Peter Obenaus mit der leeren Pfanne ein, wendete sich an den Bauern und an die Bäuerin und sagte treuherzig: »Da wär' die Pfanne, und ich will mich beim zweiköpfigen Kalb recht schön bedanken!«

Eine Minute nach diesem artigen Wort erreichte die dramatische Situation ihren Höhepunkt. Der Schuster und der Schneider draußen hörten noch das Jammergeschrei des blonden Knaben und machten sich dann eilends davon, im Bewußtsein, eine edle Tat begangen zu haben. Denn die Handwerksburschen müssen stets zusammenhalten, um jüngeren Nachwuchs, der dumm und vertrauensselig wie ein Huhn aus dem Ei in die Welt hineinwatschelt, zu witzigen. Keinem bleibt's erspart, und das eben ist der Segen der Burschenfahrten, daß man klüger heimkommt, als man ausgezogen ist.

Die schwersten Leiden des Peter waren bereits vorüber, als sich auf Red und Gegenred herausstellte, daß er ein unschuldiges Opfer frecher Missetäter geworden war; und nun begann die Bäuerin dem kindlich gutmütigen Tischlergesellen Abbitte zu leisten, der Bauer wurde auch gemütlich und sagte zu ihm, wenn er sich auf seiner Reise etliche Tage im Hofe ausruhen wollte, so würde ihm nichts fehlen. Oder wenn er gar in Arbeit einstehen möge, so sei dazu Gelegenheit. Der Bauer habe einen Bruder, der sei Tischlermeister und habe vor kurzem die Einrichtung eines nahe gelegenen Jagdhauses übernommen, der brauche nun einen flinken Gehilfen. Als nicht ganz nebensächlich zu erwähnen ist aber das Haustöchterlein Walpa, das just flügge ward, ein gar munteres Blut hatte und dem mißkannten blonden Knaben ihr weißes Sacktüchlein reichte, daß er sich damit von den roten Wangen die unschönen Tropfen trocknen konnte.

Der Peter trocknete die roten Wangen, legte dann das Tüchlein sittig dankend in die Hand des mitleidigen Dirndels zurück, ging zum Meister, kam öfters in den Bauernhof und verliebte sich sachte in das Haustöchterlein. Das Haustöchterlein war klug und meinte, wenn die menschliche Pilgerschaft schon auf ein Ehebett und auf eine Wiege eingerichtet sei, so müsse es ein Tischler sein. Weil die Walpa beim Hause das einzige Kind war, so fügte sich's bald überaus glatt und zu aller Zufriedenheit. Denn nett und brav, das war und blieb der Peter, und in wenigen Jahren war er Besitzer der feinen Walpa und des großen Hofes. – Eine Sterzpfanne! Daraus sieht man, daß der grundgütige Gott kein Mittel verschmäht, wenn er ein paar Leutchen weiß, die er zusammenbringen will. Der Peter vergißt es dem lieben Herrgott sein Lebtag nicht, und so hat er den Brauch eingeführt in seinem Hause, daß jedem zusprechenden Handwerksburschen eine Pfanne Sterz vorgesetzt werde, was noch dazu den Vorteil hat, daß kein Handwerksbursch in diesem Hause mehr eine zu entführen braucht.

Wenn jene zwei Handwerksburschen wüßten, wie gut ihre Bosheit verlaufen ist, einer wie der andere müßte sich tödlich grämen darüber, die Sterzpfanne nicht selbst zurückgetragen zu haben. Das wäre freilich anders verlaufen, denn wohlgemerkt, die Sterzpfanne allein tut es nicht. Es gehört – wo ein feines Bräutchen erworben werden soll – auch ein braver Bursch dazu.

Ein schneidiges Dirndel

»Dirndel, heut!«
»Was denn heut?«
»Heut hab' ich dich endlich einmal!«

»Wer? Du mich? Hihihi!«

»Ja, ich dich. Hahaha!«

»Da wird sich wohl einer schneiden!«

So begann ein Zwiegespräch zwischen dem Johann Wendlinger und der Kunigunde Reiterin, als sie selbander des Weges gingen ins Dorf zur Kirchweih. Er war um zwei Köpfe größer als sie, sie um einen gescheiter als er.

»Warum just du mit mir so trutzig bist, Kundel?« fragte er sie.

»Und warum dir just mein Trutzigsein so zuwider ist, Hansel?« war ihre Widerred.

Er blieb stehen, breitete seine Arme aus und rief mit großem Schwunge: »Weil ich dich liebe!«

»Hihihi, jetzt hätt' ich bald gelacht!« lachte sie lustig.

»Was gibt's da zu lachen, möcht' ich wissen!«

»Ist's dir lieber, wenn ich flenne?« lachte sie.

»Gernhaben sollst mich!«

Antwortete sie: »Für so einen schönen Buben tät' ich wohl viel zu schlecht sein. Und du tust halt gerad einmal in drei Stücken mit für mich passen.«

»Na, das wär' nicht übel!« sagte er und richtete sich stattlich auf, so daß man die Pracht seiner Gestalt, seines Tuchgewandes und seiner Uhrkette recht imstande war zu bewundern.

»Sein tut's so«, redete sie, »fürs erste bist du mir zu schön, fürs zweite zu stark und fürs dritte zu reich.«

»Geh', fopp du einen anderen!«

»Gewiß auch noch!« versicherte sie. »Will dir's gleich sagen, wie es gemeint ist. Denn weil du mich jetzt schon das drittemal fragst – du siehst, daß ich meine Knöpf' mach' im Sacktüchel – so muß ich dir doch meine Meinung einmal fürhalten.«

Ganz ernsthaft stand es vor dem eckigen Burschen, das kleine lose Ding mit dem roten Vollmondgesichtl und mit dem blauseidenen Busentuch über die anmutige Gegend herab, von der er sein Auge nicht konnte wenden.

»Schau, Bübel, sein tut's so!« begann sie. »Dein Haar tut eh schön glänzen, auch wenn du es nit tätest schmieren mit Schweinefett. Und dein Schnurrbart möcht' doch sicher auch ohne Schusterpech ein paar Hörnlein aufbringen. Und daß du viel Taler hast, weiß ohnehin jeder, daß du sie nit erst müßtest an der Uhrkette spazierenführen. Daß du stark bist, glaubt man dir auch gern, ohne daß du alle Sonntag einen Raufhandel anheben müßtest. So, jetzt weißt es.«

Der Bursch glotzte nur einmal verblüfft drein, auch beobachtete er die Vorgänge auf dem Gesichte des reschen Dirndls, ob es wirklich Ernst sei oder ob man die Rede als Spaß nehmen dürfte. Das mit dem Spaß ging nicht recht an, so sagte er stark gedämpft: »Leicht könntest einen Schulbuben nehmen, der noch keinen Bart hat zum Spitzen, oder einen alten Taderling, der kein Haar mehr hat zum Schmieren. Oder einen Pfründner, so einer wird dir gewiß keine Taler spazierenführen und auch keinen Raufhandel anheben – verstehst!«

»Hihi, jetzt ist er schon giftig!« kicherte sie.

»Und raufen tu ich eh nur deinetwegen!« setzte er bei. »Weil sie mich allemal spötteln, daß du mich nit magst, diese Haderlumpen!«

»Und deswegen soll ich dich halt mögen, daß du dich nachher prahlen könntest, gelt?«

»Hörst, Kundel, mit dir ist nichts auszureden. Du tust mir's zu Fleiß, du bist eine boshafte Person. Aber das sag' ich dir, Mädel, wenn ich dich nit haben kann, so soll dich just ein anderer auch nit haben. Denk, was ich gesagt hab'!«

Wie jetzt sein Gesicht blaß geworden, wie er seine Finger in die Tuchweste einkrampfte, da wäre es der Kunigunde schier lieber gewesen, sie hätte auf diesem Wege ihr Gutachten über seine Eigenschaften nicht ausgepackt.

»Werden wir halt sehen!« sagte sie in einem fast singenden Ton und ging hinüber zum rechten Straßenrand, dieweilen der Hansel an dem linken mit seinen etwas sichelbeinigen Läufen schwerfällig dahinschritt. Er steckte seine Hände in die Hosentaschen und fing sachte an zu pfeifen.

Nach einer Weile begann er wieder zu reden: »Ist's dir dort drüben auf dem steinigen Rain lieber wie bei mir herüben?«

»Bedank mich schön, darüber hab' ich noch nit nachgedacht«, antwortete sie kurz. Dann pfiff er wieder so halblaut vor sich hin. Ein Märschlein pfiff er und dachte, sie würde nach seinem Takte Schritt halten. Sie trippelte aber viel zu rasch dahin.

Auf einmal fragte er: »Ist dir das Gernhaben leicht zu wenig? Willst geheiratet sein?«

»Freilich«, antwortete sie.

»Jetzt ist mir der Teuxel schon einerlei, ich heirate dich auch!«

»Ja, bitt' dich gar schön, sei so gut!« spottete sie.

Jetzt hätte ihr der neuerdings entrüstete Hansel gerne gesagt, daß sie, die arme Person, froh sein könnte, wenn er, der reiche Bauerssohn, sie nehme. Aber sie war keine arme Person. Sie war die jüngste Tochter des zwar nicht reichen Zimmermeisters Reiter. Ihre älteren vier Schwestern waren bereits angesehen verheiratet und ganz ausgezeichnete Hausfrauen, die steinfest zu ihren Männern hielten, gesunde Kinder hatten und dabei selber noch alleweil schöner wurden. So war natürlich auch die Jüngste dieser guten Gattung rechtschaffen umworben.

Um die Auszeichnung anzudeuten, die ihr durch seinen Antrag werde, sagte er nun: »Wenn ich will, an jedem Finger bleibt mir eine hängen!«

»Glaub' dir's«, antwortete sie. »Und die an den Fingern nit Platz haben, kannst dir der Reihe nach ans Uhrkettel fassen. Auf deinen Hut kannst ihrer auch ein paar stecken.«

Den Burschen zuckte es in den Armen, er knollte die Fäuste im Sack, die Kundel merkte es wohl; kichernd eilte sie fürbaß, er trottete hinten nach und sann auf Gelegenheit und Mittel, den Hohn zu rächen. Daß diese Zimmermeisterische so gar nicht dranzukriegen ist!

Als sie gegen das Dorf hinabkamen, war sie ihm schon um hundert Schritte voraus. Der Hansel gesellte sich zu einem Kameraden, der duckmauserisch dahinsiffelte und sich fortweg mit dem roten Sacktuchballen im Gesicht herumfuhr, weil er Triefaugen und eine Triefnase hatte. Dem klagte er die Hoffart der Kundel.

Der Duckmauser entgegnete in weinerlichem Tone: »Sollst

dir halt zu helfen wissen. Ein einzig Nachtel ist genug, um Weiberleuthoffart auszutreiben.« –

Beim Hirschenwirt war Tanzmusik. Alles, was sauber und lustig war im Tale, hatte sich bereits eingefunden, und auch etwelches, was nicht sauber war. Es wurden schon die Kerzen angezündet, und das ist allemal eine reizende Zeit.

Die Kundel war auch da, mit ihrem Vater, dem Zimmermeister. Der saß mit dem Schullehrer und dem Schmied und dem Schneidermeister im Extrastübel, und sie sprachen fast so klug wie ein Minister und so schön wie ein Professor über die Wahlreform. Ob auch Unverheiratete wählen dürften, Bauernknechte, Handwerksgesellen? Die im Extrastübel waren darüber noch lange nicht einig, als im Tanzsaal das allgemeine Wahlrecht bereits praktisch ausgeübt wurde. Jeder ohne Unterschied des Standes wählte sich eine. Die meisten Wahlen wurden für gültig anerkannt, nur die alte Schlägelduttin bestritt ihrem Manne das Wahlrecht, zerrte den Armen aus dem Wirtshause und heim ins finstere Duttenhäusel.

Ein junger Mensch, der mit einer blassen, aber gutmütig dreinschauenden alten Frau in die Wirtsstube trat, wählte auch, vorläufig aber nur den Tisch, an dem sie sich niederlassen wollten. Der stand in der Nähe des Ofens, und an ihm saß die Kunigunde Reiterin mit einer verheirateten Schwester. Gar artig verneigte sich der junge Mann vor den Weibern, und seine Mutter – die mit ihm gekommen war – meinte freundlich, sie setze sich schon gern in die Nähe des Ofens; warm, das sei ihr das liebste auf der Welt.

Das waren die Kleinwächtersleute, die draußen in den Auen ein Häuschen besaßen und eine Korbflechterei, die sie ziemlich knapp ernährte. Der Alte war seit ein paar Jahren tot, und nun war es ganz an dem Paul, das kümmerliche Gütel aufrechtzuhalten und seiner Mutter ein Beistand zu sein. Heute hatte er sie auf die Kirchweih geführt, daß sie wieder einmal ein Tröpfel Wein verkoste und lustige Musik höre. Gar besonders festlich nahmen sich die Leutchen nicht aus. Die Frau trug ein schwarzes Kleid und ein dunkelbraunes Halstuch darüber, genau wie sie es bei dem Leichenbegängnisse ihres Mannes angehabt hatte, auch denselben schwarzen Strohhut mit dem Florband. Schwarz, meinte sie, könne man immer tragen. Ihr Sohn, der Paul, hatte ein luftiges, mattgraues Gewändlein an; die lichtblaue Halsschleife und eine Spätnelke im Knopfloch zeigten seine festtägige Stimmung aber immer noch nicht so entschieden an, als sein frisches, heiteres Auge, mit dem er jetzt die Kundel anlachte. Er war ein ganz hübscher Junge, nur ein bißchen zu weichmütig und untertänig in der Stimme, als er jetzt eine kleine Flasche Wein mit zwei Trinkgläsern und einer Semmel bestellte. Der dicke Wirt röchelte überlaut lachend die Worte hervor, zur Kirchweih bekomme man bei ihm nur fleischerne Semmeln! Worauf die Frau bescheiden entgegnete, Nachtmahl gegessen hätten sie schon zu Hause.

Der Paul kam zwischen Ofen und Kundel zu sitzen, wozu er scherzend bemerkte: »Na, kalt wird mir bei diesem Tisch nit werden.« Dabei lächelte er das Dirndel treuherzig an und zupfte an dem Flöckchen seines Schnurrbärtls, das schüchtern und völlig farblos über dem Mundwinkel hervorguckte.

»Der Ofen ist ja gar nit geheizt!« lachte die Kundel lustig auf.

»Wenn das ist, dann muß ich mich näher an diese Seite halten«, sagte der Paul und rückte so nahe ans Dirndel, daß sich ihre Ellbogen ein wenig berührten. Und so saßen sie gesittig da und wußten nicht recht, was sie miteinander sprechen sollten. Weil vom Tanzboden her die Pfeifen und Geigen klangen, so sagte der Bursch endlich leise zu seiner Nachbarin: »Weißt du, lang wird sich's nit tun mit dem Sitzen da!« Denn der steirische Landler zuckte ihm durch die Beine. »Weil die Mannsleut kein' Fried' geben mögen!« entgegnete das Dirndel. Dieweilen trat sie mit ihren Zehenspitzen selber den Takt, ganz heimlich zwar, aber der Junge merkte es doch, und jetzt zuckte es ihm zwiefach durch die Beine, der Landler und ihr Takttreten. Plötzlich stand er auf, nahm das Dirndel am Arm und sagte ganz zärtlich: »Es geht nit anders, gehn wir eins tanzen mitein-and!«

Schier verliebt gingen sie hinaus. Es tanzten nur wenige

Paare, darunter auch der Wendlinger-Hansel mit einer schwarzhaarigen Italienerin, die mit welschen Maurern ins Land gekommen war, und es tanzte der Duckmauser mit einer glotzäugigen Magd. Kaum war unser junges Pärchen bescheidentlich einmal herumgewalzt, als der Hansel auf sie herfiel und den Paul aus dem Kreise riß: »Jetzt wird nit getanzt, Körbelbub! Den Tanz hab' ich gezahlt!« Und es war auch so, der Silbergulden lag auf dem Spielleuttisch.

Blaß vor Verlegenheit kam der Bursche zurück in die Stube zum Ofen, dort flüsterte er seiner Mutter zu: »Ich bitt' dich schön, ich muß einen Tanz zahlen!«

Die Frau wendete sich halb in die Ecke und begann ihren Kittelsack auszusuchen. Es zitterten ihr dabei die Hände ein wenig, und sie machte kein besonders frohes Gesicht. Endlich hatte sie ein Silberzwanzigerlein hervorgebracht, und gierig, wie es sonst nicht seine Art war, haschte der Junge danach.

Als der eine Tanz aus war, zahlte er den seinen. Rasch strichen die Spielleute das geringe Münzlein in den Lederbeutel, daß es nicht vor den Augen der Leute daliege und ein schlechtes Beispiel gebe! Mit nur halber Lunge begannen sie einen langweiligen »Altväterischen« zu blasen, und der Paul begann sich mit der Kundel zu drehen. Dabei lud er kopfnickend die anderen Paare ein, nur mitzutun, etliche sprangen auch ein, da schrie der Hansel grell: »Aufhören!« und warf einen Gulden auf den Spielleuttisch hin.

»Aushalten!« rief der Paul drein, aber er konnte seinem Befehle nicht den silbernen Nachdruck verleihen, und die Musikanten legten ihre Instrumente auf den Tisch. Sie müßten ja doch einmal ausschnaufen.

»Na wartet!« rief die Kundel, »ich will euch den Blasebalg schon wieder aufziehen!« Eilte zum Tische und legte ein Guldenstück hin.

»Und ich werde in den Blasebalg ein großes Loch machen, daß er seitlings pfeifen kann, wenn die saubere Jungfer Kunigunde mit ihrem Lotterbuben tanzen will!« So der Johann Wendlinger und ließ einen Fünfguldenschein hinflattern auf den Spielleuttisch.

Das war jetzt ein Aufzucken in der Stube, als hätte es allen den Atem verschlagen. Alle schauten auf die Kundel und den Korbflechter-Paul. Der duckte den Kopf und verzog sich. Aber das Dirndel trat vor, trat so nahe hin an den großen Bengel, daß ihre Nasenspitze fast an seine schwere silberne Uhrkette stieß: »Jetzt muß ich schon fragen. Der Lotterbub! Was meinst denn damit?«

»Er soll kommen und mich selber fragen!« drauf der Hansel.

»Ist's dir nit recht?« fragte sie scharf.

»Ah, du bist mir eh recht«, sagte er und wollte seine Arme um ihren Nacken legen. »So eine möcht' ich heut'!«

»Da hast eine!« rief sie, und die Ohrfeige saß ihm an der Backe. – Sie lief hinaus, er taumelte ihr nach, aber nur bis zur Tür, dort wurde er zurückgehalten. Er ballte die Fäuste, mußte aber, von mehreren Männern gefaßt, stehenbleiben. »Jetzt hast eine!« spotteten sie, »mit der kannst schlafen gehen.« Das Gelächter, welches über ihn jetzt losbrach, hat seine Wut nicht gedämpft.

Als die Kundel in die Gaststube zurückkam, wo der Paul bereits wieder beim Ofen saß, setzte sie sich nicht mehr hin.

Sie stellte sich nur an den Tisch und sagte leise zum Burschen: »Du, Paul, wenn du wieder einmal tanzen willst, so nimm dir ein Strohweibel dazu. Das heißt, wenn du es nit etwa für einen Hasenschrecker hältst und davonläufst!«

Dachte er ein wenig nach, was das heißen sollte. Und dann entgegnete er: »Des Wendlingers wegen, gelt? Weißt, ich hab' mir gedacht, mit so einem Flegel will ich nichts zu tun haben und der Gescheitere gibt nach.«

»Geh', geh', red' du dich jetzt auf die Gescheitheit aus! Die ist bei dir ganz unschuldig, verstehst? – Auch mir graust vorm Raufen, und das hab' ich dem Pölli da draußen heut' auch schon gesagt. Wenn ich aber ein Mannsbild bin und tanz' mit einem Madel, und so einer heißt mich einen Lotterbuben und verschimpft sie damit, nachher kriech' ich nit erst der Gescheitheit unter den Kittel – zuschlag' ich!«

»Ja, und schmeißt dich der groß' Lümmel an die Wand wie eine Hafergarb'!«

»Ist mir alles eins, 's Madel laß ich mir nit verschandieren!« sagte sie.

»Mußt nit bös sein, Kundel«, sagte der junge Korbflechter und wollte seine Hand zärtlich auf ihren Arm legen. Sie schnellte ihn mit einer raschen Bewegung ab und sagte: »Weißt du, wie's bei den Spatzen der Brauch ist? Ein Mandel, das das Weibel nit kann beschützen, bleibt allein stehen, als einsamer Spatz! – Damit du weißt, daß ich auch korbflechten kann und brauch nit einmal Weiden dazu. So, ausgeredet ist's!«

Daß das Röckl flog, so rasch wendete sie sich um, schritt zu ihren Schwestern und zeigte ihnen an, daß sie heimgehe. Die Schwestern begleiteten sie, weil der Vater Zimmermann im Extrastübel mit den anderen das Wahlrecht noch nicht fertig hatte.

Pauls Mutter kam jetzt näher an ihren Sohn und fragte, ob es etwas gegeben hätte. Da warf der Paul seinen Kopf in den Ellbogenwinkel und hub an zu flennen.

»Aber Kind! Kind!« jammerte sie, »was ist geschehen? Tut dir was weh?«

Da sprang der Bursche auf, ballte gegen den Tanzboden die Faust: »Dieser verdammte Lümmel!« Dann stand er ein paar Augenblicke starr da, im Gesicht war er noch blasser als sonst. Seine Mutter legte die Hände zusammen und hauchte: »Aber Paul! – Aber Paul! – Was machst denn für Augen?!«

Plötzlich riß er vom Ofengeländer einen Balken los und stürzte damit zur Türe hinaus auf den Tanzboden. Nun ging es rasch vor sich. Ein wüster Lärm, die Musik brach schrill ab, ein Schrei – dann haben ihn ihrer zwei Männer in die Stube getragen.

Am Dorfende, wo das Kreuz steht, wurden die Weiber auf dem Heimwege erreicht. »Habt's gehört?« rief ihnen der Bote nach. »Sie werden gleich läuten. Für den Korbflechter. Für den Paul. Erschlagen haben sie ihn.« – Die Sterne, die sonst fest am Himmel stehen, huben vor den Augen der Kundel zu tanzen an . . .

Geläutet wurde. Aber nicht die Sterbeglocke, sondern die

Hochzeitsglocke nach sechs Wochen, als der Bursche wieder heil war. Die Kundel hatte wohl gemeint, der Paul könne sich seine Körbe selber flechten und hat den ihren wieder zurückgenommen.

Manchmal ist nämlich auch das Bauerndirndel wie eine heidnische Gottheit. Sie begnügt sich nicht mit dem Lippengebet der Liebe, auch nicht mit dem bewußten »ganzen Herzen«, sie will ihr Blutopfer haben, dann ist sie gnädig.

Der Wendlinger-Johannsel ist nicht bei der Hochzeit gewesen. Während im Wirtshause die nämlichen Pfeifen und Geigen klangen, die er früher nach Belieben angerichtet oder abgestellt hatte, saß er mit dem Duckmauser draußen unter einem Heuschober. Der Duckmauser hielt sein Sacktuch vor die triefenden Augen, der Johannsel biß sich die Fingernägel und knurrte: »Höllsaggra! Ist das ein dummer Tag!«

Sie kratzt nimmer!

»Komm, Vater, der Lipperl will wieder einmal nicht folgen!« rief die scharfe Stimme der Mutter aus der Stube heraus. »Er will die rupfene Pfaid wieder einmal nicht anlegen. Komm, Vater!«

Der Vater, der im Vorhause auf der Drehbank geritten war, um einen Stiel zum Hausbesen zu schneiden, legte den Schnitzer hin und stand auf. Er war ein stattlicher, noch fast junger Mann und hatte ein rundes Gesicht, auf dem die gute Stunde zu lesen war, trotzdem er soeben einen Besenstiel geschnitzt hatte. Er ging nun langsam in die Stube. »So!« sagte er, »folgen will er nicht, der Lipperl!«

Die Mutter tat am Kinderbettlein um und war vergeblich bemüht, den etwa fünfjährigen Knaben in das neue Hemd zu bringen, das gestern erst aus den Händen der Näherin gekommen war. Die Näherin war eine herzensgute Frau gewesen, hatte auch gar feine Hände gehabt, aber die Pfaid, die aus diesen Händen hervorgegangen! Wenn der Lipperl von der »eisernen Jungfrau« schon einmal etwas gehört hätte, so würde sich ihm kein übler Vergleich ergeben haben zwischen diesem Fräulein mit den zahllosen Eisenspitzen inwendig und der rupfenen Pfaid, die ihm die Mutter eben über den Kopf streifen wollte. Der Rupfen, wer ihn kennt! Das ist die grobe, ruppige Leinwand, in der noch die spießigen Agen stecken. Sonst war es der Brauch, daß die neuen Schuhe und die neuen Rupfenpfaiden zuerst ein Dienstkind, ein lediges, durch etliche Tage anlegen und lind walken soll, ehe das Hausbüblein hineinschlüpft. Dem Franz im Hof gefiel dieser Brauch nicht. »Mein Bub muß auch gerüffelt werden«, sagte er, »hat eh eine Haut wie Fließpapier. Das Fell muß gegerbt und die weiße Haut gekratzt werden, bis sie rot ist. Gegerbte Häute halten länger und rote sind gesünder und auch schöner. Also drum hinauf mit der rupfenen Pfaid!«

Der Lipperl zeterte höllisch, als der Vater eintrat, er wollte jetzt weder gesund noch schön sein, noch lange halten und am wenigsten wollte er in die neue Pfaid. Die Mutter hatte er sich mit stämmigen Ärmlein und strampelnden Füßlein zur Not vom Leibe gehalten, beim Vater gab's keinen Widerstand, oder die Geschichte wurde noch schlimmer. So nahm der Vater auch jetzt ohne weitere Umstände das wimmernde nackte Knäblein aus dem Kissen, streifte ihm das spröde Hemdchen über Kopf und Schultern und legte ihm auch das neue Lodenhöslein an, das, so proper es sich von außen ansah, inwendig auch seine Widerlichkeiten hatte. Und nun stand die kleine Kreatur da, die Beine auseinanderspreitend, die Arme halb gesenkt, das Körperlein eingeduckt, bewegungslos, weil ja bei jeder Bewegung die Hose und die Pfaid jämmerlich kratzten. So stand er da wie ein Sträußlein Elend und ächzte und stöhnte, als sollte er eben geköpft werden. Anstatt dessen sagte der Vater lachend: »Na wart, wir wollen dir die Wehleidigkeit schon herausnudeln!« Nahm ihn, legte ihn auf den Tisch hin und begann ihn flott hin und her zu walken. Die Mutter schlug ihre Hände zuerst über dem Kopf und dann über dem Magen zusammen. Der Lipperl schrie unter den kräftigen Armen des

Vaters, dann wimmerte er, und endlich hub er bei seiner nudelwalkenden Bewegung an zu kichern. Dann sprang er auf und das Kratzen war weg, die Pfaid war weich gewalkt. Der Lipperl lief lachend davon.

»Bist aber doch ein rechter –!« grollte die Mutter ihrem Manne zu.

»Freilich«, sagte er, »unser Herrgott macht's mit uns Großen auch so. Tut uns ein bissel Kratzen zu weh, so macht er was Stärkeres.«

»Du weißt halt alleweil was«, entgegnete sie. »Und derweil du mit dem Kleinen umtust, vergißt du auf die Große!«

»Ah, beileib' nicht, Jula, auf dich vergeß ich nicht«, sagte er und tat schier, als wollte er sie halsen.

»Tschapperl! Auf das Mädel vergißt!«

»Richtig, auf die Theresel, die ist jetzt auch schon bald eine Große! Man gewöhnt sich halt so schwer dran, daß sie groß werden, die Kinder, die man kleinerweis' kriegt hat.«

»Sie wird schon bald achtzehn«, sagte die Mutter, dieweilen sie die Bettdecke des Knaben in die Luft auswirbelte. »Ich hab' dir sagen wollen, Michel, heut' – heut' will er kommen . . .«

»Wer?«

»Der Derler.«

»Der Derler? Der Sepp? Der Dirn steigt er wieder nach? Das soll er sein lassen, ich sag' ihm's!« Das Weib stellte ihre Arbeit ein, schaute ihm ruhig ins Gesicht und sagte: »Zu dir, hör' ich, will er heut' kommen, der Sepp. Ernst will er machen. Ich bitt' dich, Vater, sag' nicht nein. Die ganz' Nacht hat sie heut' geflennt, die Theresel, vor lauter Angst, du kunnt'st nein sagen. Geglaubt hätt' ich's nicht, daß ein Mädel so vernarrt kunnt sein in ein Mannsbild.«

Jetzt drehte er sich halbseitling zu ihr, schaute sie windschief an und sagte: »Bist du's nicht auch gewesen?«

»So nicht!« wehrte sie ab, »nein, so nicht, nachgeflennt hab' ich dir nicht!«

»Weil du mich geschwind g'habt hast!« rief er aus und klatschte in die Hände. Dann sagte er wieder ernsthaft: »Na, ist gut, das Mädel soll ihn auch haben. Gegen das Heiraten hab' ich nichts, der Derler-Sepp ist soweit ein ganz ein braver Mensch.«

»Und ein schöner Mensch!«

»Und ein fleißiger Mensch.«

»Und der große Hof dazu!«

»Ist auch nicht zu verachten –«, setzte er bei. Dann fuhr er lebhaft in die Höhe: »Aber mein Gott, jetzt soll das Mädel schon heiratsfähig sein! Und hab's erst noch in Windeln herumgetragen. – Wann kommt er denn?«

»Stund elf herum, hab' ich gehört.«

Der Michel legte seine Hände auf den Rücken, ging vom Tisch bis zur Tür und wieder zurück zum Tisch und fragte dann sein Weib: »Du, Jula, ich weiß nicht, was sagt man denn so eigentlich, wenn einer um die Tochter anhalten kommt?«

»Lapperl, was wird man denn sagen, in Gottes Namen: ja wird man halt sagen.«

»Und ihm 's Dirndel gleich so hinwerfen? Nein, ich denk', man sperrt sich ein bissel.«

»Kannst dich ja auch ein bissel sperren. Aber halt nicht zu lang, es kunnt ihm anders einfallen.«

»Fürcht' dich nicht, Jula, dem fällt nichts anderes ein. – Ich werd' halt sagen, wenn er anfragt, daß – von wegen – na Teuxel, was sagt man nur da Gescheites?«

Sie zupfte sich einen losen Faden aus dem Ärmel: »Mein Gott, um ein schicksames Wort wird man doch nicht erst betteln gehen müssen! Sagt man halt, daß die Sache so viel unerwartet gekommen ist. Viel zu jung wär' sie noch, und das gute Kind, man möcht' es frei nicht geraten im Haus.«

»Narr, das ist ja das helle Nein!« rief der Michel.

»Nachher«, fuhr sie fort, »kannst bald fragen, ob er denn mit dem Dirndel schon auf gleich wär'. Gernhaben, das wär' die Hauptsach'. Wenn er die Theresel gern hat – und 's ist ihr Fürnehmen und er verspricht, daß er sie glücklich machen will, so kunnt man nicht nein sagen –«

»Du, Jula, jetzt, das geht wieder zu schnell«, sprach der Michel, »was wär's denn mit einer Bedenkzeit –?«

»Ich bitt' dich, Bedenkzeit! Das ist allemal gefährlich bei

verliebten Leuten. Geheiratet ist's ja so nicht auf der Stell', und versprechen können sie sich heut' so gut als morgen. Sagst halt, wenn er sich's wirklich mit allem Fleiß überlegt hätt! Und der heilige Ehestand wär' keine Kleinigkeit, anfangen tut er freilich ganz lustig, aber nachher kommen die Kreuz und Leiden –«

Jetzt hatte der Michel Bedenken und sagte: »Du, wenn man einem so vorredet, da kann er erst noch ausspringen –«

»Gut, so laß Kreuz und Leiden weg.«

»Ich werd's lieber weglassen«, sagte er, und somit war's besprochen.

Später stand die Mutter in der Milchkammer beim Dirndel. Das war ein kleines, rundliches Ding, aber die Lebenslust schaute ihm bei den vergißmeinnichtblauen Augen heraus.

»Ich hab' schon geredet mit dem Vater«, flüsterte die Mutter der Theresel zu.

»Was hat er denn gesagt?« hauchte diese zurück und hielt vor Erwartung den Atem ein.

»Er wird schier nicht umsonst kommen, der Sepp!«

Da machte das Dirndel einen solchen Freudensprung, daß die Dielen knarrten und die Milch schwurbelte in den Töpfen.

»Jetzt muß ich dir aber auch was sagen«, fuhr die Mutter fort. »Dieses Jöppel mit dem zerrissenen Unterfutter behältst mir nicht am Leib, wenn er kommt!«

»Das schwarze Samtjackerl leg' ich an«, meinte das Dirndel.

»Na, versteht sich! Am hellen Werktag das Ostertaggewand, daß er kunnt meinen, du gingest nur immer so im Feiertag herum und hättest keinen Löffel zum Arbeiten! Das Blaudruckröckel legst an und das weiß' Schürzel dazu. Schön sauber waschen im Gesicht und 's Haar fein glatt machen! Aber keine Schmecktropfen drauf, immer einer riecht nicht gern. Und die Ohrgehängel tust weg. Vor nichts schreckt sich ein heiratendes Mannsbild so leicht als vor Putz, weil er gleich denkt, Herr Jesel, was wird das Geld kosten! – Zuerst wird er mit dem Vater allein reden. Nachher wirst gerufen werden. Und bleib ja nicht vor ihm stehen wie ein Stock, mach' dir gleich in der Stuben zu schaffen, und wenn du Red' angelassen wirst, so stell' dich zuerst, als hättest keine Zeit zum Schwatzen. – Und muß ich dir noch was sagen«, fuhr die Mutter in ihrem Unterrichte fort. »Sein Vater, der alte Derler, soll abergläubisch sein und einmal gesagt haben, bei jungen Mädeln müsse man schauen, wie sie die Uhr aufziehen.«

»Was? Wie sie die Uhr aufziehen?« lachte die Theresel drein. »Das kann ich gar nicht.«

»Wie eine die Hängeuhr aufzieht, soll er gesagt haben, daran erkennt man gleich, ob sie anschicksam ist oder nicht. Zieht eine bei der Schnur an, ohne daß sie beim Gewichtklachel nachhebt, so ist's nichts mit ihr, sie ist ungeschickt und verdirbt alles, was sie angreift. Ich bitt' dich, Theresel, nimm dich zusammen! Wenn ich nachher auch in die Stuben komm, so werd' ich sagen: ›Schau, heut' ist die Uhr noch nicht aufgezogen!‹ Drauf eilst du g'schwind hin, steigst auf den Schemel, ziehst schön langsam an bei der Schnur und hebst mit der anderen Hand den Klachel nach, daß nichts bricht. – So und jetzt schau, daß du mit dem Abrahmen fertig wirst, Stund elf herum ist er da.«

Jetzt ging's der Theresel schlecht. Ihr erster Gedanke war: Aufputzen! Die Fingerlein krümmten sich schon nach der silbernen Halskette, nach den Ohrgehängen, und just das sollte sie nicht. Daß die Mannsbilder gar so wunderlich sein mögen! Hat sie ihn nur erst, nachher wird's ihm wohl auch gefallen, nachher kauft er ihr gewiß noch was dazu. – Da fiel es dem Dirndel jäh ein: Wenn er die Ohrgehänge täte tragen! Oder gar eine Halskette! Na, da wollt' sie ihn schön auslachen. Er ist gerade so am schönsten, wie er ist. Nicht einmal die Tabakpfeife braucht er in den Mund zu stecken. Indessen, wenn er so ein bissel vom Tabak riecht beim Mund, so ein klein bissel, das macht einen ganz schwindelig vor lauter Geschmackigkeit. Aber kratzen muß man, um heil davonzukommen, diesen kekken Menschen in die Hand kratzen. Gott, ist das ein schöner Mensch! –

Stund elf herum war die Stube mit aller Sorgfalt aufgeräumt, auf dem Schrank hatte die Jula neues Linnenzeug offen liegen lassen, schneeblümelweißes Linnenzeug! Der Michel stand am Tisch und schnitt vom Laibe Brotspalten in eine hölzerne Schüssel für die Mittagssuppe. Er schnitt immer hinein und die Schüssel war schon voll und es ereignete sich nichts. Endlich hub draußen im Hofe der weiße Pintscher an zu keifen. Der dicke Schmadelbauer stieg langsam heran und hinter ihm der Derler-Sepp. Der schlanke, junge, lebfrische Sepp. Beide im Sonntagsgewand, der Schmadelbauer mit einem feierlichen Stocke, der Bursche die eine Hand in der Rocktasche, die andere mit dem Daumen am Hosenträger. Unter dem weißen Hemdkragen ein kirschrotseidenes Halstuch, aber am Hut keine Feder und keinen Strauß. Ob er morgen derlei tragen wird, das kommt aufs Glück an, das sie jetzt suchen gehen. Der Pintscher wollte den Burschen in die grünen Strümpfe schnappen, allein der Sepp beugte sich nieder, klatschte mit der Hand auf die Lederne und machte dem Hündlein was Versöhnliches vor, gleichsam, als müsse er jedes Wesen für sich gewinnen in diesem Hause.

Die Mutter Jula war eilends in die Küche hinausgeschlüpft; das ginge noch ab, daß es aussähe, sie hätten schon drauf gewartet! Die beiden Männer traten in die Stube. Nach dem »Grüß Gott« und »auch so viel« sagte der Michel, es wäre brav, sie kämen gerade recht zum Mittagessen. Darauf die artige Entgegnung vom Schmadelbauer, des Essens wegen wären sie wohl nicht hergegangen, aber wenn sie nicht ungelegen kämen, ein paar Wörtel reden möchten sie mit dem Michel.

»Was denn lauter!« rief der Brotaufschneider, »seid's 'leicht um die Theresel da?« – Wenn man einen Mund so wegschlagen könnte, wie eine Nase, der Michel hätte sich jetzt den seinen weggeschlagen aus innerem Zorn über die vorlaute Red'. Aber sie war heraus und der Schmadelbauer wackelte mit glühendem Gesicht auf ihn zu, hielt ihm beide Hände hin: »Ja, Nachbar! Um deine Theresel sind wir da. Ist's wahr, Sepp?«

Der Angeredete blieb hinten beim Linnenschranke stehen, nickte lebhaft mit dem Kopf und wurde rot wie eine Nelke. Allerliebst schauen sie aus, die jungen Burschen, wenn sie rot werden.

Der Michel schrie es in die Küche hinaus: »Mutter, komm

geschwind herein! Da schau! Der will unser Mädel heiraten!«

Die Mutter war anfangs bestrebt, den allzu raschen Lauf der Ereignisse zu hemmen. War auch schon die kleine runde Theresel da und wollte die Uhr aufziehen.

»Mädel!« rief der Vater, faßte sie an der Hand, stellte sie dem Sepp gegenüber und sagte: »Was sagst denn dazu? Magst ihn?«

Wendete sich das Dirndel langsam um, ging hinaus in die Vorlauben und weinte in ihre Schürze hinein.

Die Mutter tat bestürzt, hielt sich beide Hände vors Gesicht und murmelte: »Mein Gott, zwingen kann man niemanden zum Heiraten. Wenn sie halt nicht will!«

Jetzt trat der Sepp vor und sprach ganz kühnlich: »Wollen tut sie, das weiß ich.«

»Ist's wahr?« rief der Vater zur offenen Tür hinaus. Sie weinte noch immer in ihre Schürze hinein, nickte aber nicht unmerklich mit dem Köpflein. Der Sepp ging schnell zu ihr hinaus und nahm sie mit beiden Händen beim Köpfel.

»Sie kratzt nimmer! Sie kratzt nimmer!« mit diesem heiteren Doppelschrei waberte der Lipperl zur Tür herein.

Der Schmadelbauer lugte etwas schief hin. – Hat sie denn einmal gekratzt?

»So sag's auch, wer nimmer kratzt, vertrackter Bub!« schrie die Mutter, »deine rupfene Pfaid kratzt nimmer!«

»Und die auch nimmer!« sagte der Sepp, nachdem er dem Dirndel einen Schmatz gegeben hatte, pickfest mitten auf den Mund hin.

Wie die Mühlnersleute aus Halbenkrug ins Heilige Land pilgerten

»So, jetzt hab'n wir Geld genug, jetzt tun wir ausspannen!« sagte der Martin und verkaufte seine große Mautmühle, in der er fast der ganzen Gemeinde Halbenkrug an vierzig

Jahre lang das Korn zerrieben hatte. – Ein Mühlner, der einmal genug hat!

Zwei Wochen nach der Primiz seines Sohnes hatte er es ausgerufen mit seinem kreischenden Stimmlein. Es war ein kleiner, dicker, allzeit zappelnder Mann, der jahraus, jahrein, Sommer und Winter in seinem mehlstaubigen Lodengewand umherging. Sein rötliches Rundgesicht tat er sich täglich rasieren; daß sein kurzgeschnittenes Haar schon grau wurde, sah man nicht, weil es seit seinem zwanzigsten Jahre grau war – vor Mühlstaub.

Sein Weib, die Ange, war schlank und hager, hatte stets ein dunkelblaues, schlapp niederhängendes Kleid, einen sehr aufrechten Gang, hielt den Kopf etwas schief und wies an den Mundwinkeln ein paar zarte Schnurrbartflügelchen.

Als der Mühlner-Martin sein Wort vom Ausspannen gesagt hatte, setzte die Mühlnerin-Ange ein, mit einer Stimme, die dem Orgelklang nahekam, wenn der Regenschori das Register auf Moll zieht – mit dieser Stimme setzte sie ein: »Zeit ist's, Zeit ist's, Martin, bei unserem Alter, daß wir uns endlich um den Himmel bekümmern.«

»Das tun wir ja schon lang«, meinte er.

»Du in der Mühl hast es nit getan, soviel ich weiß. Die Halbenkruger Bauern haben gar keine Klag' über dich, daß du ihnen zu kleine Mautschaufeln abgenommen hättest. Und ich darf mich wohl auch nit prahlen mit meiner Frömmigkeit.«

»Na hörst, Ange!« kreischte er auf. »Tust fleißig beten, Freitag und Samstag fasten, gehst alle Jahr einmal wallfahrten nach Mariazell und hast gar – eh, du weißt es ja.«

»Sei nur still, Martin. Dir selber sind die Augen voll Wasser gestanden vor vierzehn Tagen bei seiner Primiz, vor lauter Freud, und jetzt willst mir's schon wieder vorhalten, daß ich unser einziges Kind dem Herrn geschenkt hab'.«

»Hast recht, hast ja recht, Weib. Wem soll man's denn schenken, als dem, der's gegeben hat!«

»Das ist eine christliche Red', Martin.«

Er aber wendete sich seitab und murmelte bei sich: »Hätt' lieber was anderes gesagt.«

»Und jetzt, Martin, wirst wohl auch dran denken, daß wir unser Wort einlösen.«

»Und uns aufs Rainhäusel setzen und es uns darauf gut sein lassen.«

»Das hat Zeit. Vorher wird noch was anderes sein. Denkst denn nit mehr dran? In der siebenten Schul', wie er so hart gelernt hat, der Karl, daß man schon hätt' meinen mögen, antun tut er sich was und die geistlich' Studie kunnt er nit dermachen. Da haben wir gesagt: Wenn er die Gnad' hat, der Bub, und daß er's zu den heiligen Weihen bringt, so machen wir nachher mit ihm die Reise ins Heilige Land.«

»Was sagst?«

»Tu nit so, Martin, Hast doch nie genug lesen können aus dem Leben-Christi-Büchel über das Heilige Land. Muß man dich denn an alles mahnen? Hast alleweil gsagt: das einzige, wenn ich mir kunnt derbitten – Jerusalem und Bethlehem möcht' ich sehen. Jetzt, ich hab's für dich erbeten. Du hast die Mühl nimmer. Wir sind noch soweit frisch und gesund, die Mittel werden wohl auch reichen. Jetzt ist die Zeit dazu, und der geistliche Herr reist mit uns.«

»Wer reist mit uns?«

»Na, halt der Karl, wenn du dir's schon auf einmal gar nit angewöhnen kannst, was sich gehört.«

Und er – er überlegt, ob er's sagen soll, was er sich denkt. In Gottes Namen, er sagt's: »Ob's nit etwan gescheiter und christlicher wär', Ange, wenn wir daheim bleiben und das Geld den Armen geben täten?«

Jetzt geht der Orgelmollton in ein mächtiges Forte über: »Faulpelz, alter! Das mit den Armen, das kennt man. Wie du zu Allerseelen gesagt hast: die Kränze und Lichter lassen wir sein und geben dafür das Geld den Armen. Was hast ihnen denn geschickt ins Spital? Nichts. Und dem krumpen Barthel hast ein blechernes Fünferl gegeben.«

Das war ein Donnergericht, vor dem der Mühlner freilich verstummen mußte. Er sagte nichts mehr. Er begann wieder nachzulesen über das Heilige Land und dachte: Sie hat eigentlich recht, man muß wohl sein Wort auch dem Herrgott halten, es könnt' doch sein, man tät' ihn auch einmal brauchen.

Aber bequemer wär's schon daheim beim warmen Ofen. In Bethlehem, das wußte er von der Geburt Christi her, soll's kalt sein, und in Jerusalem, das war ihm vom »Kreuzweg« her bekannt, sind die Straßen in schlechtem Zustand.

Frau Ange, die immer tatkräftige, begann die Vorbereitungen. Es war im Spätherbst, und im darauffolgenden März reisten sie ab. Der junge geistliche Herr hatte vom Bischof Urlaub auf ein Vierteljahr. Der Mühlner-Martin war auch in eine unternehmende Stimmung geraten, seitdem er in der Reiserüstung stand, mit Sonnenschirm und Pelz, für alle Fälle. Der junge Priester konnte sich geistlichen Betrachtungen überlassen, der Mühlner sich den Reiseeindrücken hingeben. Alles Praktische und Irdische besorgte die Frau Ange.

Aber schon in Triest gab es das erste Ungemach. Der Martin wollte nicht aufs Schiff. Er hatte gehört, daß es von Eisen sei. Um Gottes willen, da muß es ja untergehen! Dann auf dem Meere: der Mühlner verstand auch was vom Wasser, aber das war doch zu dumm: dort in Halbenkrug war das Wasser übers Rad gelaufen, hier lief das Rad übers Wasser. Es war übrigens gar keines, es rann nicht bachweise dahin, es war nicht zu trinken, es löschte nicht einmal Feuer. Und das will Wasser sein? Das Meer war ihm zu weit, und die Kabine im Zwischendeck zu eng. Dann, daß man auf dem Schiffe fatale Räusche bekam, ohne auch nur einen Tropfen getrunken zu haben, das paßte ganz gut in diese verkehrte Welt.

Frau Ange hielt mit klassischer Herbheit stand und sie schalt heftig auf ihren Mann, daß er Gott zuliebe nichts ertragen wolle, wo er doch froh sein müßte, die überschüssigen Mautschaufeln abzubüßen. Als er aber mitten auf dem Mittelländischen Meere laut zu grölen anhub, da tat sie geschwind ein bißchen mit, denn zum Lachen war auch ihr nicht zumute. Das Jahr zuvor, bei der Primiz, als alle Welt Anteil haben wollte an dem jungen blassen Theologen, war ihr zumut gewesen: Jetzt, wenn sie ihn wiederhaben könnte als Wickelkind in der Fatschen, daß er ganz ihr allein gehörte. Sie hatte es zu wenig bedacht, als sie ihn der Kirche gab, daß es ein Hingeben seines Leibes und seiner Seele für Zeit und Ewigkeit ist, daß es ein Kindestod ist, schrecklicher als jeder andere. Ein paarmal war ihr bei solchen Vorstellungen gewesen, als müßte sie hinspringen und das Kind an sich reißen, aber da hatte sie den Gedanken: Maria gab ihren Jesus den Menschen, so will ich meinen Karl Gott geben. – Das war damals. Jetzt auf wogendem Meere hatte sie ihn wieder in der schwülen Kajüte, wo niemand stehen und niemand liegen konnte, wo die Kranken sich an Eisenstangen klammern mußten, um nicht von einer Wand an die andere geschleudert zu werden. Hier hatte sie ihn wieder, den gänzlich Hilflosen, der ausgezogen war, um den Himmel zu suchen. Und der vorläufig nichts fand als diese unbeschreiblich widerliche Kammer mit Teer-, Fischtran- und anderen Gerüchen und Qualen, die nicht bloß den Magen umdrehen, vielmehr den ganzen Menschen zu einem gottlosen Häuflein Elend machen, das nichts mehr denken kann als: sterben, nur sterben! Da hatte die Mutter nicht Zeit, an eigene Übel zu achten, sie pflegte, sie tröstete Kind und Gatten, und ihr Herz schrie zum Heiligen Grabe hinüber. Bei Jaffa, als das Schiff einen halben Tag lang vor den Klippen lag, schlummerten nach überstandenen Nöten die drei Leute aus Halbenkrug so fest, daß ein paar braune Fellahs sie an den Leinen die Treppe heraufzerren mußten. Frau Ange aber gewann sofort ihren Kopf wieder, so daß sie all ihre Habseligkeiten bis auf den letzten Zwirnsfaden zusammenraffte. Zwar schrecklich zerzaust und zerfahren stiegen sie ans Heilige Land. Der Mühlner stand sprachlos in dem wilden, bunten Hafengewirr, unter Türken, Juden, Beduinen, Mohren, die einen bis an die Zähne bewaffnet, die anderen fast mutternackt – hastend, schreiend, sich balgend um die Ankömmlinge und ihre Sachen. Das erste und einzige Wort, das sich später seinen Lippen entrang: »Das ist ein Gesindel!« Sie legten sich aber doch alle drei auf den Boden hin und küßten die Erde, wonach der Mühlner sich freilich mit dem Ärmling sachte über den Mund fuhr.

Sie reisten mit der ordnungsmäßigen Karawane. Frau Ange hatte das Geld für Nebenauslagen und feilschte tapfer. Daß man von ihrer Halbenkruger Sprache in Samaria und Judäa kein Wort verstand, machte nichts, die Hauptsache war, daß man den Groschen nicht aus den Fingern ließ. Groschen nannte sie die Piaster, und zu ihrem Entsetzen merkte sie, daß man da anstatt Rosenkranzperlen alleweil nur Groschen zwischen die Finger lassen müsse! In einem Säckl hatte sie von zu Hause Mehl und in einem Töpfl Schweinsfett mitgenommen, sie wollte damit unterwegs selber kochen, um Geld zu ersparen. Aber das Fett war davongelaufen, auf den Kleidern noch seine Fußspuren hinterlassend. Das Mehl war lebendig geworden in lauter weiße und gelbe Würmlein, die nun hervorkrochen, um auch das Heilige Land zu schauen. Der Mühlner-Martin konnte nicht genug jammern über den schlechten Grund und Boden, überall Steine und nichts als Steine und kein Tropfen Wasser. Was auf dem Meere zu viel, ist in der Wüste zu wenig, das sollte man doch einmal durcheinanderschütteln. Für einen Mühlner, meinte er, wär's nit zu leben, erstens kann da kein Korn wachsen, und zweitens könnt man keines mahlen. Ein fermes Zigeunerland, wo jeder sein Bündel mitschleppen muß und seine Plachen ausspannen, wenn er auf dem Steinhaufen übernachtet. Die Kamele schauen freilich just so aus wie daheim im Leben-Christi-Büchel, aber stinken tun die lebendigen mehr als die auf dem Papier. Immerfort mußte sich der Mühlner den Schweiß von der Stirn abwischen, immer hatte er Durst, und nach dem Trinken kreischte er allemal: »Pfui!« – Der junge geistliche Herr war nicht zum besten gelaunt, er hatte wunde Füße, entzündete Augen bekommen, einen beißenden Ausschlag an den Armen und anderlei Zustände. Was die Mutter bekommen, das sagte sie gar nicht, sie fand ihre Ruhe in dem Gedanken: dem Herrn wird's auch nicht besser gegangen sein, wie er da hat herumgehen müssen.

Und in einer Felsenhöhle, wo sie rasteten, hat der Mühlner seinen lieben Begleitern die Besorgnis mitgeteilt: »Haben s' uns wohl etwa doch nicht verführt? Daß es am End' gar nit das Heilige Land ist! Mir kommt's nit recht vor. Daß da Milch und Honig fließen soll, wie's im Büchel heißt – na, g'horsamer

Diener!« – Aber der junge Priester belehrte: Das wäre eben der Fluch Gottes. – Na, da kann man Respekt kriegen!

Später haben sie unter Ruinen und Trümmerhaufen die Stadt Jerusalem gesucht und waren mitten drinnen. Dann wieder große Häuser wie daheim in Graz, in Triest. Gott, daheim in Triest! sagt man hier, so eng zusammen rückt dort alles, vor der weiteren, weiten Welt. Ist Jerusalem nicht die Königsstadt? Und so armselige Hütten drin! Das dort mit dem bauchigen Dach, das sich so in den Erdboden hineinkauert, wird wohl ein Heidentempel sein, weil allerlei Volks aus und ein lauft. Was? Die Heilige Grabkirche wäre es? Die Mariazeller-Kirche daheim, ein Palast ist sie dagegen, ein fermer Palast, bei meiner Seel'! Und hier unter diesem Mauer- und Winkelwerk soll Golgatha sein? Da haben die Halbenkruger einen anderen Kalvarienberg, wo man am Felsenkegel die Treppen hinaufsteigt von Station zu Station bis zu den drei Kreuzen auf dem Gipfel. Der junge geistliche Herr wollte in der Grabkirche seine Messe lesen, da kam es zwischen den Lateinern, Armeniern und anderen Rudeln zu einem Gebalge, daß sich allerhand Gesindel untereinander drückte, stieß, kratzte und mit den Rosenkränzen aufeinander losschlug.

Der junge Geistliche ward immer wortkarger. Noch auf heimischem Boden der Reise hatte er schöne Bibelstellen zitiert, jetzt zitierte er nicht mehr. Es waren so viele Plagen und so arge Mißstimmungen zu überwinden. So unbegreiflich fremd kam sich der katholische Priester vor auf diesem Boden, daß er verzagen wollte. Ähnlich wie in Jerusalem auch in Bethlehem, am Roten Meere und am Jordan. Die Mühlnerin hatte heimlich gehofft, es würde unterwegs irgendwo ein kleines Wunder geschehen, z. B. daß der Ausschlag plötzlich geheilt wäre oder daß ihnen ein Heiliger erschiene oder daß die Groschen im Beutel sich nicht verringerten. Allein es war hier alles so karg wie überall. Die Ange seufzte oft vor sich hin und sagte: »Wie wird's jetzt daheim sein!« Dem Mühlner tat das insgeheim wohl, daß es ihr weh tat, war es doch sie gewesen, die in dieses schreckliche Heidenland ziehen wollte, um eine Schürze voll frischer Glaubensbegeisterung mit heimzubringen. Wenn sie nur unterwegs irgendwo einen Sterz hätten kochen können! Aber sie zogen wie Räuberbanden umher und hatten überall eine Nahrung, die man nicht einmal nennen, noch weniger essen kann. Christus und die Jünger hatten Brot, Wein, Trauben und Feigen genossen und Lämmernes, wie man es daheim in Halbenkrug sich zubereitet denkt. Oder wie war es denn? Konnte man sich's in diesem wilden Lande überhaupt noch vorstellen, was ein Haus ist, eine Kirche oder wie es im Evangelium heißt? Selbst der junge Geistliche empfand es, wie seine heimatliche Idylle des ersten Christentums sachte unterging, dafür die Steinwüsten auftauchten, die stinkenden Ruinenhaufen, die widerwärtigen Balgereien und Schwindeleien an den heiligen Stätten. Er hatte das Bedürfnis, das Heilige Land, in dem er doch staubbekrustet und vor Hitze schmachtend dahinzog, sich anderswo zu denken, er konnte sich nicht zufriedengeben damit, daß dieses »Iroschalem« und dieses »Beit-Lahm« und dieses »En-Nasira« die Urheimat des Christentums und seine letzte Instanz sein sollte! Nein, das leuchtende Zion mußte anderswo sein, vielleicht noch weiterhin im Morgenlande oder wohl gar in den grünen Waldbergen der Heimat, wo in der Dorfkapelle das Meßopfer gehalten wird, bei dem sich alles ja wirklich und wahrhaftig so zuträgt, wie es sich einst hier in Palästina zugetragen haben soll.

Bei Nazareth konnten alle drei schon die Augen nicht mehr aufmachen, so grell leuchteten die Steinberge; dazu mußte man auf jenen Steigen, wo der Heiland einst gewandelt, immer fürchten, von Beduinen überfallen und ausgeraubt zu werden. Zu Nazareth in der Verkündigungskirche weinte die Mühlnerin. Sie dachte an die Kapelle zum heiligen Brunn in der Waldschlucht bei Halbenkrug, vor deren Muttergottesbild sie so oft und innig hatte beten können. Dann gingen sie an die Stätte, wo das Haus Mariä gestanden, und dort auf einem verwitterten Stein ist der geistliche Herr zusammengesunken. Er war blaß bis in die Lippen, das Auge ist matt geworden und der Puls lahm. Die anderen Pilger kümmerten sich nicht um den Vergehenden, sie suchten in diesem Hause die Spuren Mariens, und unsere zwei alten Leute aus Halbenkrug waren hilflos bei ihrem ohnmächtigen Kinde. In dieser Wüsteneinsamkeit, zwischen den Ruinen des alten Nazareth, während der Vater auf alle Mittel und Weis' den Dahinliegenden zu wecken suchte, hob die Mühlnerin ihre Arme und tat ein Gelöbnis. Wenn er nicht stirbt, wenn ihn unsere Liebe Frau wieder zurückruft ins Leben, so wollen sie alle drei eine Wallfahrt machen zur Muttergottes von Mariazell, dem heiligen Gnadenort in der Steiermark! – Nach diesem Gelöbnisse wurde es ihnen leichter ums Herz.

Der junge Priester ist wieder zu sich gekommen und hat sich im Kloster bei den Franziskanern bald so fest erholt, daß sie die Weiterreise antreten konnten. Jetzt war kein Halten mehr. Sie schlossen sich einer Karawane an, die auf kürzestem Wege dem Meere zustrebte, so unbändig war in ihnen die Sehnsucht geworden nach der Heimat. Nach der Heimat und ihrem Kindeschristentum daselbst.

Und also ist es vor einigen Jahren geschehen, daß drei fromme Leute aus unseren Alpen nach dem Heiligen Lande gepilgert waren, um sich dort an der wahrhaftigen Heimstätte der Mutter Christi – nach Mariazell in der Steiermark zu verloben.

Ich geh' ins Amerika

Der hatte was heute. So windschief war er noch selten heimgekommen. Er hielt nämlich immer die linke Schulter hochgezogen und den Kopf quer darüber hin, sooft ihm etwas über die Leber gelaufen war. Er sagte auch gar nicht »guten Tag, Fina!« als er eintrat, sondern stieß derb den Holzsessel beiseite, obschon der nicht im Wege stand.

Sein junges Weib schaute ihn an. Er sagte aber noch lange nichts, sondern stieß auch den Kleiderschragen heftig an die Wand, als er seinen Hut dranhing.

Da sprach sie: »Aber was hast denn heut, Stückelzaun?«

Da ließ er sich hinfallen auf den Sessel, daß es nur so krachte, und antwortete dann gedämpft: »Ich geh' ins Amerika.«

»Mein Gott, Mann, was hat's denn wieder gegeben?«

»Prügeln wollen sie mich!«

»Wer?«

»Meine Kameraden. Weil ich den Streik nit mitmachen will. Und ich will nit, weil der Direktor gesagt hat, alle Streiker mit S anfangenden Namen werden entlassen. Und streiken, das tu ich nit.«

»Da hast ja ganz recht. Da bist ja eh brav.«

»Sei still!« rief er unmutig, »ich brauch' dein Loben nit, und ich will die Prügel nit. In Fried' lassen sollen s' mich.«

»So steh', aus. Arbeit findet der Mensch überall.«

»Ich hab' lang gesucht, bis ich eine gefunden in dieser kreuzweis' verschwefelten Drahtfabrik.«

»Weil dir wunderselten eine recht ist. Beim Klöckelbauern hättest dreimal dürfen in den Dienst stehen.«

»Und ich hab' dreimal abgesagt. Weil ich kein' Bauernkoch fressen mag. Und mich nit von den Wanzen mag fressen lassen bei der Nacht.«

»Beim Kanal hast auch nit ausgehalten.«

»Ja – schmeck's, beim Kanal! Stell' dich nur einmal hin mit deiner Nasen, wirst es schon merken, warum keiner in den Kanal will.«

»Ihrer Dutzende sind unten. Verdienen ein gutes Geld, und sonntags kennst sie nit von den Hausherrnsöhnen auseinander.«

»Eine Straßenmeisterstell' möcht' ich haben«, sagte er und strampfte mit dem Fuße.

»Nau, und die kriegst nit«, entgegnete sie.

»Und deswegen geh' ich stante pede ins Amerika. Mein Schwager hat mir eh immer schon geschrieben, ich sollt' nachkommen. Wie's dem gutgeht!«

Nach einer Weile, während das Weib am eisernen Ofen sein Mittagessen bereitete, rief sie laut: »Ich möcht' dir's wohl nit raten, Stückelzaun! Sein letzt' Schreiben ist gar nit so gut.«

»Daß auch in Amerika nit alles von Gold ist, was glänzt, weiß ich schon«, bemerkte er vernünftig. »Tausend Dollar hat er sich halt doch schon erspart. Da kann ich mich hier dreißig Jahr lang plagen und – zuletzt hat man noch nix. Weiß einfach nit mehr, was ich machen soll.«

»Folg' meinem Rat, Julius. Probier's noch einmal mit deinem Handwerk!«

»Schneider!« schrie der Mann mit meckernder Stimme.

»Du bist kein schlechter Schneider gewest. Die Leut' haben dich gelobt. Und mein Vater nimmt dich alle Tag auf.«

»Ha, ha! Gesell soll ich sein bei deinem Vater! Na, Fina«, setzte er gemütlich bei, »das mag ich nit.«

»Und wenn dir mein Vater die Meisterei übergibt? Er ist eh nit mehr jung, und kränklich ist er auch.«

»Geh', hör' mir auf; ich mag nit Schneider sein. Ich geh' ins Amerika.«

Da schwieg sie und brachte ihm seine Knödeln mit Kraut und einem Stück geräucherten Speck. Er schlang das Essen hastig hinab. Sie schaute ihm vom Ofen her zu und dachte: Daß er heut wieder so giftig ist. Freilich, wenn sie ihn haben schlagen wollen! Gutes hat er nix daheim, das ist ja wahr.

Dann sagte sie: »Du gehst ins Amerika, und was soll denn mit mir geschehen?«

Er zuckte ab mit dem Essen und schaute groß auf sie hin. – »Was redest denn? Du gehst mit.«

»Da wirst dich wohl irren, mein lieber Julius. Ins Amerika möcht' ich nit und wenn sie mich mit sechs Rössern ziehen täten.«

»Ich auch nit mit sechs Rössern, und desweg setz' ich mich auf ein großes Dampfschiff.«

»Spöttel nit. Ich bleib bei meinen Eltern.«

»Und du gehst mit.«

»So lang meine Eltern leben, um kein' Streich.«

»Hast halt schon vergessen, was er am Altar gesagt hat: Vater und Mutter verlassen, dem Mann folgen.«

»Ist alles eins, ich bleib' daheim. Du kannst machen, was du willst.«

Damit war das Gespräch abgerissen. Wenn von ihr so harte Worte fielen, da verschlug's ihm die Rede, da brachte er vor

Unmut und Herzleid kein Wort mehr hervor. Das aber bedachte er nicht, wie hart seine Worte waren, daß sie auf einmal die liebe Heimat und alles verlassen soll und in ein stockfremdes Land wandern. Wenn sie ihn auch liebhat. Aber sich mit Gewalt, gleichsam am Strick davonführen lassen – das geht doch über die Kraft. – Und wenn er mich schleift, da hinüber bringt er mich nit.

Darauf vergingen Wochen, und sie redeten nichts mehr davon. Er arbeitete in der Drahtfabrik; seine Kameraden begnügten sich damit, daß sie nichts mit ihm redeten und über ihn hinweg dreinschauten, als ob er Luft wäre. Für die Länge war das empfindlicher als eine mäßige Tracht Prügel. Der Stückelzaun war trotz seines Eigensinns einer jener weichmütigen Leute, denen nicht wohl ist, wenn sie wissen, daß jemand böse auf sie ist. Und erst, wenn hundertfünfzig Leute, die man täglich um sich hat, böse sind! Er verlautete etwas von Amerika, das rührte sie nicht. Er ging an freien Tagen zu Bekannten umher und fragte um Rat, was sie wohl meinten? Wenn er erst fragen müsse, antwortete einer, dann solle er's bleiben lassen. Das Auswandern sei keine Vergnügungsreise, das gehe vielmehr auf Leben und Sterben, und da müsse einer vorher gut mit sich einig sein. Andere wieder meinten, wenn sie so freizügig wären wie er, der Stückelzaun, da gingen sie auch. Jeder ein Narr, der Gelegenheit hat, die weite Welt anzuschauen und tue es nicht. Und schon gar, wenn der Schwager in Amerika für ihn etwas tun wolle, da habe er's leicht, da werde ihm doch keine Wahl wehe tun. Am possierlichsten war sein Freund Lexl, der dicke Sattlergehilfe. Der kicherte nur, als Stückelzaun mit heiligem Ernst behauptete, er gehe stante pede nach Amerika.

»Wirst nasse Füß' kriegen«, sagte er, »möchst nit lieber fahren?«

Auf einen so albernen Witz hob Stückelzaun wieder einmal die linke Schulter hoch. Von so einem windigen Sattlergesellen hätte er mehr Ehrerbietung für sein Vorhaben erwartet.

Dann ging er heim und las immer wieder die Briefe seines Schwagers. Im ersten seiner Amerikajahre schrieb dieser

Schwager – der Mann von Stückelzauns verstorbener Schwester – ganz leidenschaftlich dringend: Julius komme nach, hier läßt sich was machen! – Er war am Mississippi auf einer Farm. Im dritten Jahre schrieb er, daß er dort eine Art Statthalter in einer Sklavenkolonie geworden sei. Dann hatte Stückelzaun ihm seine Absicht mitgeteilt: Ja, Schwager, ich komme dir nach; teile mir nur gleich mit, wie du gereist bist. Was ich vorher noch zu Hause zu tun habe, das weiß ich. Aber weiter brauche ich Rat. Unser Erspartes, samt meinem Weib ihrem, ist ungefähr 500 Gulden. Du hast, so ich weiß, dort mit noch weniger angefangen. Schreib mir nur über alles und bald, du glaubst nicht, wie roglich ich geworden bin in der Alten Welt. – Derlei berichtete er an den Schwager und wartete nun auf Antwort.

Mit seiner Frau war er nach schmerzlichen Kämpfen eins geworden. Sie ist denn in Gottes Namen einverstanden. Wenn er sich's schon in den Kopf setzt! Er würde daheim seine Ruhe doch nimmer finden und bei jedem Mißgeschick dem Weibe die Schuld geben, daß sie ihm hinderlich gewesen sei zu seinem Glück. Er soll also gehen, aber sie bleibt bei ihren alten mühseligen Eltern, so lange sie leben. Und dann reist sie dem Manne nach ins Amerika, wenn er bishin noch dort ist. Geht's ihm gut oder schlecht, sie kommt ihm nach und wird's mit ihm tragen. Aber erst, wenn Vater und Mutter einmal mit Tod abgegangen sein sollten. Den Mann wird sie gottswill doch länger haben als die Eltern. – Freilich geht das Weib gar schweigsam und verloren um, seit es so beschlossen ist. Und immer wieder will es sie reuen, daß sie eingewilligt hat. Den Eltern darf sie gar nicht die ganze Wahrheit sagen, daß sie daheim nur wartet auf ihr Versterben. Da müßten sie sich ja beeilen! Und je größer in ihr die Sehnsucht nach ihrem Manne würde, um so mehr müßten sie, um ihr Kind wieder einmal glücklich zu machen, sich schleunen mit dem Letzten. Also, die Eltern dürfen's nicht wissen.

Stückelzaun hat endlich alles angeordnet und ist zur Abreise bereit. Er wartet nur noch auf den Brief vom Schwager. Frühere Briefe waren hin und zurück fast in einem Monat gegangen. Und jetzt ist schon der neununddreißigste Tag, seit Stükkelzaun sein Schreiben nach Amerika abgeschickt hat. Antwortet der Schwager nicht, so kann das ja nur bedeuten: Gut, komm, es ist alles in Ordnung. – So amerikagierig war der Mann geworden. Was lockt, was zieht ihn denn so? Sein guter Stern. Die Ahnung, daß er's treffen wird, wie es Tausende schon getroffen haben, die in wenigen Jahren drüben reich geworden sind. Seine Million begehrt er nicht. Wenn er hunderttausend Dollar hat, will er zufrieden sein und wieder nach Europa zurückkehren. Den vornehm behaglichen Rentier spielen, das macht sich hüben besser als drüben.

Endlich war der zur Abreise bestimmte Tag gekommen. Die Nacht zuvor – die letzte Nacht – hatten die Eheleute miteinander gesprochen, bis der Morgen graute. Sie konnte es nicht oft genug sagen, wie er auf sich achthaben solle, wie die Kleider zu behandeln seien und daß er doch nicht vergesse, von der Leibjacke das Geld herauszutun, bevor er es in die Wäsche gebe. Sie hatte ihm nämlich die eingewechselten englischen Banknoten in die wollene Leibjacke genäht und ein Heiligenbildchen dazu, des Schutzes halber. Er hatte sich ein neues Gewand machen lassen, von Tiroler Loden, und in der inneren Rocktasche stak ein Revolver. Das hatte ihm der Schwager einmal geschrieben: In Amerika hat man im Sack statt der Tabakspfeife einen Revolver.

Fina war des Morgens zur Frühmesse gegangen und hatte sich an einem Nebenaltar in die Bank gekniet. Dort konnte sie sich ausweinen. Vor ihm war sie die Ruhige, ja sogar ein wenig Trotzige. Da es schon einmal so weit war, fand sie es zweckmäßiger, die Herzen zu härten, statt zu erweichen. Noch hatte sie ihm sein Leibgericht gekocht: Spritzstrauben mit Honig. Er sagte: »Weiß Gott, wann ich wieder einmal Spritzstrauben essen werde!« und hieb tapfer drein. Sie aß wenig, sie habe schon in der Küche zu viel gekostet. Und dann gingen sie auf den Bahnhof. Eine große Ledertasche und ein kleiner Handkoffer, das war das Reisegepäck. Und ein graues »Schaltuch« hatte sie ihm gekauft, zum Umnehmen. Denn auf dem Schiffe, hatte sie gehört, sei es kalt. Die Fahrkarte war bis Triest genommen. Von dort aus soll das weitere der Agent besorgen, der schon verständigt ist. Es wird alles glatt gehen. – Auf dem Bahnhof gab es schon Leute. Seine Freunde und Bekannten hatten sich eingefunden zum Abschied. »Schreib recht bald«, sagte mancher zu ihm, »und wenn's dir gut anschlagt, komm ich auch nach.« Die Eltern seiner Frau waren dahergehumpelt; der Vater, der alte Schneidermeister, auf einer Krücke.

»Wir sehen uns das letztemal, Julius«, sagte der Alte ganz gelassen. Stückelzaun schaute sie an, daraufhin – wie lange er sein Weib werde entbehren müssen.

»Fahrst obenaus oder untenaus?« fragte der Vater, um nur etwas zu sagen, denn er wußte lange, daß Stückelzaun nicht über Bremen, sondern über Triest reisen wollte. Der Zug aus Wien war schon angemeldet. Die Fina stand nur so da und schwieg und war blaß bis über die Lippen.

»Daß d' ja nix verlierst«, flüsterte sie ihm einmal zu, dann war sie wieder still. Er tat überlaut lustig, hatte aber auch nicht die frische Gesichtsfarbe als sonst. Die alte Schneiderin redete leise, aber heftig mit einer Nachbarin. Sie war zornig. »Seht's es nit, wie hart sie auseinandergehn? Aber sein muß es! Der Dickschädel! Ich wünsch' ihm's nit, daß es ihn reut. Aber ich will's noch derleben, daß er zurückkommt.«

Da der Zug immer noch nicht einfuhr, so wollte Stückelzaun doch wieder einmal ein Wort sagen zu seinem Weib.

»Na also – verabredet ist alles. Vergiß halt nix.«

»Ah nein«, hauchte sie zurück.

Dann redete er wieder mit anderen.

Jemand brachte auf hochgetragener Tasse eine große Flasche Wein.

»Ein Abschiedstrunk!«

Aber fast gleichzeitig kam auch der Zug in Sicht. Rasch stürzte Stückelzaun das ihm gereichte Glas in die Gurgel. Ein zweites sollte die Fina austrinken. Sie stieß mit ihm an – leicht und zitternd und tat einen kleinen Schluck.

Er bot nochmals nach allen Seiten die Hand. Die zwei Alten hielten sie lange fest, als der Zug schon stand. Er mußte sie ihnen fast mit Gewalt entreißen, um noch rasch zu seinem

Weibe zu sagen: »Also jetzt, Alte! Gib mir noch einen Kuß.«

»Einsteigen!« rief der Schaffner.

Stückelzaun packte rasch Tasche und Kofferchen, lief nach einem Wagen dritter Klasse und sprang auf das Trittbrett.

»Erst aussteigen lassen!« rief der Schaffner, denn aus dem Waggon kam ein mit Gepäck beladener Mann, mit dem der hastende Stückelzaun in der Wagentür zusammenprallte.

»Achtgeben! Aushalten!« schrie der Schaffner, denn der Zug begann schon zu schnauben.

Und als der Ausgestiegene auf der Erde stand und der Eingestiegene im Gelaß zum Fenster herausschaute, tat letzterer einen hellen Schrei: »Jeß Maria! Schwager! Du bist ja der Schwager!«

»Freilich bin ich's!« antwortete der Ausgestiegene und sein abgebranntes Gesicht ging breit auseinander. »Wohin fahrst denn?«

»Nach Amerika! Ich will nach Amerika!«

»Aushalten!« schrie jetzt auch der Schwager nach vorne. »Aussteigen!« rief er dem Stückelzaun zu.

Und Stückelzaun kollerte, während schon die Räder gingen, mit Sack und Pack die zwei Stufen herab.

»Was ist denn, was ist denn, Schwager?«

»Dableiben sollst!« lachte der Schwager und breitete die Arme aus. »Ich sag' dir's, die Neue Welt stinkt!«

Während sie sich in der Freude des Wiedersehens umarmten, dampfte der Zug ab.

Der hohe Herr

»Sie brauchen nicht auf mich zu warten, können zurückfahren. Ich komme über Hochlassing in einigen Tagen retour.«

»Sehr wohl.«

Der Kutscher schnalzte mit der Zunge, die vier Rappen hoben flink ihre Beine, und der Wagen rollte fast lautlos auf der glatten Straße dahin.

Der Herr und sein Diener standen auf dem Anger, wo der Fußweg von der Straße abzweigt in den Wald hinein und einen ansteigenden Graben empor, zwischen steilen Bergen.

»Also, Berthold, jetzt zeigen Sie mal Ihre Touristenpraxis.«

»Zu dienen.«

»Ins Windlegtal. Es geht heute wohl noch bequem!«

»Zu dienen, Euer Gnaden.«

Dann schritten sie fürbaß. Voran der Diener in Gamaschen, mit strammgepacktem Rucksack, in dessen Achselriemen eine gefleckte Tigerpelzdecke und ein grauer Tuchmantel geschnallt waren. Der Herr, etwa zehn Schritte hintendrein, in grauem Touristenanzug, roten Bundschuhen und mit Bergstock. Es war ein junger Mann. Der Weg wurde bald steil; als die Steine des Baches aufhörten, der sich stellenweise über den Weg ergoß, begannen die natterbraunen Baumwurzeln und die über den Weg laufenden Eichhörnchen. An beiden Seiten die rötlichen Schafte des dunklen Fichtenwaldes.

Sie waren kaum eine Stunde angestiegen, so schnaufte der junge Mann.

»Laufen Sie doch nicht so, Berthold!«

»Zu dienen, Euer Gnaden.« Und der Berthold stand.

Nach der zweiten Stunde war immer noch ansteigender Wald, hie und da wildes Gebüsch, kahlstehender Fels.

»Wie lange dauert nur dieser infame Berg noch?«

Der Diener schwieg, denn er sagte nicht gerne etwas, das dem Herrn nicht gefiel.

»Leg ab und gib einmal etwas Proviant heraus.«

»Zu dienen, Euer Gnaden.«

»Hör, Berthold, laß das dumme ›zu dienen, Euer Gnaden‹ sein. Rede vernünftig.«

»Zu dienen, Euer Gnaden. – Pardon!«

In der dritten Stunde kamen sie zu einer Lichtung, wo aus schwarzen Kegeln weißer Rauch aufstieg. Daneben ein aus Holzblöcken gezimmerter Kobel. Ein rußiger Mann war da, dessen zerflicktes Beinkleid mit einem Strick über dem Hemde zusammengehalten war. Er hatte eine Schaufel und stieg mit der auf einem der schwarzen, rauchenden Kegel umher.

Der Tourist stand still und fragte: »Was machen Sie nur da?«

Der Schwarze schaute den Fragesteller mißmutig an und schaufelte schwarzes Zeug hin und her.

»Was Sie da treiben, frage ich!«

»Das seht Ihr ja«, antwortete der Schwarze. Der Diener erklärte dem Herrn die Kohlenbrennerei.

In Paris sieht man derlei nicht.

»Sagen Sie, Mann, wie weit ist es von hier bis in das Windlegtal, wo das Berghaus steht?«

»Kunnt's nit sagen. Bin noch nie oben gewesen«, antwortete der Kohlenbrenner. Der Diener berechnete nach einer Karte, daß es länger als vier Stunden nicht mehr sein könne. Der Herr begann zu fluchen.

»Wäre hier herum vielleicht irgendwo eine Sänfte zu haben?«

Der Köhler wies die Fremden in die Blockhütte, denn er wußte nichts mit ihnen anzufangen. Die Weiber sind findiger. In der Hütte brannte mitten auf dem Lehmboden ein Feuer, dessen Rauch und Funken ins finstere Bretterdach aufstiegen. Vor dem Feuer kauerte ein altes Weib in vergilbten Lappen, barfuß, aber das Haar sorgfältig um das Haupt geflochten. Die Arme braun und hager, entblößt bis hinter den Ellbogen, der immer eine Art Rechteck machte, wie sie auch herumarbeitete am Herd, mit den Scheitern und mit der Pfanne.

In der Pfanne kochte so etwas wie Wasser und Mehlnocken. Daneben kauerte ein Knabe in verschlissenem Hemd und wollte mit dem Holzspießchen in die Pfanne fahren, um eine Nocke herauszustechen, obschon das Weib immer keifte, sie wären noch nicht zu essen. Da der Hunger des Knaben schon sehr groß sein mochte, so biß er in seine Faust, aber nicht ernstlich. In einem Winkel auf Stroh balgten sich zwei andere Kinder um eine Hose. Jedes wollte hinein, sie hatte aber nur für eines Raum und dieweilen das eine aufrecht im Kleid umherstolzierte, mußte das andere im Neste bleiben.

Dieses Schauspiel beobachtete der Herr durch die niedrige Tür hinein. Doch ob man hier herum irgendwo eine Sänfte haben könne, das wußte auch das Weib nicht. Erst als der Diener ihr deutlich machte, daß es sich um eine Tragbahre handle, schlug sie die dürren Hände ineinander. Wer denn verunglückt sei? »Dieser Herr, dieser junge, schöne Herr? Na, der hat ja Läufeln wie ein Reh!«

»Aber nur deren zwei, liebe Frau, und er ist gewohnt, mit acht Beinen zu traben oder gar mit sechzehn!«

Das verstand sie nun wieder nicht. Nach langem Gerede kamen sie allerdings so weit, daß die Köhlersleute inne wurden: Der Herr möchte gerne in das Windlegtal und zum Berghause hinauf, und weil er nicht mehr marschieren könne, so suche er Leute, die ihn trügen.

»Jetzt bin ich deutsch«, sagte der Kohlenbrenner. »Das ist einer von der Gattung – weiß schon. Jetzt, ich tät' den Hascher schon in den Buckelkorb nehmen, hab' vorige Woche einen ganzen Sauspeck hinaufgetragen, aber der Meiler laßt mich nit fort. Ein halbes Stündl, wenn der Herr noch dermachen kunnt, bis zu den Holzknechten hinauf. Die täten schon so etwas zusamm'richten und sind starke Saggra.«

»Ich würde auch anständig bezahlen, wenn Ihr dran wolltet.«

»Hab' schon gesagt, ich kann vom Meiler nit fort.«

Dann kamen sie doch ins Gespräch.

»Der Meiler da? Der scheint Euch was einzubringen.«

»Daß man halt lebt. Auf fünf Gulden mag einer gelangen.«

»Des Tages?«

»Wieso? Drei Wochen brennt er halt, so ein Meiler.«

»Drei Wochen? Fünf Köpfe? Fünf Gulden? Das ist kein schlechter Spaß.«

Dann nahm der Herr einen der Jungen auf, daß er sie führe bis zu den Holzknechten. Aber der Junge mußte erst mit dem Gewande zusammenkommen: vom Bruder die Hose, vom Vater die Joppe, von der Mutter den Filzhut – dann war er wohl tapfer gestellt und begleitete die Herren bis zu den Holzknechten. Zwischen dem Gestämme huschte hier lautlos ein Reh, sprang dort ein schwerer Hirsch, mit seinem Geweih dürres Astwerk knickend, daß es raschelte. Dann wieder schwirrten aus dem Heidekraut Wildhühner auf, und über den Köpfen der Wanderer hüpften immer wieder Eichhörnchen von Ast zu Ast.

Bald ging es ganz steil an. Doch je schlimmer es wurde über Stock und Stein, je trotziger fühlte sich der Herr. Boulevard war das allerdings keiner, aber der Teufel noch einmal! – Beim Fluchen wird der Mensch allemal stärker, für den Augenblick wenigstens. Doch als sie ins Schlagholz kamen, half auch das Fluchen nicht mehr. Da lagen sie in kreuz und quer über den Weg, die gefällten und entrindeten Bäume, einer über den anderen, dazwischen die Wälle des halbdürren Geästes, die Reisigstöße, die Rindenhaufen, Barrikade um Barrikade über den ganzen weiten Plan hin. Darüber die heiße Sonne, einen harzigen Dunstbrodem legend über dieses abscheuliche Schlachtfeld. Der Knabe begann ohne alle Umständlichkeit über das Gebäume und alles Blockwerk dahinzuhüpfen unter seinem Hute, der ihm über das Näsel, in seiner Jacke, die ihm bis zum Knöchel ging. Das wulstige, schlotternde Gewand war schier ohne Inhalt, wie ein komisches Gespenstlein sah das aus.

Der Herr stieg, ritt, kroch, schlüpfte, kletterte, rutschte, sprang, fiel, raffte sich wieder auf und begann endlich, da das Fluchen absolut zu nichts führte, sich lustig zu lachen. Wie sich der Berthold mit dem großen Rucksack weiterhalf, das war seine Sache.

»Hast du dich schon zu Tod gefallen, Berthold?«

»Zu dienen, Euer Gnaden.«

Drüben am Waldrande schmetterte es, unter dumpfem Gedröhne stürzte ein Baum zu Boden, während das Rauschen der Säge, das Pochen der Beile schon das Sterben der nachbarlichen Stämme kundtat.

»Selben sein die Holzknecht!« rief der Knabe und lief den Hang hinab.

»Kleiner, so warte doch!« Nein, der Junge hielt seine Aufgabe für gelöst, und der Herr mußte seinen Dukaten wieder in den Westensack stecken.

Dann setzte er sich auf einen Stock, aus dessen Poren just kein Pech floß, und schaute den Holzhauern zu bei ihrer

Arbeit. Die schwitzten so heftig, daß der prickelnde Dunst bis zu den Stadtnasen herüberkam, aber sie zeigten keine Müdigkeit; langsam, gleichmäßig, wie aufgezogene Automaten sägten sie, hieben sie, hackten sie. Andere schälten die Rinde los, so daß der weiße, feuchte Bast offen lag; andere zimmerten an einer endlos langen rinnenförmigen Brücke, die schräg den Hang hinabging gegen die Schlucht zur Kohlstatt.

All diese Dinge wußte der Herr sich anfangs nicht zu deuten. Später haben ihm's die harzigen Waldteufel erklärt. – Der Wald zieht sich stundenlang hin, die Bergkuppen dort hinten, sie sind blau aus lauter Ferne, sie gehören noch zu diesem Walde, und so wie hier werden mit der Zeit alle Bäume, die Millionen, geschlagen und verkohlt oder zu Bauholz, zu Brettern verarbeitet. Und das, das geht immer so fort, jahraus, jahrein. So ein Holzhauer kommt mit seinem Rückenkorbe sonntags abends oder montags früh stundenweit aus einem Dorfe herauf, heimt sich die Woche über in der Blockhütte ein, die dort oben steht, die Kaser nennt man sie. Dort haben ihrer ein Dutzend Nachtlager und den gemeinsamen Kochherd. Um sechs Uhr früh gehen sie in den Schlag, um sechs Uhr abends spannen sie aus. Ist der Wald weitum geschlagen, so brechen sie die Hütte ab und bauen selbe an gelegentlicherer Stelle wieder auf. Am Samstag gehen sie hinaus in ihre Dörfer. Die einen haben Weib und Kind, die andern sind nichts als Knechte, wissen nichts als Schlag und Kohlstatt und haben nichts als ihren Rückenkorb, den Behälter für Werkzeug, Mehl und Fett. Denn Mehl und Fett, das ist die Nahrung dieser starken Kraftkerle, die freilich vorzeitig verbogen, hinkend, lahm und kernmorsch werden, denn die Arbeit ist aufreibend und voller Gefahr, so frisch und idyllisch sie aussehen mag in Gottes freier Natur. Da vergeht kein Jahr, ohne daß die stürzenden Stämme sich rächen – diesem ein Bein, jenem schnurgerade das Leben nehmen. Es ist ein Kampf.

Für die Holzhauer hatte der Diener schon einen andern Ton. »Und jetzt sage mir einmal, Kerl mit dem Rindengesicht, wolltet ihr eine bequeme Tragbahre bauen und euer vier Mann diesen Herrn da in das Windlegtal hinauftragen?«

»Können wir nit tun, weil der Holzmeister nit da ist. Was uns der schafft!«

»Sakerment, kann denn gar nichts sein! Und wo ist der Holzmeister?«

»Der?« Der Holzknecht lacht. »Der ist heut' 'gangen Wildschützen fangen mit dem Jäger.«

»Wildschützen?!« Der Herr horcht auf, das interessiert ihn. Das ist kernfrische Romantik. Auch ist er ein großer Jagdfreund, einstweilen allerdings nur in der Theorie, denn zu Paris jagt man vorwiegend nur nach schönen Damen.

»Ei, Wildschützen, sagst du. Siehe, davon mußt du mir erzählen.«

»Hau, was gibt's da zu erzählen. Ist halt ein Wildschütz. So ein Waldbauer. Ein armer Teufel, dem die Hirschen und die Hasen das Kraut fressen.«

»Und ist der Jäger oder Förster denn sehr strenge?«

»Das glaub' ich, daß er streng' ist. Hat halt den Auftrag von der Herrschaft.«

»So. Und jetzt sage mir, was verdient sich so ein Holzknecht?«

»Verdienen? Nix. Wenn's Jahr zu End' geht, hat man g'rad' so viel, wie wann's angefangen hat. Übrig bleibt nix als das Altwerden.«

»Und Pension?«

»Wer? Wir? Wir Arbeitsleute Pension? Von woher ist denn der Herr?«

»Fünf Gulden für den Mann, wenn ihr mich jetzt hinauf zum Berghaus tragt.«

»Hab's schon gesagt, 's ist der Holzmeister nit da. Und wir müssen jetzt die Schicht fertig machen im Holz.«

Der Berthold, ein treuer Diener seines Herrn, zerrte den Holzhauer am Hemdsärmel hinter eine junge Lärche und tuschelte ihm etwas ins Ohr. Der Waldmensch schnupperte, lugte unsicher umher, rief hohlstimmig einen Kameraden.

Dann hoben sie etliche Fichtenäste auf, banden sie mittelst jungen zähen Zweigen ineinander, und die Sänfte war fertig. Ein Riesengeiernest, da setzte der Herr sich hinein. Vier Holzknechte hoben es an den nach außen stehenden Astschäften, und so ging es sachte bergan. Der Berthold stieg hintendrein und hatte wachsamen Blick, daß die Männer dieses Heiligtum hübsch waagrecht trugen und der Insasse nicht etwa nach einer schiefen Seite herabpurzeln konnte. Der hockte fast bequem in seinem duftenden Reisig, schmauchte eine Zigarre, um den säuerlnden Schweißgeruch der Träger zu verscheuchen und betrachtete die Gegend. Nach rückwärts war die Tiefe schon so bedeutend, daß die Wälder der Niederung in blauen Tinten lagen und die Berge jenseits schroff und massig anstiegen, dieweilen allmählich ein Kamm hinter dem anderen hervortrat. An beiden Seiten steile Lehnen, mit hellgrünen Sträuchern bewachsen, mit Felsklippen bespickt. Nach vorne stieg die Schlucht steil an über ein wildes Bachbett mit massigen Steinblöcken, die aber trocken und fahl waren; nur in einem tiefen Sandschrunde sickerte ein braunes Wässerlein. Das Engtal stieg im Gestein stufenförmig an, und hinter der dritten Stufe, als eine scharfe Felsrippe umgangen war, standen sie im Windlegtal und nun lag in einer weiten Runde die Eiswelt da. Im ersten Augenblicke schien es, als ob die nächste Moräne mit einem flinken Steinwurf erreicht werden könnte. An einer weiteren Moräne oben, scheinbar nahe dem Gletscher, lag ein taubengraues Kästchen. Aber das dauerte noch länger als zwei Stunden, bis sie über Geröllfelder, über mattgrüne Almkessel, über Steinhalden und Kare bis zur engen Schlucht kamen, in der ein schweres Wasser dahintoste. Das Kästchen hatte mittlerweile Augen bekommen, und die Augen waren Fenster, aber das Berghaus stand jenseits der Schlucht und mußte in einem großen Bogen erreicht werden. Glatt ging es nicht auf den acht Füßen, einmal stolperte dieser, einmal strauchelte jener im felsigen Geklobe; einmal tat von den Trägern dieser einen Fluch, und dann machte jener einen Witz, den der Herr glücklicherweise nicht verstand. Im Hochkar waren sie zwei Jägern begegnet. Einer schritt derb auf die Holzknechte zu und stellte sie zur Rede darüber, was sie da machten und ob sie nicht wüßten, daß kein Fremder durchs Windlegtal heraufgehen dürfe!

»Desweg' laßt er sich ja tragen«, sagte einer der Knechte schalkhaft. Ein zweiter lispelte dem Jäger etwas zu, dieser machte seine buschigen Augen auf, nahm den Hut ab, dann trabte er mit seinem Genossen weiter. Diese beiden Jäger aber trieben einen alten Mann mit sich. Der schwankte, gebeugt unter der Last eines toten Tieres, das er am Rücken trug, unsicher dahin; unter der niedergedrückten Hutkrempe war nur das spitze Kinn und der graue Schnurrbart zu sehen.

»Haben sie ihn halt doch derkrabbelt, den armen Teufel!« sagte einer der Holzknechte. »Aber daß er einen Rehbock geschossen haben sollte?«

»Glaub nit!« der andere, »den werden sie ihm nur aufgeladen haben. Der Kürsteiner-Michel soll vorige Woche wohl auf einen Hirschen 'zielt haben, der ihm in den Garten ist ein'brochen. Aber nix 'troffen.«

»Und dennoch eing'fangen! Den lassen sie vor Weihnachten nit heim!«

Der Herr in der Sänfte hatte sich über diesen Fall noch einiges erzählen lassen, dann wurde er mißmutig. Und als sie an die Stelle kamen, wo der Weg – tatsächlich »Weg« nannten sie den Steinhaufen – steil anstieg gegen das Haus, da ließ er halten.

– Das ist doch zu dumm. Vier abgerackerte Männer müssen einen jungen, gesunden Menschen schleppen. Das ist doch zu dumm! – Hat er's gesagt? Oder bloß gedacht? Oder hat es nur der Berthold gedacht? Oder von den vier Holzknechten einer? Es ist nicht genau festzustellen. Kurz, der Herr war von seiner Tragbahre gestiegen und hatte die Männer entlohnt. Als sie ihre Fünfguldenscheine zwischen den knochigen Fingern hielten, glotzten sie blöde drein. Darf man das nehmen? Es ist ja ein ganzer Wochenlohn! Für die paar Stunden da.

»Wir werden's halt dem Meisterknecht geben«, sagte der eine.

»Hat mich der Meisterknecht getragen?«

Fast unwirsch war der Herr darüber, daß es in dieser Gegend gar so ehrlich zuging. So arm und so ungerecht gestellt und doch so ehrlich. Die Männer schüttelten ihre borstigen

Köpfe, der eine warf vor lauter Staunen seinen schwammigen Filz zu Boden und hob ihn wieder auf. Und dann gingen sie – die Tragäste im Gestein liegen lassend – niederwärts gegen die Schlucht.

Die Wanderer stiegen nun den letzten Ruck hinan zum Berghaus. Das war nicht eines jener alten Hospize mit dicken Mauern, kleinen Guckfenstern und flachem, breit aussprengendem Dache. Es war ein ziemlich neues luftiges Gebäude mit zierlichen Balkonen und Dachgiebeln, fast mehr auf das Malerische als auf das Feste bedacht. Der steinige Platz ringsum war leicht eingeplankt, nach einer Seite fiel es steil in die Tiefe ab, hinterwärts ging ein in den Felsen gehauener Steig gegen die Eiswüsten empor. Die Kegel und Kare ringsum waren kahl.

Vor dem Hause stand ein kleiner Mann, der hatte eine Kniehose und eine Lodenjacke an, sein blonder Vollbart war städtisch gepflegt. Einen Feldstecher in der Hand, hatte er lange hinabgeforscht in die Kare, als dort die Männer langsam, mühselig und winzig wie Milben sich vorwärts bewegten. Nun trat er ihnen entgegen und lüpfte artig sein befedertes Hütchen. Das war der Wirt. Dann kam auch die Wirtin hervor, ihre Herzensfreude nur schlecht verhehlend, daß doch endlich wieder einmal ein paar Gäste kamen. Sonst war niemand zu sehen. An einem Wandvorsprung hockte eine scheckige Katze, in deren grünen Augen sich unbehagliche Überraschung spiegelte.

Im Vorhause waren Gebirgsstöcke, Eispickel und andere Ausrüstungen. Im eisernen Ofen des Gastzimmers prasselte bereits ein Feuer. An den Wänden hingen Gebirgskarten, touristische Verordnungen und ein Speise- und Getränketarif.

In den Schlafstuben gab es Betten zur Auswahl, aber die Wolldecken fühlten sich feucht an. In einem der Fenster saß wieder die scheckige Katze und tat schnurren, als sei ihr bange, ob nicht etwa gerade das Bett ausgewählt werde, in dem sie ihre Nachtruhe zu halten pflegte. –

»Nun, Herr Wirt, was kann man zum Souper haben?«

Der Berthold las den Tarif.

»Vor allem eine Bouteille Wein. Schön. Oder willst du erst ein Glas Bier, Berthold?«

»Flaschenbier, bitte, ist aus«, wendete der Wirt ein.

»Was denkst du über Rostbraten mit jungen Kartoffeln?«

»Rostbraten ist momentan nicht da.«

»Oder ein Backhuhn?«

»Will einmal die Frau fragen.« Sehr bald kam aus der Küche die Botschaft, mit Huhn könne man leider nicht dienen.

»So ist doch gewiß Wildbret vorhanden?«

»In voriger Woche hat's noch ausgezeichnetes Wildbret gegeben, meine Herren. Aber vor den Jagden darf nichts geschossen werden.«

»Also in Gottes Namen etwas von Eiern.«

»Vielleicht Schmalzeier mit Schnittlauch?« riet die Wirtin.

Der Berthold raunte seinem Herrn zu, der Schnittlauchvorschlag lasse vermuten, daß die Eier nicht mehr frisch sein würden.

»Aber du mein Gott, etwas Genießbares wird doch zu haben sein!« rief der Herr. »Es wird doch ein Stück Rindfleisch im Hause sein!«

»Lämmernes, wenn den Herrschaften gefällig wäre?«

»Also meinetwegen Lämmernes.«

»Es wird ganz frisch sein«, sagte der Wirt und eilte hinaus.

Sie setzten sich zum mit rotem Tuch gedeckten Tisch am Ofen, schenkten sich Wein ein und rauchten Zigarren. Dem Berthold war ganz eigen, daß der gnädige Herr so leutselig neben ihm saß und mit ihm plauderte wie mit seinesgleichen. Der Herr schaute in die Hängelampe, die schon angezündet worden war, blickte dann zum Fenster hinaus, ins blasse, kalte Schneelicht des verglimmenden Tages, dann schüttelte er sich wie im Fieberfrost und lachte.

»Na!« rief er aus, »das habe ich mir etwas anders gedacht. Im Verhältnis zu dem, was man über dieses Gebirge spricht und schreibt, ist es verdammt einfach hier herum. Ich hatte mindestens ein paar Tische voll lustiger Touristen zu finden gehofft im Berghause. Ei sieh, da bringt die liebenswürdige Frau Wirtin ja Ansichtskarten mit unserem Alpenhotel.

Schön. Das ist immerhin etwas. Wollen einmal den guten Freunden schreiben. Sage mir, Berthold, wenn du Ansichtskarten schreibst, fällt dir etwas ein?«

»Aber, Euer Gnaden! Dafür sind Ansichtskarten, daß einem nichts einzufallen braucht. Man schreibt den Namen darauf.«

»Und wenn einem der auch nicht einfällt! In der Tat, Berthold, ich muß mich besinnen. Es ist mir einigermaßen fabelhaft zumute. Wenn man sich aus der Riesenstadt monatelang nach Natur sehnt. Und wenn man da ist und sich sagt: Der kürzeste Weg zur Stadt zurück wäre mir der liebste!«

»Das gibt sich bald, Euer Gnaden. Morgen wird uns der heutige Tag schon Spaß machen.«

»Wo sollen wir denn morgen nächtigen?«

»In den Hammerwerken zu Moosbach. Wir wollen aber vielleicht doch die Gletscherwanderung nicht machen, schon aus dem Grunde, weil kein Führer da ist.«

»Zum mindesten hätte ich Gefolge mitnehmen sollen. Diese romantische Anwandlung!« Es war ihm ärgerlich.

Als der Wirt den Tisch deckte, Teller und Eßbesteck und viel Gewicht auf Pfeffer und Salzgefäß, auf Senf und Paprika, auf Servietten und Zahnstocher zu legen schien, wurde der Weg des nächsten Tages besprochen. Das Wetter würde aushalten, es streiche der Gletscherwind. Morgen über das kalte Gschwänd in sechs Stunden nach Moosbach. – Die Sänfte lag freilich noch unten im Steinkar, aber die Holzhauer waren zu früh entlassen worden. Über das kalte Gschwänd! Sechs Stunden! Der Wirt zuckte die Achseln, dort wäre ohnehin noch guter Weg, von Moosbach her sei es nicht gesperrt.

Der Berthold blätterte im Fremdenbuch. In den letzten Jahren standen nur wenige Touristen verzeichnet, doch lobten sie die freundlichen Wirtsleute, die Verpflegung war kaum erwähnt. Das neueste Blatt war herausgerissen.

Endlich kam die Frau Wirtin mit dem Lämmernen. Es war auf dem Porzellanteller hübsch mit einem grünen Kräuterkränzlein garniert, es lagen ein paar Zwiebelmandeln daran und ein paar Limoneschnitten darüber. Es war recht appetitlich anzusehen.

Der Braten war in der Tat ganz delikat. Nicht als ob bloß der Hunger so gut gekocht hätte, man merkte es an der Zartheit und Würzigkeit des Fleisches, daß das Lamm auf köstlicher Alpenweide fett geworden. Schließlich nahm der Berthold die Knöchlein mit den Fingern auf und nagte sie säuberlich ab, was der Herr als gar nicht unklug fand; er erinnerte sich, einmal gehört zu haben, daß gerade an den Knochen das beste Fleisch sei. Dann wischte der Herr sich mit der feingefalzten Serviette Finger und Mund ab, nahm einen Schluck Wein und sagte mit Behagen: »Alle Achtung! Auch bei Sarrien und Guillain soupiert man nicht besser.«

Der Berthold ging hinaus, um nachzusehen, ob das Schlafzimmer in Ordnung sei. Die Wirtsleute setzten sich zum Herrn, waren wohlgemut und gesprächig und erzählten allerhand Lustiges aus dem Bergleben. Zuletzt nahm der Wirt die Laute von der Wand, um das eingenommene Abendmahl noch mit ein paar frischen Alpenliedern zu feiern. Da kam der Berthold herein und machte ein Gesicht, als ob im Schlafzimmer irgend etwas nicht in Ordnung wäre. Der Wirtin fiel das auf und sie eilte hinaus, der Wirt wollte wieder einmal nachsehen, ob sich nicht etwa der Wind gedreht habe.

Der Berthold war etwas gedrückt und fragte: »Haben Euer Gnaden vorhin am Fenster die scheckige Katze gesehen?«

»Die Katze! Sollte sie dir über den Rucksack gekommen sein?«

»Weiß nicht, Euer Gnaden. Mir ist unheimlich. Diese gefleckte Katze –«

»Ich denke, sie wird auf eine Stelle in unserem Schlafgemache reflektieren.«

»Eine solche scheint ihr allerdings sicher zu sein, Euer Gnaden. Das Luder ist nirgends zu sehen. Hingegen fand ich in der Küche ein scheckiges Katzenfell – frisch abgezogen . . .«

Der Herr erhob sich rasch.

»Was sagst du, Berthold? Am Ende –!«

Der Diener nickte zustimmend. »Überzeugt bin ich davon!«

»Frau Wirtin!«

Sie eilte erregt herein: »Gefällig, meine Herrschaften?«

Der Herr nahm sie mit festem Griff am Arm:

»Könnte ich das Fell nicht bekommen von dem Lamm, das Sie uns vorhin geschlachtet haben?«

Sie kreischte auf: »Das hab' ich mir gedacht! Das hab' ich mir gedacht!« – Laut weinend hat sie alles gestanden. – Und das war eine traurige Geschichte. Das Unglück habe sie schon lange verfolgt. Nun seien sie vollends ruiniert und könnten die Hütte zusperren, besser heute als morgen. Aber die Herren hätte man doch nicht verhungern lassen können. Mit Kartoffeln in Wasser gekocht würden sie nicht haben fürliebnehmen wollen. Sie holten ja zeitweise Vorräte herauf, aber bis wieder einmal wer käme, sei alles verdorben. Und just allemal, wenn nichts im Hause sei, führe der Teuxel wen daher. Früher sei es anders gewesen. An manchem Tag dreißig – auch vierzig Touristen. Der Alpenklub habe das Haus gebaut, sie hätten es auf zehn Jahre gepachtet, ihr kleines Ersparnis drangewendet und wären ruiniert.

»Was allerdings nicht für Sie spricht!« sagte der Herr.

»Wir können nichts dafür, daß der Weg durch das Windlegtal und durch die Waldungen verboten worden ist. Vom Oberjäger. Des Wildes wegen darf nicht gegangen werden. Die Wegtafeln herabgerissen, die Markierungen ausgelöscht, die Wege und Brücken zerstört. So geht jetzt alles auf der anderen Seite drüben und kehrt im Schwaighause ein, und mit uns ist's aus. Aus und vorbei. Und jetzt noch das!« – In tiefster Verzagtheit stand sie da. Dann kniete sie nieder vor dem Herrn, faltete die Hände und bat: »Kein Gift ist's ja doch nicht gewesen. Das Tier ist ganz gesund gewesen und hat auch nicht schlecht bekommen, wie man's wohl sieht. Von Herzen schön bitten wir, nur nichts sagen! Wir gehen ja so schon fort in der nächsten Woche.«

Der Herr ist bei diesem freimütigen und einfältigen Bekenntnisse mit strenger Miene dagestanden. Dann hat er gefragt, ob man am nächsten Morgen beizeiten das Frühstück haben könne. Kaffee, in Wasser gekocht und mit Zucker.

»Ja? Nun also, da kann nichts geschehen. Dann gute Nacht!«

Der Berthold schien durchaus keinen weiteren Groll zu haben, er schlief bald und schlief fest. Der Herr hatte einen Katzenjammer. Zwar im Magen war soweit alles in Ordnung, obschon er sich von diesem Lammbraten für längere Zeit gesättigt fühlte. Ein anderes Unbehagen raubte ihm den Schlaf. Er stand auf und schaute zum Fenster hinaus. Eine kalte, starre, lautlose Nacht. Die Berge lagen in ihren blassen Wuchten da, schienen aber nicht so hoch zu sein als am Tage, wo ihre Gliederungen, ihre Wände und Bänke, ihre Kare und Schründe sie bauten. Darüber der gestirnte Himmel. Der Mann, der das Bild betrachtete, hatte nie etwas Langweiligeres und zugleich nie etwas Gewaltigeres gesehen als diese Wüstennacht im Hochgebirge.

Nachdem er lange am Fenster so gelehnt war, geträumt und gesonnen hatte über die Eindrücke dieses absonderlichen Tages, schloß er den Balken und machte Licht. Papier und Stift brauchte er aus dem Rucksack, wollte aber den Diener nicht wecken, kramte es selbst hervor und begann einen Brief zu schreiben.

»Liebe Adelaide!

Meine Depeschen aus Krumstein und Detmarsdorf wirst Du erhalten haben, sowie auch mir Deine lieben Nachrichten zugekommen und zur Freude gewesen sind. Seither manches kleine Reiseabenteuer, besonders der heutige Tag war einer der lehrreichsten für mich. Der Einfall, nach meiner Heimkehr aus Frankreich unsere Besitzungen inkognito zu bereisen, war allerdings eine geistreiche Laune – und sie dürfte mehr bedeuten. Nachdem ich einen wenn auch nur flüchtigen Blick in das Leben dieser Waldleute gelegt, deren Arbeiten unsere Revenuen schaffen – Holzknechte, Kohlenbrenner, Häusler, Jäger usw. – gehen mir die Augen auf. Wie teuer wird das Leben an der Riviera, der Aufenthalt in Paris, die Rennen und Spiele, der hundertfache Luxus erkauft mit der Lebenskraft anderer Leute. Davon hatte ich keine Ahnung. Wenn ich je darüber nachgedacht hätte, so würde man nach den Darstellungen der Verwalter ja glauben müssen, es hätte jedermann, der für uns arbeitet, gutes Auskommen und menschenwürdige Existenz. Und schon heute sehe ich es: die Pariser Bettler sind Rothschilde und Fürsten im Vergleiche zu diesen Waldarbeitern, deren Fleiß, Gewissenhaftigkeit und Anspruchslosigkeit über alle Vorstellung geht. Und ich sehe, wie zahlreiche andere durch den Schwerdruck unserer Interessen zugrunde gehen. Nein, mein teures Kind, das habe ich nicht geahnt, und wenn es sich auf meiner fortgesetzten Inspektionstour auch anderweitig bestätigt, dann wird auf eine durchgreifende Änderung zu denken sein. In der Schweiz und in Frankreich ist mein Adelsstolz seltsamerweise nicht geringer geworden, und auf dieser Gebirgswanderung werde ich mir seiner erst recht bewußt. Wenn unsere Einnahmsquellen solcher Art sind, daß sie die Armut anderer bedingen, dann ist mir das Ding zu lumpig. Die Waldarbeiter beziehen einen Lohn, bei dem sie nicht leben und nicht sterben können. Den Kleinbauer führt man in den Arrest, weil er seine Feldfrüchte vor dem gefräßigen Wilde schützt, und von dem Souper im Gebirge will ich dir mündlich erzählen. Vorerst wisse nur, daß den Naturfreunden auf unseren Besitzungen die Wege verboten sind ins Hochgebirge. Nach der Rückkehr werde ich einmal meine Herren zusammenbitten und ein bißchen Musterung halten.

Diese Zeilen schreibe ich in einem tristen Alpenwirtshaus zur nachtschlafenen Stunde. Ich fühle mich etwas aus dem Gleichgewichte geraten und gäbe was darum, Empfindungen und Gedanken, die jetzt mich beunruhigen, mit Dir besprechen zu können, Du hattest doch in so vielem recht, was ich bisher auf altem Geleise nicht zugeben wollte. Man war ein ganz gemeiner Aristokrat, aber kein Edelmann. – Lebe wohl. Ich will noch ein paar Stunden zu schlafen suchen, denn für morgen hat Berthold, der sich wieder als tüchtiger Junge bewährt, eine beschwerliche Wanderung arrangiert. Aber von jetzt an werde ich weder mit vier Pferden noch auf vier Holzknechten reisen. Seine gräflichen Gnaden dürften geruhen, sich fürderhin mehr an seine uraltangestammten Besitztümer zu halten – an zwei Beine und zwei Arme, mit welch letzteren in sechs Tagen Dich umfangen wird Dein Ferdinand.«

Warum gerade beim Birnbaumwirt? Hatten sie doch ihre Gemeindestube, wo sie tagen und sitzen konnten nach Herzenslust und wo der Gemeindediener und der Beamte alles in bester Ordnung hielt. In den alten Ledersesseln beriet es sich doch bequemer als auf den Holzbänken der Hinterstube beim Birnbaumwirt. Der Bürgermeister ist ja doch sonst kein Wirtshaussitzer. Aber diesmal hatte er die sechs Räte gerade beim Birnbaumwirt um sich versammelt.

»Sind unser alle, so können wir anfangen.«

»Der Gemeindebeamte fehlt noch, der faule Zach!«

»Der Gemeindebeamte kommt nicht«, sagte der Bürgermeister, »und den brauchen wir auch nicht. Wir wollen unter uns sein. Hanselhöfer, sei so gut, mach' die Tür zu und dreh' den Schlüssel um.«

»Was hat er denn heut'?« fragte der Zugnagel und schaute die Ratsgenossen an, einen nach dem andern.

»So, Männer«, sagte der Bürgermeister und wendete noch einen Blick auf die Fenster, ob sie wohl auch gut zugemacht seien und nicht irgendwo ein unberufenes Ohr hervorstehe. »So, wenn wir allein sind und alle beisammen, nachher kann ich reden. Männer, ich habe euch eine wichtige Mitteilung zu machen.«

»Oh!« sagte der Zugnagel.

»Oho!« sagte der Hanselhöfer.

Der Bürgermeister dämpfte seine Stimme: »Meine Herren! In der Gemeindekasse fehlt Geld!«

»Wär' nit schlecht!« sagte der Rothbrand leise und schaute um sich.

Der Bürgermeister stützte seine Ellbogen auf den Tisch, neigte sich weit darüber hin und wiederholte beinahe zischend: »In der Gemeindekasse ist ein Abgang von achthundert Gulden.«

Sie waren sprachlos, der Scherer-Lodl hieb die Faust auf den Tisch. Jetzt verstanden sie, weshalb diese Sitzung nicht in der Gemeindestube war.

»Wer hat's?« fragte der Zugnagel. Einen scharfen, nahezu beleidigenden Rundblick machte er.

»Haben wird's der Beamte«, sagte der Bürgermeister. »Sonst kann außer meiner niemand in die Kasse.«

»Freilich, freilich«, sprach der Rothbrand mit gelassener Stimme, »alsdann hat's der Gemeindebeamte oder der Bürgermeister.«

Der Bürgermeister würdigte diese Bemerkung keiner Antwort. Der Hanselhöfer sagte hingegen: »Rothbrand, laß dich eingraben mit deinem dummen Witz.«

»Einen Verdacht hab' ich schon lang' gehabt. Der Mensch spielt«, sagte der Bürgermeister.

»Auf der Stell' anzeigen!« verlangte der Scherer. »Auf der Stell' um die Gendarmen telegraphieren! Der schlechte Lump der! So ein Lump da! Dem doppeln wir fünf Jahr' Arrest hinauf!«

»Ja, ja, fünf Jahr' Arrest!« sagte der Bürgermeister brummend. »Was haben wir, wenn er sitzt.«

Der Scherer war ein Mann der Gerechtigkeit. Ein großer Vertilger war er und lebte davon. Er vertilgte auf Feldern und Wiesen die Scheren (Maulwürfe), er vertilgte die Feldmäuse, die Maikäfer, die Ratten, die Wanzen, auch die verdächtigen Hunde und die gichtigen Pferde. Jeder, der etwas zu vertilgen hatte, rief den Scherer, er war so beinahe der Scharfrichter von Knollbach. Es war noch zu verwundern, daß er nur vom Arrest sprach, nicht gleich vom Galgen. Sofort wollte er jetzt aufs Telegraphenamt, der Bürgermeister mußte ihn gewaltsam am Rockschößel festhalten.

»Geh', laß mich, alter – jetzt hätt' ich bald was gesagt, wenn du nicht der Bürgermeister wärest«, knurrte er. »Wer stiehlt, der wird eingenäht! Auf der Stell'! Wir wollen Strafe!«

»Strafe?« fragte der Bürgermeister betroffen. »Strafe? Na, Scherer-Lodl, wir wollen unser Geld.«

»Ein grundverdorbenes Gesindel seid ihr!« rief der Scherer. »Anstatt Gerechtigkeit Geld. Pfui. Die Schaben sollen euch fressen.«

Der Bürgermeister von Knollbach ist ein kluger Mann, und

so einer braucht sich nicht zu erhitzen, er richtet auch mit ruhiger Rede was aus.

»Du, Scherer«, sagte er daher überaus ruhig, »hast du noch nie darüber nachgedacht? Einen, der eine Schlechtigkeit oder eine Dummheit gemacht hat, gleich einsperren, das ist das Allerverkehrteste. Im Arrest, da kann er gerade am allerwenigsten was gutmachen. Wer stiehlt, der muß zurückgeben, das ist das wichtigste, und wer ihn daran hindert, der macht sich selber mitschuldig. Verstehst?«

»Wenn ich den Dieb einsperr', so bin ich mitschuldig?«

»Weil der Bestohlene seine Sach' am allerwenigsten kriegt, wenn der Dieb sitzt und nichts tun kann. – Manner, ich glaube, wir machen's anders. Wenn wir etliche Wochen Zeit lassen, so verhoff' ich, daß wir wieder zu unserem Geld kommen.«

»Und ich fange ihn doch ab, den Spitzbuben!« rief der erregte Scherer.

»Sodl, sei du ganz ruhig. Du magst deine Scheren und Marder einfangen, den Gemeindeschreiber und Kassenwart aber laß uns in Ruh' – ich muß schon bitten.«

Der Scherer sagte nichts mehr, ging nur bis zum Stubenwinkel, rang dort die Hände und klatschte sie auf seine Glatze nieder. – Wohin mit der Welt, wenn die Stehler und Hehler frei herumlaufen!

Der löbliche Gemeinderat von Knollbach hat hernach beraten, und endlich sind sie aus der Hinterstube des Birnbaumwirtes hervorgegangen, so gelassen und gleichmütig, als ob nichts gewesen wäre. Selbst der Scherer. Wenn er innerhalb des Rates auch der scharfe Oppositionsmann ist, nach außen hin hält er so fest zum Rat wie der Reifen zum Faß.

Eine Stunde später kam der Bürgermeister in die Gemeindestube, wo der Schreiber emsig kritzelte und für den Eintretenden nur einen flüchtigen Gruß hatte.

»Wie geht's, wie geht's, Herr Sekretär?« fragte der Bürgermeister leutselig. »Ist viel Arbeit da?«

»Nicht zu klagen, Herr Bürgermeister. An Arbeitslosigkeit verrosten wir nicht.«

»Muß sein. Muß halt sein. Haben Sie den Grundbuchauszug vom Bezirksgericht zufällig bei der Hand?«

»Da haben wir ihn!« sagte der Beamte und legte ein Bündel Schriften auf den Tisch.

»Gut, gut. Alles in Ordnung«, sagte der Bürgermeister. »Ordnung ist die Hauptsache im Amt. Haben Sie was dagegen, Herr Sekretär, wenn wir Ihnen von Neujahr ab in Ihrem Gehalt eine kleine Zulage bewilligen?«

»Ich kann's brauchen, Herr Bürgermeister«, antwortete der Beamte in seiner natürlichen Schlichtheit.

»Das sind die Raiffeisenscheine, nicht wahr? Die können zugestellt werden, wenn der Diener Zeit hat. Sonst nichts Neues? Na, dann grüß Gott derweil. Übermorgen ist Sitzung.«

»Weiß es, Herr Bürgermeister.«

»Ja richtig, was ich noch sagen wollte, Herr Wieselböck. Vor der nächsten Gemeinderatswahl – Sie wissen ja. Nur des Brauches wegen – Kassenschau.«

»Ja – ja«, sagte der Beamte, legte die Kanzleibogen übereinander und hustete.

»Da schauen Sie halt, daß nicht zu viel Kleingeld vorhanden ist, der Einfachheit wegen, um so mehr großes, nicht wahr? Die Pfandbriefe sind ja auch in Ordnung.«

»Ganz wohl, Herr Bürgermeister.«

Aber Herrn Wieselböcks Antlitz war nicht mehr zu sehen. Es gab plötzlich so viel Arbeit auf dem Tisch, in den Laden, er hatte kaum Zeit, guten Abend zu sagen, als der Bürgermeister davonging.

Und als er davon war, richtete der magere Herr Wieselböck sich starr auf, sein Gesicht war schmal und fahl, seine Augen strebten hervor, sein dünnes Blondhaar sträubte sich.

»Jetzt ist der Teufel los!« sagte er heiser. Dann stürzte er zur Lade, erraffte die Schlüssel, sprang an die Türe, um sie zu schließen, an die Kasse, um sie zu öffnen. Riß die Mappen heraus und zählte die Scheine, diese noch vorhandenen waren alle vinkuliert. Er zählte sie zweimal, als ob sie durch doppeltes Zählen sich plötzlich verdoppeln könnten – aber der Teufel blieb los.

Davongehen? Wohin jetzt zu Beginn des Winters? Wohin ohne Geld, ohne Zeugnis? – Selbstmord? Nein, so tragisch will er's nicht nehmen. Sechs Wochen hat's ja Zeit. Die Gemeinderatswahl ist doch erst um Weihnachten angesetzt. Mittlerweile kann viel geschehen. Es kann eine Feuersbrunst geben, es kann eine Überschwemmung geben. Ist ja der Himmel voll von unerhörten Zufällen – einer wird doch herabfallen! Vielleicht ist's nur ein Spuk, ein dummer Traum, daß wir Gemeindegeld angegriffen und verspielt haben. Man träumt ja manchmal so dumm. Und schließlich und endlich – der Mensch hat gute Bekannte, Freunde. Verzagt sein, lächerlich! Hundert Auswege gibt's. Die Lage ist anregend, nichts weiter. Angenehm aufregend, spannend – wie ein Spiel. Du spielst ja doch so gern. Ein sechs Wochen langes Spiel um Geld, um Ehre, um Freiheit, was willst denn mehr! – Die beiden Arme schlang er lustig aus. Jetzt ist's doch wieder einmal der Mühe wert, daß man lebt!

Und in den nächsten Tagen begegnen wir dem Gemeindebeamten beim verwegenen Spiele.

Aber nicht beim Kartenspiel. »Das mag ich nicht mehr!« sagte er zu seinem Kameraden, dem Sattler-Franz. »Immer kann der Mensch nicht leichtsinnig bleiben. Er muß auch einmal an die Gründung einer Existenz denken, an einen eigenen Haushalt. So eine Gemeindeschreiberstelle, weißt du, ist immer etwas Unsicheres. Was hilft mir das Vertrauen, das ich genieße, wenn das Gehalt so miserabel ist! Nicht einmal ein Vertrag. Wenn die neuen Herren Rappelköpfe sind, so kann ich jede Stunde entlassen werden. Das paßt mir nicht. In Schlägelau ist eine Bezirksbeamtenstelle ausgeschrieben, mit Pension. Äußerst vorteilhaft. Aber Kaution wird verlangt. Gott, wenn mir ein guter Freund jetzt tausend Gulden borgen wollte! Oder wenigstens achthundert. Ein gemachter Mann wäre ich und in drei Jahren alles zurückbezahlt.«

»Ja, Freund, da kann ich nicht helfen.«

»Erinnerst du dich noch, Kamerad, wie wir vor zwei Jahren dem frommen Viehhändler das Wort Teufel haben aussprechen gelehrt? Mit den gekratzten Karten?«

Nein, tausend Gulden kannte der Sattler-Franz nicht. Achthundert auch nicht.

»Aber fünfzig Gulden, höchstens hundert, wenn dir damit gedient wäre!«

»Mein Gott, Franz, mein Lebtag lang wollt' ich dir's gedenken. Bleib' mir stehen auf hundert. Vielleicht finde ich sonst noch gute Leute.«

An einem der nächsten Tage machte der Gemeindebeamte wieder einmal einen Besuch bei Frau Ida Wolfsmilch. Die war gerade nicht schön, aber gut. Besser als ihr Name. Sie war die Witwe eines Rentiers, der vor einigen Jahren Knollbach als Sommerfrische gewählt hatte, aus Neigung zu dem schönen Ort dort geblieben war und aus Anhänglichkeit für ihn sich dort begraben ließ. Dieser Frau Wolfsmilch entwickelte Herr Wieselböck einen Plan. Er gedenke sich zu verheiraten. Weil er selber schon in den Dreißigern sei, so wolle er kein junges Schlamperl nehmen, sondern sich mit einer etwas gesetzteren Dame, und selbst wenn es eine junge Witwe wäre, verehelichen. Doch das Los eines prekären Gemeindebeamten zu teilen, das könne er seiner Erwählten nicht zumuten, niemals! Und da denke er nun dran, in Spindelgrub ein Haus zu kaufen. Es sei dort eins auf der Gant, mit Ökonomie und Wirtsrecht. Er besitze ein kleines Vermögen, und bis zehntausend ginge er mit. Doch müsse er für alle Fälle noch irgendwo etliche hundert Gulden auftreiben, um das Gut sofort auszahlen zu können.

Frau Ida Wolfsmilch war gerührt, daß ein Mann, der das Vertrauen der Gemeinde besaß, ihr so herzensfreimütig entgegenkam. Sie schoß ihm fünfhundert Gulden vor. Anstatt des Schuldscheines begnügte sie sich mit einem bloßen Eheversprechen unter dem Gesichtspunkte: Mein' Sach' – dein' Sach'.

Als aber dieses Geschäft abgeschlossen war, blieb Herr Wieselböck noch im Zimmer stehen, und er habe halt noch etwas auf dem Herzen. Falls er heut' oder morgen abberufen würde – er fühle sich zwar durch und durch gesund, wie eine Gemse. Doch das Leben des Menschen stehe in Gottes Hand – könne er den Gedanken nicht ertragen, eine mittellose Frau zurückzulassen. Ein Haus ohne etwas Kleingeld sei eine Last. Deshalb wolle er für die liebe Frau sein Leben versichern lassen, dazu bedürfe er freilich noch ein paar hundert Gulden, die ihn und sie aber gänzlich sorglos machen und unter Umständen sich hundertfach lohnen würden.

Frau Ida Wolfsmilch ging noch einmal an ihr eisernes Kästchen, nahm dreihundert Gulden heraus und glaubte, mit diesem Assekuranzbetrag sich des Mannes, der gesund wie eine Gemse war, völlig zu versichern.

Wieselböck wunderte sich nicht wenig, daß es auf einmal so leicht gehe, Geld aufzutreiben. Man mußte das eben beim richtigen Hefte anfassen. Jetzt hatte er mehr, als zur Deckung des Kassenabganges nötig war. Oder – sollte er nicht durchbrennen? Der Sattler-Franz wird es ihm bitter verargen, wenn die vorgeschützte Bezirksbeamtenstelle in Schlägelau nicht vorhanden ist, und Frau Ida wird ungehalten darüber sein, wenn sie erfährt, daß das Haus in Spindelgrub ein Luftschloß ist. Um solchen Verdrießlichkeiten auszuweichen, wäre doch eine größere Reise vorzuziehen. Allein mit den etlichen Gulden springt man nicht weit. Unter zwanzig-, dreißigtausend in der Tasche fragt selten einer an, was drüben die Neue Welt kostet. Lassen wir das. Der Bürgermeister hat ihm von Neujahr ab eine Aufbesserung zugesagt. Die Verläßlichkeit seines Charakters wird ja neu erhärtet, wenn man die Kasse in Ordnung findet. Wenn bis dahin die Bezirksbeamtenstelle in Schlägelau von anderwärts besetzt ist, wenn das Haus in Spindelgrub mittlerweile in feste Hände übergegangen ist, wer kann dafür? Ein gewissenhafter Beamter läuft auch nicht in erster Stunde davon, wenn anderswo Günstigeres winkt. Das Verhältnis zu Frau Ida und ihrem Eisenkästchen wird kaum viel darunter leiden.

Wieselböck denkt, daß er bleiben wird. Fest und treu auf seinem Posten. –

Als denn die sechs Wochen ihrem Ende nahten, wurde der Bürgermeister neuerdings liebenswürdig. Er tat, als ob er sich um die Kasse gar nicht kümmere, hatte aber doch nächtlicherweile Nachschau gehalten, ob die fehlenden achthundert Gulden schon da wären. Sie waren nicht da. Nur die vinkulierten Papiere fanden sich – sonst nichts.

Aber das Geld mußte kommen.

»Nein«, sagte er laut lachend, »der Sparkassenkassier zu Spindelgrub – an dem seiner Stell' möchte ich jetzt nicht sein. Wissen Sie, Herr Wieselböck, was dem passiert ist? Von zwei Spitzhauben ist er gestern in den Kotter geschleift worden. Vom Strick hatten sie ihn geschnitten noch zur richtigen Minute. In der Kasse fehlt Geld. Seine sechs Jahre kriegt er mindestens, und die ganze Zukunft ist ihm verschandelt. So ein Leichtsinn! Als ob einer – wenn er sich schon so dumm vergessen hat – nicht unterderhand Geld schaffen könnte! Gar so viel ist's ja nicht. Alles laßt sich ordnen, ohne daß es wer zu erfahren braucht. Aber wenn einer bockbeinig in sein Unglück rennt, da ist nicht zu helfen. Na, ich sag's! Froh soll jeder sein, der verläßliche Leut' um sich hat!«

Wieselböck hatte zu dieser Erzählung nichts gesagt, es gab wieder so viele Arbeit mit den Papieren.

»Richtig, Herr Wieselböck, in vierzehn Tagen ist Gemeinderatswahl. Sind auch die üblichen Förmlichkeiten damit verbunden – na, Sie wissen ja alles.«

»Ganz wohl, Herr Bürgermeister!«

Und an einem grauen Nebelmorgen im Dezember, die Herren Gemeindeväter kamen in langen Mänteln und wulstigen Pelzen die Gassen heran.

»Heut' werden wir was erleben«, sagte der Scherer-Lodl zum Rothbrand. »Der Bürgermeister wird einmal Augen machen. Ich habe die kaiser-königliche Gendarmerie verständigt.«

»Ich glaub' nicht, daß es so schlimm wird. Ich vertraue unserem Bürgermeister.«

»Ich traue niemandem.«

»Hörst du, Lodl, das ist grob! Aber dir muß man verzeihen. Wer alleweil nur mit so Bestien und Mistviehern zu tun hat, wie du, der kann sich gar nichts Gutes mehr vorstellen.«

»Mit euch nehm' ich's in dieser Sach' just noch auf, mein

Lieber! Ihr seid Pfennigfuchser. Anstatt nach Gerechtigkeit geht ihr nach Geld. Anstatt daß ihr den Dieb gleich festgenommen hättet, wartet ihr zu, bis er noch mehr stiehlt, bis er die ganze Gemeinde ausraubt. Saubere Ratsherren das – ich küß die Hand!«

Durch eine andere Gasse trabten würdigen Schrittes der Hanselhöfer und der Zugnagel daher.

»Wenn der Vogel kein Gimpel ist, so finden wir den Käfig leer«, sagte der eine. »Dem Bürgermeister möcht' ich's gönnen. Höchste Zeit, daß Änderung gemacht wird.«

»Ich bin neugierig«, gab der andere bei. »Davon ist er nicht, weil ich ihn vor einer Stunde noch aus dem Friseurladen gehen sah. Frisch rasiert.«

»Frisch rasiert?«

»Rasiert und ein breit angelachtes Gesicht. Defraudanten hab' ich mir anders vorgestellt.«

»Meinst du nicht, daß er gerade in der Abreise begriffen sein könnte?«

»Er grüßt vom Fenster herab.«

Herr Wieselböck hatte von der Gemeindestube herab die ankommenden Räte artig mit einem Kopfnicken geehrt und gegrüßt.

Wenige Minuten später hatte die Sitzung begonnen. Erster Gegenstand war der Herr Pfarrer, der vom Pfarrhof bis zur Kirche um einen Holzsteg ansuchte. Er wurde durchgepeitscht. Zweite Sache, das Gesuch der Birnbaumwirtin um die Erlaubnis, am Dorfbach ihre Wäsche schwemmen zu dürfen. Sie wurde durchgepeitscht. Ohne Debatte rasch bewilligt, so daß Herr Wieselböck kaum mit seiner Feder nachkommen konnte. Dann eine Eingabe des Kirchenbäckers mit der Beschwerde, daß am Sonntag die Bauern so wenig Respekt vor seiner Hausecke hätten, und es möchte sich der Gemeinderat dreinlegen.

»Alter G'spaß. Nix da!« rief der Zugnagel drein, »wir können nicht an jeder Hausecke einen Wächter aufstellen!«

»Zurückgewiesen.«

»Haben Sie fertig geschrieben, Herr Wieselböck?« fragte

der Bürgermeister. »Dann seien Sie so gut und bringen uns einmal den zweiten Kassenschlüssel.«

Der Sekretär löste von seiner Uhrkette ein Schlüsselchen, sperrte eine Lade auf, nahm den Schlüsselbund heraus und überreichte ihn dem Bürgermeister mit einer so gleichgültigen Gelassenheit, als wäre es die Streusandbüchse.

Der Rothbrand war schweratmig, aber jetzt, als sie zur Kasse traten, die der Bürgermeister unten und oben aufschloß, hörte man nicht das leiseste Schnaufen. Der Scherer faßte den Sekretär ins Auge, der sich in der Nähe des Ausganges zu schaffen machte.

»Was machen Sie dort an der Tür!« herrschte er ihm zu. »Sie haben an der Kasse zu sein!«

»Ich bitte!« sagte Herr Wieselböck, da stand er auch schon am eisernen Kasten und legte die Hand ganz militärisch an die Stirn.

Der Kasten ging auf, bedachtsam hob der Bürgermeister Pakete heraus und legte sie vor den Augen des Rates auf den Tisch. Gemeindeurkunden, Katastralmappen, vinkulierte Wertpapiere, Pfandbriefe. Eine hölzerne Schale mit Silber- und Goldmünzen. Eine Ledertasche mit Banknoten. – Die Männer zählten alles nach und verglichen mit dem Inventar und den Rechnungen.

»Es stimmt nicht!« rief der Scherer plötzlich mit kreischender Stimme.

»Aber, es stimmt ja ganz genau«, sagte der Bürgermeister. »Ich bitte, doch ruhig zu sichten, es fehlt nicht eine Nummer, nicht ein Knopf. Es ist alles in Ordnung.«

Sie guckten, sie zählten, sie verglichen, sie legten endlich die Sachen zusammen auf einen Stoß und sagten:

»Es ist alles in Ordnung.«

Der Scherer hieb sich die Hand auf seinen ledernen Oberschenkel, daß es klatschte. Sagte aber kein Wort mehr.

Als die Schätze wieder geborgen waren in der Kasse, setzten sie sich der Reihe nach an den Tisch und unterzeichneten den richtigen Befund. Dann nahm der Bürgermeister eine feierliche Miene an.

»Meine Herren«, sagte er, »ich glaube, wir sprechen unserem Sekretär und Kassenwart, Herrn Wieselböck, Dank und Absolution aus.«

Keiner redete dawider.

»Dem Sekretär und Kassenwart Herrn Wieselböck wird für die Mühewaltung im verflossenen Geschäftsjahre Dank und Absolution ausgesprochen.«

»Danke, meine Herren. Werde mich auch in Zukunft befleißigen –«

»Hat einer der Herren sonst etwas vorzubringen?« fragte der Bürgermeister, in die Runde blickend. »Wenn das nicht der Fall ist, so erkläre ich die Sitzung für geschlossen.«

Als sie wieder ihre Mäntel und Pelze anzogen, wartete der Sekretär, um dem Bürgermeister bei dem seinen zu helfen.

»Danke, lieber Wieselböck, ich ziehe mich noch nicht an. Ich habe hernach in der Kanzlei noch eine Kleinigkeit zu ordnen. Seien Sie so gut.«

Den Räten aber nickte er ausdrucksvoll zu: Wir haben unser Geld wieder!

Vor dem Gemeindehause standen zwei Gendarmen.

»Was macht's denn da? Wir brauchen euch nicht!« knurrte ihnen der Scherer zu und ging eilig gaßab in Begleitung des kleinen Leilasser-Buben; der Leilasser-Vater hatte schön bitten lassen – sie wüßten sich vor lauter Ungeziefer nicht mehr zu helfen.

Der Bürgermeister war in die Kanzlei gegangen, hatte hinter sich langsam die Tür zugelehnt und war zum Tisch getreten, wo der Sekretär auf seinem Sockel saß und jetzt fragend die treuen Augen erhob – was noch sei?

»Wieselböck«, sagte der Bürgermeister und schaute ihn ruhig an, »Sie sind entlassen. Sie können gleich gehen. Sie wissen warum.«

– Warum, das wußte er freilich, aber wohin, das wußte er nicht. Ich weiß es auch nicht.

Die Dorfkaufleute schelten sich bei guter Laune selbst gerne »Krämer«. Das vertragen sie ganz gut. Wenn sie aber gelegentlich ein anderer so nennt, das vertragen sie nicht. Und sie haben recht. Sie zahlen Steuer als Kaufmann und gehören auch wohl zur Handelskammer. Also – wenn sie sich selber »Krämer« nennen, so ist das Bescheidenheit, und wenn sie andere so nennen, so ist das Unverschämtheit. Manche von ihnen reisen jährlich mehrmals in die Stadt, um Großeinkäufe zu machen. Hier nehmen sie einen Sack Reis, dort ein Kistel Zibeben, da ein Fäßlein Kaffee, hier drei Zuckerhüte, dort eine ganze Schachtel mit Zwirn und Bändern, da etliche Buch Kanzleipapier usw. Jawohl! Da sind sie ganz Großkaufmann, dieweilen sie sich daheim natürlich als »Gemischte Warenhandlung« auf den Kleinverschleiß verlegen müssen. Aber das macht nichts. So hatten sie alle angefangen, auch jene Handelsherren, die später in Großstädten ihre Warenhäuser, in den Häfen ihre Docks und auf den Meeren ihre Schiffe haben.

Der Gustel von Oberbach will's ja auch noch so weit bringen, das heißt, er selber ist mit der Krämerei zu Oberbach vollauf zufrieden, aber sein Sohn einmal, wenn er Glück hat – ! Der Gustel sitzt mit seinem Oberbach in einem Landwinkel, in dem bisher noch keine Eisenbahn hingefunden hat, sosehr sie auch im Lande umherkriecht über Berg und Tal, um womöglich alle schönen Ortschaften an ihre Schnur zu fassen. Oberbach duckt sich hinten oben zwischen den Bergen und meint ganz leise, es wäre vorteilhafter, wenn Oberbach auf die Eisenbahn pfeife, als umgekehrt. Und so ist der Gustel noch einer von denen, die mit ihrer Kraxe über Berg und Tal gehen, um in der Stadt die Großeinkäufe zu machen. Dort wußte er gute Quellen. Im Denken und Reden war er sonst etwas schwerfällig und nicht der Geschickteste, aber was das Geschäft betraf, da stellte er seinen Mann, und sein Handel breitete sich aus über unterschiedliche »Branschen«.

So pflegte er auch die Bransch der Sämereien. In einer Vorstadt war ein Gärtner, der – wenn man auf dem Schloßberge stand – ganz gewaltig hereinfunkelte. Das heißt, der Gärtner selber funkelte nicht, auch die Augen seines Töchterleins konnte man ganz so weit nicht funkeln sehen, aber die Glashäuser funkelten, in denen der Gärtner seine Tropenwelt hatte. Also dort fand sich der Gustel öfter ein mit seiner Kraxe, um Samen zu kaufen für die fruchtbare Gartenerde zu Oberbach. Und wenn der Gärtner manchmal nicht zuwege war, so ging er mit der Mitze so zwischen den Beeten hin, bewunderte die üppigen Kohlköpfe und die leuchtenden Teerosen und die Kakteen hinter den Glaswänden und die –. Es kann nicht mehr länger verschwiegen werden, daß der Gustel ein hübscher junger Mann war und daß die Mitze bisweilen eine rote Nelke pflückte, um sie ihm ins Knopfloch zu stecken. Sehen Sie, liebe Leserin, und auch diese Nelken bewunderte er. Und wenn er Salatsamen, Kleesamen, Rübsamen gekauft hatte, gab ihm die Mitze als Draufgabe noch ein volles Tütchen mit, da war der »Allerlei-Blümel-Samen« drin. Er möchte ihn nur einmal säen in seinem Garten zu Oberbach, dann würde er schon sehen, was da hervorkäme!

Und hernach im Frühsommer, als alles im wilden Prangen war im Gebirge, was kam hervor aus dem Samen, den der Gustel in einer Ecke seines kleinen Hausgartens eingehegt hatte? Lauter blaue Vergißmeinnichte und brennend rote Herzlieberl! – Na, das hat den Gustel nicht schlecht nachdenklich gemacht. Da könnte man ja ein Geschäft machen. Die Nachbarinnen werden gewiß auch gern solche Gartenzier haben mögen, da will er doch nächstens auch Allerlei-Blümel-Samen einkaufen für den Handel. – Und als er dann wieder in der Stadt war und wieder in der funkelnden Gärtnerei, da kam ihm die Mitze noch viel liebenswürdiger entgegen und fragte, was denn aus ihrem Samen gewachsen wäre? – Ob die Mitze hübsch war? Ich bitte Sie! Ein Gärtnerstöchterl, das immer mit Blumen und Rosen zu tun hat, und nicht hübsch sein! Die beiden gingen Arm in Arm und saßen in der Laube, und der Gustel fragte sie, was sie meine, ob nicht das Wetter umschlagen würde. Seine Meinung wäre, daß es regnen solle, auf der Straße habe es schon einen abscheulichen Staub.

Ob es in Oberbach auch staubig wäre?

Es wäre auch in Oberbach staubig.

Sie gedenke einmal nach Oberbach zu kommen, um zu sehen, wie er lebe.

Das wäre schön. In Oberbach gebe es aber dies Jahr sehr viele Weißlinge. Dann im Herbste die Raupen. Vor drei Jahren hätten die Raupen ihm fast den ganzen Kohl gefressen.

Sie wollte ihm schon auf den Garten schauen.

Ja, man glaube nicht, was selbst ein Kohlgarten für Arbeit brauche.

So eine eigene Wirtschaft zu haben, das wäre ihre größte Freude.

Sie mache schon auch Sorgen. Wenn's halt wieder einmal regnen täte. –

Weiter kamen sie nicht.

Im drauffolgenden Herbste erhielt der Gustel in Oberbach einen Korb Pfirsiche »von einer guten Freundin«, wie es auf beiliegendem Zettel hieß. Zu Neujahr kam ein Brief, in dem sich ein nacktes Kind befand. Das Christkind konnte mit diesem Bild kaum gemeint sein, weil es einen Bogen und einen Pfeil hatte. Der Gustel wußte nicht recht, was er sich davon denken sollte, versteckte aber den Brief, daß ihn niemand sehen konnte.

Im selbigen Nachwinter kam der Gustel wieder einmal in die Stadt. Der Geschäftsfreund, bei dem er Zwirn, Bänder und rote Strickwolle einkaufte, hieß ihn niedersitzen, und dieweilen er ihm für den Korb das Paket zusammenmachte, legte er gelinde die Frage hin: »Brauchen Sie heuer nicht wieder Gartensamen?«

»Wird eh sein, daß ich wieder einen brauche«, antwortete der Gustel.

»Ich glaube –«, sagte der Kaufmann, dann hielt er ein und guckte den Landkrämer schalkhaft an. »Mich däucht, Sie werden ohnehin schon wieder erwartet draußen in der Gärtnerei.«

»So! Hat er heuer besonders guten Samen?«

»Ich denk' schon. – Gut ist's, da haben Sie Ihre Sachen.«

Damit warf er das Paket in den Korb und setzte sich zu seinem Kunden, zu dem mittlerweile auch eine Flasche Wein gekommen war.

Er schenkte zwei Gläser voll.

»Leben sollen S', Herr Gustel!«

»Ebensoviel!«

Sie stießen an und tranken.

»Ah, der Wein ist aber gut«, sagte der Gustel.

»Wollten Sie mich nicht einmal mitgehen lassen hinaus zum Gärtner?«

»Warum denn nicht«, sagte der Gustel. »Der Weg ist breit genug für allzwei.«

»Vielleicht könnt' ich mir einen Pelz verdienen. Wär' mir nicht zuwider, jetzt im Winter.«

»Einen Pelz kann man recht gut vertragen«, antwortete der Gustel.

»Herr Gustel«, sagte der Kaufmann und legte ihm die Hand recht freundlich auf die Schulter: »Vor mir brauchen Sie sich nicht zu verstellen. Ich weiß ja so schon von der Sache. Ich sage Ihnen das eine, Sie brauchen bloß zuzugreifen.«

»Ich? Wo?«

»Das Mädel gefällt Ihnen doch!«

»Die Mitze. Ein liebes Mädel ist's, ich sag's gleich, wie ich's mir denke.«

»Also machen Sie Ernst.«

»Mit der Mitze, meinen Sie?« fragte der Gustel, nicht wenig verwirrt. »Das wird halt doch nicht gehen.«

»Wieso nicht gehen? Bis über die Ohren verliebt ist das Mädel in Sie. Und das Vertrauen! Ich kenn' ihn nur als Geschäftsfreund, hab' ich ihr gesagt. Das macht nichts. Einen mit solchen Augen könnt' man unbeschaut nehmen. Ihre eigenen Worte. Und von den Alten weiß ich auch, daß sie nichts dagegen haben. Verlassen Sie sich auf mich. Und kriegen ein paar tausend Gulden mit auf die Hand. Nicht zu verachten – was?«

»Wohl wahr, nicht zu verachten«, gab der Gustel bei.

»Nun sehen Sie. Und fleißig ist das Mädel auch. Den ganzen Tag auf den Füßen und laufen wie ein Wiesel, im Haus, im

Garten, überall, wo's not tut. Das wird eine Musterhausfrau. Sie können keine bessere kriegen.«

Der Gustel kratzte sich hinter den Ohren, im aschfalbem Haar, und meinte: »Es ist halt so eine Sach'! Es wird nicht gehen. Es wird nicht gehen.«

»Sie glauben, daß sich das Mädel nicht auf das Land wird schicken können. Oh, ich sage Ihnen, die schickt sich in alles. Die wird Ihnen das Haus und das Geschäft geradesogut versorgen wie den Garten.«

Der Gustel trank einmal, wischte sich mit dem Armling die Lippen ab und sagte: »Ich glaub's ja, ich glaub's ja. Aber – es ist halt ein Ehehindernis.«

»Ja – ist die Ihnen etwa blutsverwandt?«

»Na, das glaub' ich nicht. Aber, wissen Sie, Herr Grammel«, er unterbrach sich und trank und stellte das Glas wieder hin und wischte sich die Lippen diesmal mit der Rückseite der Hand ab, »wissen Sie, ich bin halt schon seit drei Jahren verheiratet.«

Der Schäfer von der Birkenheide

Der Schäfer von der Birkenheide war ein Schäfer nach dem Herzen Gottes. Er war im Verhältnis zu anderen Schäfern blutjung und im Verhältnis zu seinen Schafen steinalt. Er hatte gelbgoldiges Haar, das er sich alljährlich zur Herbstschur mit der breiten Wollschere vom Haupte schnitt. Er war schlank und hochgewachsen wie die weißen Birkenstämme, zwischen welchen er den Sommer hindurch lebte und die Schäflein weidete. Von diesen Birkenstämmen schälte er eines Tages ein zartes weißes Rindenhäutchen los und schrieb darauf die Worte: »An die Geiß-Esther im Fischgraben. Es ist mein guter Rat, daß Du Deine Geißen auf die Birkenheide treibst. Hierum gibt es Brombeerlaub, das mögen wir nicht alles überkommen. Ich laß Dich schön grüßen.

Titus, der Schäfer auf der Birkenheide.«

»Da schau, das schreib' ich der Esther«, sagte er zu seinem Freunde, dem grauen Widder, der ihm über die Schultern schnupperte.

»Halt her!« blökte der Widder, und als ihm der Brief nahe genug war, um lesen zu können, fraß er ihn auf.

Das gute Verhältnis der beiden Freunde war nun für längere Zeit gestört, und die Esther kam nicht auf die Birkenheide. Der Widder genoß vergnügliche Zeiten; aber dem Schäfer war das Herz schwer, und als sich einmal eine Ziege aus dem Fischgraben auf die Birkenheide verirrte, herzte sie der Titus und flüsterte ihr in die Ohren: »Tu' mir die Esther grüßen!«

»Tu es selbst!« meckerte die Geiß und lief davon.

Und am nächsten Samstag tat er's selber. »Esther«, sagte er, »ich muß dir was anvertrauen, ich bin ein Narr –«

»Je, das weiß ich schon lang'!« lachte die Esther.

»Laß mich nur ausreden; Narr, vor lauter Lieb' zu dir.«

Da jauchzte die Esther schier auf vor Lachen, rief hell: »Ich mag dich gar nicht!« und lief weg.

Der arme Titus hielt sich den Kopf mit beiden Händen, denn der wollte auch davonlaufen und den Schäfer allein lassen mit seiner abgeblitzten Liebe. »Ach, hätte ich meinem Vater gefolgt!« klagte er, »wäre ich ein Seelenhirt geworden anstatt ein Schafhirt! Nun sehe ich's wohl, die Welt ist eitel.«

Er war gar nicht dumm, der Titus; er war belesen und tat spintisieren, wie es schon so Schäferbrauch; zuweilen zwar sah er ein wenig blöde und albern aus, aber er war ein Schalk und Philosoph durch und durch. – »Krieg' ich schon mein Mädel nicht, so werd' ich gar ein Pfaff!«

Es gibt Leute, die erst dann nach der Heiligkeit streben, wenn sie mit der Welt umgeworfen haben. So ein Fuchs war also auch der Titus. Nicht gar weit von der Birkenheide in einem alten Schlosse wohnte ein Häuflein grauer Brüder. Sonntags predigen und werktags betteln war ihr ehrsam Handwerk, und es gab keine Gasse und keine Straße in der Gegend, in deren Staub nicht die Sandalen der grauen Brüder zu verspüren waren.

Da saßen in der Klause auf der Birkenheide einmal zwei Männer zusammen, so ein grauer Bruder und unser Schäfer. Der graue Bruder ließ sein behendig Redewerk spielen und fuhr mit den Händen bekräftigend hin und her, auf und nieder. Der Schäfer tat nichts, als fort und fort gemächlich das Haupt neigen: er glaube alles, er sei mit allem einverstanden.

Zuletzt, als sie auseinandergingen, wattierte der Titus all die Säcke des ehrwürdigen Bruders mit Schafwolle aus. Es war die Herbstschur.

Und als der Pater fort war, ging der Titus mit verschlungenen Armen unstet über die Heide und zählte an den Tagen und Stunden, die ihn noch von der Aufnahme und Einführung in den geistlichen Probestand trennten. Dann zog er ein Büchel aus der Tasche, das er zum Gegengeschenk für die Herbstschur bekommen hatte. Das Büchel war mehr wert als die Herbstschur, denn es war das Brevier; aber des Schäfers Gedanken wollten nicht weilen in den vergriffenen Blättern, sie flatterten wie Schmetterlinge weit in der Gottesluft herum, tänzelten um die weißen Birkenstämme, um die blökende Herde, flimmerten gar in den Fischgraben hinab und umgaukelten die Geiß-Esther. – Ja, die wird gucken, wenn sie hört, der Titus wird ein geistlicher Herr! Ja, nachher wird sie's glauben, daß in einem Schäfer auch was stecken kann. Ja, nachher wird ihr leid sein. Ja, geschieht ihr schon recht! – Bei seiner ersten Predigt wird sie gewiß auch dabei sein. Ja, die erste Predigt! Ja, die muß er sich wohl prächtig einstudieren.

Der Schäfer stieg auf eine Felswand und blickte mit Befriedigung nieder auf die Schafherde, die sich unten versammelte. Hierauf hub er an zu reden:

»Geliebte Brüder im Herrn!« Er machte eine Pause, dann wiederholte er die Worte noch einmal, redete aber nicht weiter. Er stand lange auf dem Felsen und wendete sein Haupt nach allen Himmelsgegenden; aber er schwieg. Sein Schweigen hatte eine kleine Ursache – es fiel ihm nämlich nichts ein. Die Schafe schüttelten ihre Wolle, soviel ihnen die gestrige Schere noch am Leibe gelassen hatte; sie waren enttäuscht. Sie hatten gemeint, der Schäfer wolle ihnen vom Felsen herab gesalzene

Brotstücke zuwerfen, wie er sonst zuweilen tat. Nun versicherte er sie bloß seiner Brüderlichkeit. Sie gingen blökend auseinander.

Der Titus aber tröstete sich: Mach' dir nichts draus, daß du dermalen noch nicht weiterkannst im Worte. Erst bei der Salbung kommt der Geist über dich. Sankt Peter ist ein Fischer gewesen und ist ein grundgescheiter Apostel geworden; und doch ist nach dem Sprichwort ein einziger Fischer dreimal so dumm wie drei Schäfer zusammen.

Der Titus hatte, wie die allermeisten Schäfer, eigentlich sein Lebtag zu den Barfüßern gehört; ja, er trug nicht einmal Bindesohlen, und wenn er sich einen Scherben oder einen Splitter in die Fußsohlen stieß, so schnitt er ihn gelassen mitsamt einem Stück Haut heraus und pfiff dabei, etwa wie ein Schuster, der eine alte Schuhsohle zertrennt. Die härene Kutte ist wärmer als eine Zwilchjacke, »die mehr Fenster hat als das Kaiserhaus« und durch welche der innere Mensch an allen Ecken und Enden herauslugt. Also was konnte der Titus verlieren? Das Predigen und Beichthören samt allem Zubehör bringt der Geist. Vielleicht wird der Titus gar noch Oberer!

Am Vorabend des Michaelfestes war's. Der Titus hatte seine Schafe bereits in die Sicherheit des Stalles gebracht, und zwar zum letztenmal. Er hatte seinem Bauer wie der ganzen Welt heute den Dienst aufgesagt. Morgen geht's ins Kloster, und das Novizenjahr hebt an. An diesem letzten Abende ging der Titus noch einmal in die Birkenheider Kirche, in der er getauft und gefirmt worden war; es war ihm feierlich zumute; und sollte er ja selbst noch taufen und die Sakramente spenden wie der geistliche Herr Kaplan, der dort vom Pfarrhoffenster herabschaut und als Prediger und Beichtvater berühmt ist.

Die Kirche war leer und weitete sich bereits in der abendlichen Dämmerung. Zuerst kniete der Schäfer in seinen Stuhl und betete. Es war ihm sehr ernst mit dem Gebet, und sein Entschluß stand fester als je. Dann stieg er die Stufen des Altars empor, breitete die Hände auseinander und sagte: »Dominus vobiscum!« Sogleich aber erschrak er über den Frevel, den er trieb, und trollte sich von den Stufen herab.

Dort an dem Pfeiler prangt die Kanzel; die vier Evangelisten stehen Wacht, und darüber auf dem »Hut« schwebt die weiße Taube. So möchte der Titus doch herzlich gern wissen, wie sich's auf einem wahrhaftigen Predigtstuhle steht. Und es ist ja sonst kein Mensch in der Kirche, der darob ein Ärgernis nehmen könnte. Husch ist der Schäfer auf der Kanzel. Nu, da geht freilich eine andere Luft, und alles fühlt sich so geweiht an. Hätt' ich euch nur da, ihr sündhaften Birkenheider, ihr; niederpredigen wollt' ich euch, daß schon alles kleschen soll! dachte sich Titus, wartete aber nicht, bis sie kamen, sondern stieg würdigen Schrittes wieder zu den leeren Kirchenstühlen nieder.

Dort im Winkel neben dem Taufstein steht der Beichtstuhl. Außen auf dem Bänklein ist der Schäfer schon gekniet. Inwendig ist er aber noch nie gesessen. Am Altare ist der Geistliche der Opferpriester, auf der Kanzel der Apostel, hier im Beichtstuhle ist er an Gottes Statt, also der liebe Herrgott selber. Was aus einem Menschen nicht alles werden kann! Aber wunderlich muß sich's doch sitzen da drin, auf des lieben Herrgotts Kanzleisessel. So denkt der bösartige Titus, hockt in den Beichtstuhl und legt sich halb aus Vorwitz, halb zum Schutz gegen den Teufel die vorhandene Stola um den Nacken. Zwar ist es da noch finsterer wie draußen, und man riecht die Sünden aus allen Fugen und Ecken. Gar gemütlich ist das nicht. Schon will der Schäfer den Beichtstuhl wieder verlassen, als ein ältliches Weib in die Kirche torkelt und sich unweit vom Beichtstuhle in eine Bank setzt. Jetzt kann der Titus nicht hervorkriechen, die Alte verlästerte ihn in ganz Birkenheid als einen Frevler. Es heißt also noch ein wenig sitzen bleiben; das Weib hat wohl nur ein paar Vaterunserchen auf dem Herzen und wird doch bald wieder davonhumpeln.

Aber anstatt daß dieses davonhumpelte, humpelten zehn andere daher, und bald kam auch jüngeres Volk, Mädchen, Männer und Kinder, und die Kirchenstühle füllten sich, und die Leute taten ihre Rosenkränze hervor, und zuletzt kam gar der Mesner und zündete Kerzen an.

Dem Schäfer wurde sehr unbehaglich; er tat den dunkelblauen Vorhang ein bißchen herfür, daß sie ihn doch zum mindesten nicht sehen konnten, wenn er schon während der ganzen Vesper im Beichtstuhle sitzen bleiben mußte.

An der Sakristeitür klingelt's, die Orgel beginnt zu tönen, der Herr Pfarrer tritt zum Altar. Der Titus spürt einen gewaltigen Bremsler in seinem verruchten Herzen. Das ist die Michaeliandacht, und etwa kommt jetzt der Kaplan, um die Beicht' zu hören. Sollte aber der Schäfer hervortreten vor aller Augen, vor aller Zungen, die in alle Weiten reden: Was hat denn der im Beichtstuhl gemacht? Noch gehört er nicht hinein, oder ist er ein Narr oder gar ein frevlerischer Mensch? – Nein, er bleibt im Versteck, und wenn der Kaplan wirklich kommt, so verkriecht er sich unter den Sitz hinein; jetzt gilt's klug zu sein auf alle Mittel und Weis'.

Langsam näher und näher rückten die Leute dem Beichtstuhl. Ein hübsches demütiges Mägdlein schob sich sachte und sachte vor und suchte ein wenig und so gut es die Bescheidenheit erlaubte, hinter den Vorhang zu gucken, ob der geistliche Herr wohl schon sitze. Richtig, es rührt sich die blaue Stola. Das Mädel hält sofort sein weißes, zierlich geglättetes Handtuch sittsam vor den Mund und hüstelt sich aus; und als sonach das Herz entkorkt ist, kniet sie im dunklen Winkel nieder auf das Brettel und reckt den Kopf gegen das vergitterte Beichtfenster.

Der gute Schäfer ist in Todesangst. Zu erkennen geben kann er sich um keinen Preis. Durch ein Unbeachtetlassen des Beichtkindes auffallend machen darf er sich auch nicht. Sollt' er nun also den Beichtvater spielen? Es wäre der entsetzlichste Frevel, aber, aber, aber! – gibt es einen anderen Ausweg? Und ist der Titus nicht schon Priester im Herzen? Er meint es nicht schlecht, er legt nur so ein bißchen das Ohr ans Gitter und braucht ja das Beichtkind nicht anzuhören, es nicht loszusprechen.

Zu allem Glücke ist es im Beichtstuhle sehr finster; die Orgel klingt, alles ist in Andacht. Mit dieser einen sündigen Magd wird der Titus doch wohl fertig werden können?

So legte er denn das Ohr ans Gitter.

Das Mädel ließ gar nicht lange auf sich warten. Zuerst kam das Gebet von der offenen Schuld; dann kam ein Häuflein Sünden, lauter Scheidemünzen, wie sie so jedes ordentliche Beichtkind hat und haben muß. Dann stockte es.

Der Schäfer saß auf glühenden Kohlen. Es ist kein Grund da, um die Lossprechung zu verweigern; und spricht er los, so läuft sie hin und empfängt die Kommunion. Richtig, sie ist beim Abendgebet eingeschlafen, hat sie gesagt; ja, dann kann keine Lossprechung erteilt werden, ehe sie sich gebessert hat. Schon will das der Titus mit verstellter Stimme sagen, da kommt das Beichtkind noch mit etwas vor. Es stottert und schluchzt. – »Ja, und dann, Hochwürden, daß – daß ich halt den Liebsten nicht vergessen kann«, fährt das Dirndel heraus. »Und es läßt mir keine Ruh' bei Tag und Nacht, und ich weiß, es soll nicht sein, ich bin übermütig gewesen, und er hat gemeint, ich mag ihn nicht, und jetzt geht er ins Kloster.«

Der Schäfer fährt zurück und lugt. Gottswahrhaftig, es ist die Geiß-Esther vom Fischgraben.

»Ich hab' mir's selber getan«, klagt das Mädchen wieder, »und jetzt weiß ich mir bei meiner Seel' nit zu helfen, und vergessen kann ich ihn halt nimmer.«

Sie schweigt und harrt erwartungsvoll, was ihr der Beichtvater wohl raten mag.

Diesem wird's schier selber dumm, und er meint, der ganze Beichtstuhl hebe an mit ihm zu tanzen. Aber im Kerne ist der Titus eben gerade kein Narr, er merkt es sogleich, was diese Stunde bedeutet. Sein Herz drückt er mit aller Gewalt hinab unter die Bank. Dann lehnt er sich so hin und murmelt abgewendeten Antlitzes: »Hm, hm, das ist freilich bös'. Da müssen wir mehr darüber reden, liebes Kind, weißt du was, komm' heute ums Gebetläuten in des Pfarrers Obstgarten.«

Das Mädel schwieg eine Weile, dann stotterte es ängstlich: »Wär' schon recht, ja, Hochwürden, aber im Obstgarten ist halt kein Beichtstuhl nicht, und keinem Menschen will ich meine Sach' anvertrauen als nur dem lieben Herrgott.«

Da fragte ganz betreten der Schäfer: »Dein Liebster ist gewiß der Schäfer von der Birkenheide?«

»Ei freilich ja, der Titus halt.«

»So kann ich dir's im Beichtstuhl sagen, er hat mich ja gebeten drum, der Schäfer ist bei mir gewesen. Er geht nur desweg' ins Kloster, weil er dich nicht kriegt; der läuft dir noch nach in dein Haus; denn schau, wie er dich lieb hat, Esther, glauben kannst es nimmer!«

Zum Glück hatte der Organist dem heiligen Michael zulieb' alle zwölf Register aufgezogen, und so verstand die Esther den Ausspruch des Beichtvaters nur halb. Und dem aus Rand und Band gekommenen Schäfer dünkte es die höchste Zeit, daß er den Schieber zuklappte. Die Orgel schwieg, die Vesper war aus, die Leute bliesen ihre Lichter ab und verließen nach und nach die Kirche. Auch die Esther schleicht dem Ausgange zu, voll Sorg' und Liebesnot – und heut' ist ihr am Beichtstuhl das Herz nicht leichter geworden.

Der Schäfer entschlüpfte seinem unheimlichen Verstecke, und als er wieder unter freiem Himmel stand im kühlen Berghauch und Abendrot und die Stämme der Birkenheide dort oben wie glühende Nadeln leuchteten, da tat er einen Atemzug, mit dem er ein neues, glückseliges Leben einsog.

Und wie der Beichtvater gesagt hatte, der Schäfer lief dem Mädel noch an diesem Abende nach in ihr Haus – »denn schau, wie der dich lieb hat, Esther, glauben kannst es nimmer!«

Sie hat's aber doch geglaubt, und nach wenigen Tagen erhielten die grauen Brüder auf Birkenrinde geschrieben den Bericht: »Ich kann nicht kommen, ich hab' mir ein Weib genommen und bleibe Schäfer auf der Birkenheide.«

Der Windwachelbub und seine Liebste

In der Steiermark geht ein Sprichwort: Das Weib müsse neun Wallfahrten nach Mariazell machen, um einen Mann zu kriegen, und der Mann müsse neunmal neun Wallfahrten nach Mariazell machen, um das Weib – wieder loszukriegen.

Daraus erhellt erfreulich genug der Frauen eisenfeste Lieb' und Treue.

Jener Ritter war ein dürrer, höckeriger, schielender Patron und hatte eine schöne Frau; sie war so schön wie ein Engel, möchte ich sagen, wenn Engel nicht pure Geister wären. Er war bescheidener wie sonst Ritter von entschieden männlichem Geschlecht zu sein pflegen und fürchtete, ihrer nicht wert zu sein. Und als er vollends im Kriege einst sein rechtes Auge verlor, war er außer Rand und Band, schickte ihr das Auge und ließ ihr sagen, als solch vollendetes Scheusal trete er ihr nicht mehr vors Gesicht, er fliehe bis ans Ende der Welt, und sie möge sich einen Besseren nehmen. Was tat hierauf die Frau? Sie nahm die Schere, stach sich das linke Auge aus, schickte es dem Gemahl und ließ ihm sagen, er solle sich einfinden, jetzt passe sie wieder für ihn, sie seien ein Leib, und für einen Leib wären zwei Augen genug.

Die schöne Historie fällt mir allemal bei, sooft ich an die Geschichte vom Windwachelbuben und seiner Liebsten denke.

Gingen eines Sonntag nachmittags – da Bauernburschen gern herumschlänkeln und den Erdboden darum so gerne anschauen, weil sie ihn an diesem Tage nicht pflügen oder mähen müssen – zwei Kerle durch den Buchenwald. Zwei hübsche, kernfrische Dorfknechte, der eine hatte gelbe Haare und der andere rote, und auch in ihren Wünschen waren sie leicht voneinander zu unterscheiden.

»Windwachel«, sagte der Gelbe, der etwas jünger war als der andere, »ich möchte nur wissen, wie ich das Ding anfangen soll.«

»Das kann ich dir auch nicht sagen«, entgegnete der Rote.

»Du kannst, du hast's durchgemacht!«

»So!«

»Wirst mir wohl einen guten Rat erteilen müssen, wie ich das Ding anfangen soll.«

»Das wird freilich wohl nicht sein können.«

»Warum nicht?« begehrte der Gelbe auf.

»Weil ich gar nicht weiß, was du für ein Ding meinst«, antwortete der Rote und tat gottlos gleichgültig.

»Ja so, das hätte ich dir noch gar nicht gesagt? Kann gleich geschehen. Ein Dirndel möchte ich haben.«

Der Windwachel blieb stehen: »Wie alt bist?«

Der Gelbe hob die Hände und spreizte alle zehn Finger aus: »Nimm sie doppelt und noch einen dazu.«

»Einundzwanzig! Und weißt dir nicht zu helfen?! Und wirst rot wie ein Krebs, bevor du noch abgesotten bist! Alois, du hast keine Erziehung genossen.«

»Machst meinetweg' schon das Maul auf, so rat' lieber und spott' nicht.«

»Das ist leicht«, sagte der Windwachel, »wenn's sonst nichts ist. Ich habe nur anfangs geglaubt, du brauchst Geld. – Ein Weibsbild, ist das wenigste. Du brauchst eins, ich hab' eins übrig.«

»Deine Liesel?«

»Wenn sie mir zwei Jahr lang taugt hat, so wird sie für dich wohl auch gut genug sein.«

»Eh soweit richtig, wenn du schon so gut bist und sie herleihst.«

»Herleih' ich nichts.«

»Kaufen kann ich nichts.«

»Schenken!« sagte der Rote.

Auf das lugte ihm der Alois ins Gesicht und sprach nicht uneben: »Freund! Etwan zahlst noch was drauf!«

Das war laut genug gesprochen, aber der Windwachel hörte es nicht, sondern gab Belehrung: »Heute abend zwischen Lichten (in der Dämmerung) ist sie im Stall beim Kühmelken. Von mir ist sie locker, wir haben uns gestern tüchtig geriffelt (gezankt). Geh' zu ihr und tu' ihr schön. Die Butterwecken ißt sie gern, wenn du ihr mitbringen willst. Nicht zu früh keck werden, das schreckt die Weiber zurück. Eher ein bissel Traurigkeit spüren lassen, und daß dich ohnehin bald das hart' Soldatenleben treffen tät'. Das wirkt schier allemal. – So, mein Weg steigt jetzt da auf die Alm hinauf.«

»Was ich schuldig bin für den guten Rat?« fragte der Gelbe treuherzig.

»Mir nichts. Ich wünsch' – ei ja, Glück wünscht man den

Jägern nicht. Guten Anblick kann ich dir auch nicht sagen, weil's im Stall finster ist. Gute Nacht!«

Er stieg langsam bergan, und das Buchen- und Haselnußgesträuche streichelte ihn an den Schultern. Da hätte nur ich einmal Buchen- und Haselnußgerte sein mögen!

Nun stand es an der Tage drei. Da bekam der Windwachelbub vom Postboten einen Brief. »Na, die hätt' sich auch das rote Pflasterl (Marke) ersparen können, wenn man Haus an Haus nebeneinander wohnt.«

Er erkannte sofort die gelblichblasse Tinte der Liesel. Sonach braucht er das Zeug eigentlich gar nicht zu lesen, er weiß schon, was sie schreibt. – Na doch! »Es wird ja der Alois kein Esel gewesen sein; vielleicht gibt sie den Abschied. Das Papier ist wieder mit Kerzenwachs zugeklebt. Jesses, die lange Wurst, was sie schreibt! Die Wurst hat zwei End', dieser Brief hat gar keins, scheint mir. Nau, Lieserl, was gibt's?« So plauderte er im Auseinanderfalten des Papieres, was ihm mühevoller war als das Holzhacken. Dann las er den Brief:

»O Geliebter meines Herzens!

Gott zum Gruß! Ich muß mit Dir sprechen und weiß mir nicht anders zu helfen. Wie unrecht muß unser Warteln (Zanken) am Samstag gewesen sein, weil jetzt der böse Feind sein Spiel hat. O mein liebster Urban, ich sage Dir, wenn mir nit die Heiligen und die Liebe zu Dir zu Hilfe kommen, ich hätt' der Anfechtung nit können widerstehen und wäre zeitlich und ewig unser Verderben. Ich warte Dein mit Schmerzen und werde Dir mündlich erzählen. Ich habe noch keinem Christenmenschen einen Schlag getan, mein Lebtag nit bisher und denke, daß ich den nit hart büßen werde im Fegfeuer. Dir, mein guldener Schatz, verzeihe ich wohl von Herzen und bitte Dich zu tausendmal, verzeihe auch mir, ich weiß nit mehr, was ich hab' gesagt im Zorn und bitte Dich, laß mich nimmer allein, es kunnt sonst wohl einmal was geschehen –«

»Hol's der Teuxel, daß es nicht schon geschehen ist!« knirschte der Windwachel, zerknitterte den Brief, ohne ihn fertigzulesen und schob ihn mit derbem Stoß in den Hosensack hinein.

Am nächsten Tage, da er mitten auf dem Dorfplatze dem Alois begegnete, murmelte er ihm zu: »Du bist auch ein . . .!« und legte seine Fäuste an die Ohren, die Zeigefinger hoch gegen den Himmel gestreckt.

»Ja – hu!« gab der andere zurück und fuhr mit der flachen Hand an die Wange.

Das war ihre Verständigung, und wir meinen, sie hat auch genügt.

Nun fehlt uns in der Geschichte ein ganzes halbes Jahr. Allem Anschein nach hat sich in demselben nicht viel zugetragen. Nach Ablauf hatte der Gelbe eine; der Rote hatte noch die Seine. Indes die Neujahrszeit – da die an andere Höfe verdingten Dienstboten zu übersiedeln pflegen – hatte die Liesel und den Windwachelbuben schier eine ganze Stunde weit auseinandergerissen. Der Windwachel kam zu einem Bauer ins Gescheid hinüber, sollte das letzte Dienstjahr sein. Er hatte von einer Base ein Weniges geerbt und dachte ans eigene Nest. Die Liesel hatte ihn beim Abschied fromm und rührend getröstet: Eine Stunde weit, das sei nichts gegen die Kreuzzüge ins Heilige Land, und ein Jahr sei nichts gegen die Ewigkeit. Sie würden sich ja doch im Monat ein- oder vielleicht gar zweimal sehen können. Er solle nur die drei Paar Wollsocken gesund tragen, die sie ihm mitgebe, auch auf den heiligen Schutzengel nicht vergessen; sie wolle ihn täglich in ihr Morgen- und Abendgebet einschließen und bleibe ihm treu bis in den Tod.

Der gute Windwachel deutete mit der Hand, sie solle sich keine Mühe geben, ihn zu trösten, und stürzte davon.

Als er allein war, tat er einen so gewaltig tiefen Atemzug, als käme er gerade aus einem heißen Ofen.

An seinem neuen Dienstorte, da gab's feine Dirndeln, aber er konnte sich dieser lieben Geschöpfe nicht lange erfreuen, es kam eine Prüfung daher, an die der gute Windwachelbub wohl sein Lebtag nicht gedacht hatte. Es traf ihn eine scharfe Einsamkeit, und Sachverständige verordneten, daß er wie ein Herrenmensch seine eigene Stube bekomme und daß ihn in derselben niemand Unberufener stören solle. Es tat's auch keiner, und keiner auch wollte berufen sein. Jeden zweiten Abend kam die Liesel, sie bat um aller Apostel willen, daß man sie zu ihm hineinlasse. Und selbst wenn's auch um des Judas Ischariots willen ginge, erklärte der Arzt, so könne er sie doch nicht hineinlassen. Daher hockte sie die ganze Nacht hindurch vor der Kammertür, und sooft er drinnen hustete oder sich räusperte, jammerte sie die alte Wärterin aus dem Schlaf, daß sie dem Kranken beispringe.

Endlich wendete sich's zum Besseren, aber als nach Wochen der Genesene in seinen Handspiegel blickte, da – er war kein Weib – aber ein wenig erschrak er doch. Das hatte zu seinen roten Haaren gerade noch gefehlt – blatternarbig wie ein Reibeisen!

Als der Windwachel hierauf das erstemal mit seinen Hausgenossen beim Essen saß und jeder und jede langsam, aber sicher mit dem großen Löffel in den Sterz einhieb, gab er folgende Red' ab: »Nau, Bauer, was sagst du denn jetzt zu meinem Ausgeschau?«

Der Hausvater, an den diese Worte gerichtet waren, lugte so ein wenig schmunzelnd nach dem genesenen Knecht hin und antwortete:

»Das macht nichts. Weil du nur wieder gesund und stark bist.«

Nun wollte der Knecht auch die Meinung des Weibervolkes wissen, er richtete also eine ähnliche Frage an die Großmagd. Und diese antwortete: »Ich bleib' auch bei dem, was der Bauer gesagt hat.«

Dieser Bescheid befriedigte den Windwachelbuben ganz erklecklich, um so mehr, als die Jungmagd beifügte, bei den Männern sei es leicht, sie könnten dort, wo das Gesicht nicht schön ist, ja den Bart wachsen lassen. Indes bedachte der Knecht, ob sich die ungünstige Veränderung seines Äußern nicht ausnützen ließe, und als die Liesel für den nahen Fastnachtssonntag einen Besuch ankündigen ließ, »sie müsse doch nachsehen, wie es mit dem Aufgestandenen stehe«, war sein Entschluß fest. Der Windwachel schrieb ihr folgenden Brief:

»Gute Elisabeth!

Ich habe Deine Post erhalten und muß Dich wohl bitten, daß Du nicht kommst. Mit mir ist's nichts mehr und möchte ich um alles in der Welt Dir das nicht antun. Ich mache Dir zu wissen, daß ich durch meine Krankheit ein ganz abscheulicher Kerl worden bin. Du hast kein Strohdach gesehen, das so viele Löcher hätt' als meine Haut. Die Augen sind verschwollen gewest, und das linke ist kleiner geblieben. Die Haar' werden mir auch ausgehen, sagt der Arzt, was kein Unglück wär' um die fuchsroten Haar. Aber bedenk' nachher diese Mißgeburt! So hab' ich's vor Gott geschworen in meiner Krankheit: mit dieser Figur schau ich kein Weibsbild mehr an. Deine Person, wie Du sie hast, kriegt zehn Bessere und Hübschere, will Dir zu Deinem Glück nit im Wege stehen, und es wär' selber meine größte Pein, müßt' ich in solchem Zustand zu Spott mit einer Schönen leben. Gleich und gleich, sagte ich immer, sonst ist kein Glück. Dank' Dir Gott für alles, was Du mir Gutes getan hast, und ist's das beste, daß wir einander nichts schuldig sind.

In Eile beschließe ich mein Schreiben und bin mit Schätzung

Urban Windwachel.«

Der Brief ist nicht übel, aber ich zweifle, daß er in einem Liebesbriefsteller Aufnahme finden wird. Zur Fastnacht ging der Windwachel nicht ins Dorf hinüber, sondern in ein Wirtshaus, das höher im Gebirge stand und wo auch lustige Leute zusammenkamen. Bei dieser Gelegenheit zeigte sich – was er hoffend voraussah –, daß sein Panzer gegen die Weiber, die Blatternarbenhaut, nicht stich- und hiebfest war. Aber am Aschermittwoch kam ein Schreiben von der Liesel. Er öffnete es mit einiger Beklommenheit. – »Es hilft alles nichts, sie wollen doch immer das letzte Wort haben. Nun, das kann man ihnen ja lassen.« – Aber als er den Brief las, da wollte er gerade auf den Rücken fallen vor Schreck.

Die Liesel schrieb:

»Mein trauter Herzensfreund!

Tausend und tausendmal Dank, daß Du Dich endlich hast

zu erkennen geben, was Du für ein güldenes Herz hast. Du denkst nur auf mich, und auf Dich denkst Du nicht. Was müßt' ich für eine schlechte Kreatur sein, Dich jetzund zu verlassen! O süßer Schatz, was kümmert mich Dein Äußeres, es wird gut sein, wie es Gott erschaffen und weil Du nur sonst wieder gesund bist. Gestern, wie die anderen der Lustbarkeit nachgehen, bin ich in die Kirche und habe gebetet und daß ich Dir einen rechten Beweis kunnt geben, wie ich Dich liebe und liebe ohne End'. Ich hab's erbeten, und was Du sagst: Gleich und gleich, es wird freilich wohl das beste sein. Habe ich mir gestern ein Töpfel siedendes Rindschmalz über das Gesicht gossen. Diese paar Zeilen fahren voraus und sollen Dich vorbereiten, und ich bin schon selber auf dem Weg zu Dir. Jetzt wirst Du Dir nit mehr einbilden, daß Du Dich sollst schämen vor mir, jetzt sind wir gleich im Gesicht, wie unsere Herzen schon lange vor Gott sind gewesen, jetzt wird uns nichts mehr trennen, mein lieber herztausiger Mann, und ich beschließe mein Schreiben und verbleibe bis ins kühle Grab

Deine getreue Elisabeth.«

Der Windwachelbub hielt seinen Kopf mit beiden Händen; es war ihm, als ob alles Gehirn herausgeronnen wäre. »Ich bin schon selber auf dem Weg zu Dir«, dieses einzige schoß wie ein Ungezücht im finsteren Raum seines Schädels hin und her. Endlich lief er davon und versteckte sich in einer Heuhütte.

In derselben Hütte war wenige Wochen früher ein gebrechlicher Mann einsam gestorben. Sein böses Weib hatte ihn mit kochendem Wasser aus seinem eigenen Hause gejagt. In der leeren Heuhütte war er ein paar Tage darauf erfroren gefunden worden. In dieser Erinnerung fiel dem Windwachel was Neues ein. Es fiel ihm ein, daß man nicht eigentlich die Erstbeste nehmen solle, die einem für den Gusto just ansteht und daß die Herzenstreuen nicht zu kaufen sind wie beim Öbstler die Feigen. – Ich habe schon auch einen Unterschied kennengelernt, fuhr er fort zu denken, und werden auf der Welt nicht viel Weibsbilder umlaufen, die sich mir zulieb' das Gesicht verbrennen. Aber fein bin ich jetzt dran – fein! Voreh hab' ich die

Saubere verschmäht, jetzt kann ich die Fleckige nehmen. Oder weiß Gott, wie sie mag ausschauen! Zum Erbarmen, wie die dumm ist! Aber mit dem kochenden Waschwasser jagt sie mich nicht davon, das weiß ich. Ich kann sie ja stehenlassen – wenn ich ein Schurke sein will. Hei, hei, hei, die Weiber! Nur ein Vaterunser lang lehne dich zu einer hin und sie wachst dir an, und da hilft kein Reißen und Schneiden mehr. Das beste Mittel, ihrer loszuwerden, ist doch, man heiratet sie.

Der Knecht ging endlich wieder aus der Heuhütte hervor, weil's doch allzu kalt war drinnen. Die Liesel kam nicht. Hingegen hörte man am nächsten Tage, es wäre ihr ein Topf mit siedendem Rindsfett auf das Haupt gefallen und sei nachher ein hitziges Fieber dazugekommen.

Jetzt hub im Windwachelbuben ein Herzweh an. – Wenn eine einmal so stark verliebt ist, daß sie Fieber kriegt, dann – dann soll sie der Christenmensch nicht im Stich lassen.

Er besuchte sie in ihrer Krankenstube. Das Gesicht war verdeckt bis auf Augen und Mund. Die Augen schauten ihn glückselig an, und der Mund sagte: »Jetzt wäre ich bald verrückt worden wegen deiner. So lang' hab' ich halt doch gebetet, bis du kommen bist, Haderlump, lieber!« –

Als sie nach drei Wochen gesund war, sah man in ihrem Gesichte wohl rote Wangen, auch dort, wo sie nicht hingehörten, im ganzen jedoch war's erträglich.

Der Windwachel heiratete sie, trotzdem blieb sie ihm treu bis zum heutigen Tag.

Die Überläufer

Da oben auf der Hohen Veitsch sah es vor zweihundert Jahren geradeso aus wie heute. Dieselben Felswände, dieselben Rosen, dieselben Matten und dieselben Menschen in den Schwaighütten. Genau dieselben wie heute eigentlich wohl nicht, aber aufs Haar dieselbe Gattung an Fleisch und Blut, an Himmelsträumen und irdischer Lust.

Daß heute das Touristenhaus oben steht, ist zufällig wie der Junischnee an den Wänden. Heute ringen sie ganz wacker, die Talsöhne mit den Berggeistern, es kommt nur darauf an, wer es länger treiben wird, diese mit ihrem Eis und ihren Stürmen, jene mit ihren touristischen Passionen und ihrem Gelde. Länger Hütten bauen auf den hohen Bergen wird das Hirtenvolk; das stellt sein kleines Haus nicht übermütig auf die steinigen Höhen, sondern duckt es in weichere Mulden und unter schützende Wände, und ist es nach zehn Wintern zerstört, so baut es von neuem, baut mit derselben Naturnotwendigkeit wie der Falke das Nest, und das Hirtenvolk werden die Alpengeister nimmer ausrotten, eher nehmen sie das seit Jahrhunderten angestammte Geschlecht in ihren Schutz.

So auch an jenem Tage vor mehr als zweihundert Jahren.

Unten im Tale von Neuberg gab es wilde Geschichten. Dort zankten sich die Leute wieder einmal um den Himmel. Es war der lutherische Glaube ins Land gekommen, und weil das Zisterzienserstift sah, die Irrgläubigen wären nicht zu bekehren, so erheischte es die Notwendigkeit, sie aus dem Lande zu jagen. Denn daß der Katholik und der Protestant friedlich nebeneinander wohnten, davon konnte keine Rede sein.

»Laßt mich in Frieden!« rief der Stamm-Hans in Altenberg, da sie ihm das Haus über dem Kopf anzuzünden drohten, wenn er nicht davongehe.

»Nein!« schrien sie, »wir lassen dich nicht in Frieden – Überläufer! Antichrist! Lutheraner! Heide! Denk' an deine arme Seel'!«

»Was geht euch meine Seel' an? Ihr habt jeder die eure. Bis ich euch Unrechtes, tue, mögt ihr mich verjagen.«

»Du tust uns Unrechtes!« sagte einer der Ältesten von Neuberg, »wärest ein Fünfziger, wir wollten's gut sein lassen, alte Wölfe sind nicht so gefährlich wie junge, und den Geier muß man packen, ehe die Brutzeit kommt.«

»Ich verstehe dich wohl, du fürsichtiger Bandelkramer von Neuberg, du meinst, ich wollt' die Lutherischen vermehren zu Altenberg. Das beste Mittel dagegen, Männer und Väter, wenn ihr mir eure Töchter versagt.«

Damit machte es der Stamm-Hans aber nicht besser. Die Neuberger Bauern und Bürger hatten ihre Töchter nicht, um sie den jungen hausgesessenen Burschen zu versagen. Die Rotte zog eilends ab, aber im Schindeldach knatterte schon das Feuer.

Der Hans ging hin auf den Felsbühel und schaute zu, wie das Haus seiner Väter vor ihm niederbrannte.

»Und zu diesem Glauben soll ich zurückkehren!« murmelte er, »zu diesem, der die Häuser niederbrennt!«

»Und die Lutherischen ins Feuer wirft, so wie sie den Heiligen Vater!« brüllte in seiner nächsten Nähe ein fanatischer rothaariger Geselle und warf sich auf den jungen Mann, um ihn über die Wand zu stürzen. Sie rangen, daß der Boden dröhnte unter ihren Füßen; kein Wort, nur das Schnoben und Knirschen der Zähne. Endlich, da sich der Rothaarige hart am Rande des Felsens sah, rief er die Mutter Gottes und die Heiligen an. Wen aber sollte in solcher Todesnot der Lutherische anrufen? Seine letzte persönliche Kraft rief er an und schleuderte den Feind über den Rand hinaus. »Oho!« ächzte dieser, riß ihn mit, und beide stürzten in die Tiefe.

Der Hans, der auf den Roten gefallen war, raffte sich empor und eilte davon. Der andere blieb liegen und jammerte nach der Letzten Ölung.

Der Hans hatte noch den Dachstuhl seines Hauses einstürzen sehen, dann kehrte er zu dem Schwerverletzten zurück und rief zornig: »Alles ist hin, und du bist schuld, daß ich zum Mörder worden bin! Und haben uns voreh unser Lebtag nichts Schlimmes getan. Dieser Glaubensstreit, dieser höllverfluchte! Als ob nicht der gleiche Herrgott über uns wär'; – ist dir recht weh getan, armer Mensch!«

»Ich hab' genug«, stöhnte der Rothaarige, und an seinen Mundwinkeln floß Blut heraus.

»Kannst nicht aufstehen?« sagte der Hans in fast zärtlichem Tone und suchte ihn zu heben und zu stützen, »versuch's, ich will dich heimführen. Du kannst nicht. So will ich dir Moos unters Haupt legen. – Mußt nicht, mußt nicht!« redete er dem Wimmernden zu, »es wird wieder gut. Da ist mein Rock, ich hüll' dich warm ein. So. Und jetzt eile ich nach Neuberg und hole einen Arzt.«

»Einen Geistlichen!« stöhnte der Sterbende.

»Er wird kommen. Sei getröstet!« Der Hans eilte über die Höhe gen Neuberg, der andere blieb am Felsen liegen, und der Rauch des in sich zusammenfallenden Hauses strich über seinen Leib.

Der Hans kam an das Stift, konnte aber seine Sache nicht ausrichten. Am Orte hetzten mehrere Dorfleute Hunde auf ihn, und als er mit seinem Griesbeil einer kläffenden Bestie den Schädel einschlug, verfolgte ihn die Meute mit wilden Drohungen. Er floh hinein gegen die Felsenschluchten des Kar'l und Tirol. In der Schlucht, genannt Tirol, hatten sich auch Männer zusammengetan und Rates gepflogen, wie dem Überhandnehmen des Luthertums zu steuern wäre. Man kam auf gewaltsame Ausrottung desselben, und da hieß es: Besser, ein paar Dutzend Abtrünnige sterben, als wenn die Seelen der ganzen Gegend für Zeit und Ewigkeit Schaden nehmen.

Der Hans wäre ihnen schlimm ins Garn gelaufen; noch rechtzeitig gewahrte er die Gefahr und wendete – verscheucht wie ein Reh – sich der Mürzschlucht entlang gegen das Hochgebirge der Veitsch.

Es war der Vorabend des Frauentages im August. Die schon Feiertag im Herzen hatten, denen lag die Feiertagsstimmung auch in der schwülen Luft. Der Stamm-Hans sah keinen Feiertagsschein, und wie er nun hinaufkam auf die ersten kahlen Höhen und hinausschaute, da fiel es ihm auf, wie wild und wüst eigentlich diese Gegend war. Über der Rax hatten sich Wolkenbänke niedergesenkt. Die Felsen der Schneealpe, die Wände des Rauhenstein, des Hirschegg, des Waxegg starrten drohend auf ihn herüber. Die Berge des Mürztales standen in scharfen Schatten. Dem Burschen war ums Rasten. Die Flechten knisterten, da er sich auf den Boden warf, als wäre er auch ihnen nicht recht. – Der graue Hauch, der dort im Tale von Altenberg hingedrückt liegt auf den Wiesen, dieser Hauch ist alles, was übriggeblieben von seiner Wohnstätte. Wo wird er in der nächsten Nacht schlafen? Sie ist nicht mehr weit, und über den Bergen wälzen sich Wuchten von Nebel her, und die Wände unter ihnen sind finsterblau und finsterblau alle Schatten, die über Wald und Weiden liegen. – Die Dämmerung des Abends konnte das noch nicht sein. Ein heiseres Brausen in dem allerwärts niedersinkenden Gewölke deutete bald, was es war. Und als nun von den Hängen der Veitsch her die ungeheuren Ballen der Nebel sich wirbelnd schoben, vor sich herfegend in den winselnden Gezirmen und den Sand aufstäubend am Boden, da erst schaute Hans nach Schutz aus. Um einen Kamm biegend, lagen vor ihm die Veitscher Schwaighütten, aber als er sie laufend erreichte, knatterten an ihnen schon die Bretter vor dem anbrausenden Sturm, der ihn selbst an eine Wand schleuderte. Derb rüttelte er an den Türen der Hütten, der Ställe. Alles verschlossen, die Hirtinnen hatten in diesem Jahr einer Seuche wegen ihre Herden vorzeitig zu Tale getrieben. Eben wollte der Hans ein Dachbrett losreißen, um sich bergen zu können, da hörte er das Klingen einer Kuhglocke. Er eilte durch sausende Schloßen dem Baue zu, der am oberen Ende der Hüttengruppe stand und aus dem das Klingen kam, und sah nun im Fenster auch Lichtschein. Mit einem Sprung stand er im Stalle bei den Rindern, von da ging eine offene Tür ins Gelaß der Schwaigerin. Dort auf dem Bretterschragen brannte eine rote Kerze vor einem geschnitzten Muttergottesstaturlein, und vor dem Schragen kniete ein Mädchen. Dem Burschen zitterten in diesem Augenblicke die Knie, und er sah doch nicht ihr Gesicht, das der Tür abgewendet war, er sah nur ihren bloßen Nacken, über den zwei Haarflechten niedergingen, und er sah ihre bloßen Arme. Die Ellbogen aufs Brett gestützt, faltete sie die Hände und betete laut; er konnte aber vor dem Tosen des Windes draußen und vor dem Knattern des Eises auf dem Dach die Worte nicht verstehen. Plötzlich zuckte es auf, als ob ein Schuber vor den schüttenden Himmel geschoben worden wäre. Das Mädchen betete: »Verlaß mich nicht, o seligste Mutter! Ganz allein auf hohem Berg habe ich keine Zuflucht, steh' mir bei. Böse Geister fahren in den Lüften. Ich vergehe vor Angst, und sündig bin ich, sündig! O ihr meine verstorbenen Vater und Mutter, bittet für mich bei

Gott! O Magdalena, meine Namensfrau, bitt' für mich. Ich bin ganz allein!«

»Allein bist du nicht und sollst dich auch nicht fürchten«, sagte der Bursche und stand, an Hemdsärmeln triefend, in der Kammer.

Das Mädchen tat einen Freudenschrei – ein Mensch war bei ihr, aber – ein fremder Mann! Sie sprang hinaus zu den Rindern und barg ihr Angesicht an den Hals einer Kuh. Draußen begann es von neuem, als ob sie Steine würfen an die Wand und auf das Hüttendach. Die Rinder brüllten, das Kerzenlicht flackerte, und die Blitze, die zu dem einen Fenster hereinloderten, drohten es zu ersticken.

Der Stamm-Hans hatte ein Blitz getroffen – der ihres Auges, der ihrer Schönheit. Er hat gewiß nicht erwogen, worin die Schönheit lag; ihr vorwurfsvoller, scheuer Blick drang ihm ins Herz, das bange Wogen ihres Busens, das ängstliche Zucken ihrer Lippen machte ihn verwirrt. – Endlich setzte er sich auf die Bank nahe an der Stelle, wo das Mädchen kauerte und ihr Gesicht verbarg am Rind. – »Sie haben gesagt, in diesem Sommer käme nichts mehr«, klagte sie halbleise dem Tier. »Es ist gewiß ein gehextes Wetter.«

Diese Klage eines Kindes brachte den Burschen wieder zu sich selbst. Er fühlte sich überlegen, er gewann seinen Humor.

»Verhext!« sagte er, »wenn das ist, so wollen wir's untertauchen. Mit dem Herrgott wollt' ich mich nicht messen, aber mit dem Teufel wage ich's. – Hörst du, es wird besser, die größten Brocken haben sie schon verschleudert, jetzt haben sie nur mehr Sand.«

»Wenn's nur nicht so gottstraflich himmlitzen (blitzen) tät'!« meinte die junge Schwaigerin.

»Sie müssen Licht haben, wenn sie uns das Fenster einwerfen wollen.«

»Um Gottes willen, tu' nicht spötteln! Wenn uns der Donner derschlagt!«

»Der derschlagt uns nicht, Magdalena.«

»Wie kennst mich denn? Bist doch ein fremder Mensch?«

»Deine Namensfrau hat dich verraten.«

»So!« antwortete sie etwas wohlgemuter, »wenn du solche Bekanntschaften hast, will ich mich nicht fürchten vor dir. Wer bist du denn?«

»Ich bin ein Bauer aus Altenberg.«

»Gar aus Altenberg! Und wieso kommst du jetzt auf die Alm herauf?«

»Wie sich das halt manchmal so schickt«, war seine Antwort. »Ich will dir's wohl sagen: Mir ist heute mein Haus niedergebrannt, und da bin ich fort.«

Jetzt ließ sie von der Kuh ab und rückte näher an den Burschen, der ohne Rock und Hut dahergekommen war. Jetzt fiel ihr sein trauriges Angesicht auf.

Das Gewitter hatte sich vertobt, nur der Regen goß, und wie es nach langer Trockenheit zu sein pflegt, troff es von allen Fugen nieder in die Hütte, daß die beiden Leute enger zusammenrücken mußten, um nicht unter Dach noch naß zu werden.

»Was du voreh gesagt hast«, sprach jetzt Magdalena zutraulicher, »das wird leicht doch nicht wahr sein.«

»Ich glaube nicht, daß ich auf die Alm gegangen bin, um dir was vorzulügen«, sagte er.

»Warum bist denn heraufgegangen?«

»Weil ich nicht betteln mag unten vor der Tür solcher Leute, die das Almosen nicht geben den Armen zulieb'.«

»Wozu gibt man's denn sonst?«

»Um den Himmel zu kaufen«, war seine Antwort. »Der Himmel, der Himmel, das ist ihr beständiges Gewinsel. Daß sie den Herrgott dazu brauchen, ist schlimm genug für sie. Den Teufel möchten sie lieber.«

»Heilige Mariazell, du redest wie ein Lutherischer!« schrie das Mädchen.

»Nachher ist es ganz in Ordnung«, sagte er. »Die unten haben getan wie die Katholischen. – Ich geh' schon wieder fort, wenn du Angst hast vor einem Lutherischen, dem sie das Haus verbrannt haben, der seines Lebens nicht sicher geht.«

Das Mädchen schwieg, blieb kauern auf dem Milchzuber und verdeckte das Gesicht mit den Händen.

»Mir ist es gleich nicht recht vorgekommen«, sagte sie endlich zu sich selber.

Dann schwieg sie wieder. Tiefer und tiefer sank ihr Haupt gegen den Schoß nieder und sie weinte.

Er erhob sich und sagte: »Ich will gehen, das Gewitter ist vorbei.«

Da fuhr sie zornig auf: »Wo willst denn hin auf wildem Berg in der Nacht? Abwalgen in den Wänden. Und mir's aufs Gewissen wälzen. – Ich habe mich nahst' Samstag vor einem Katholischen erwehrt, ich fürchte auch den Lutherischen nicht.«

»Es stehen genug leere Hütten da«, sagte er.

»Weil die Veitscher der Klauenseuche wegen abgetrieben haben. Die meinigen«, sie deutete auf die Kühe, »haben es überstanden. Ich will dir den Schlüssel zu der Pfalzerhütten geben. Ehevor ißt einen Löffel Suppen.«

Sie begann auf dem rohen Steinherd Milch zu kochen; er hatte sich auf der Türschwelle niedergesetzt und schaute ihr zu. Und schüttelte den Kopf und trocknete sich mit den Hemdsärmeln die Stirne und schaute ihr zu.

Als sie fertig war und den Tisch gedeckt hatte mit einem weißen Tüchlein und von der Wandleiste zwei Holzlöffel herabgelangt, sie mit dem Tuche sorgfältig abgerieben und an die Suppenschüssel gelegt hatte – den einen an der Ecke des Hausaltares, den anderen gegenüber – sagte sie: »Jetzt geh her, Altenberger oder wie du sonst heißt.«

»Hans heiße ich«, antwortete er und setzte sich auf ihren Wink unter den Hausaltar – auf den Ehrenplatz.

Sie schnitt noch Haferbrot in die dampfende Suppe, dann aßen sie gemeinsam aus der Schüssel; dabei ging es still genug her. Als sie den Löffel weggelegt hatte und noch eine Weile sinnend dagesessen war, sagte sie plötzlich: »Du bist ja doch gewiß ein Dasiger?«

»Wohl, wohl. Aber mein Vater – Gott habe ihn selig! – ist aus dem Naßwald herübergekommen«, so antwortete Hans.

»Ist der auch schon lutherisch gewesen?«

Hans verneinte es mit einem Neigen des Hauptes.

»Freilich nicht«, verbesserte sie sich, »der Brauch ist erst neuzeitlich aufkommen unten im Neuberger Tal. Im Zellerischen drin sollen sie auch schon sein.« – Jetzt legte sie die Hände zusammen, blickte dem Burschen traurig ins Gesicht und sagte: »Wie dir nur so was hat einfallen können!«

Auf das antwortete Hans: »Es ist kein Brauch und es ist kein Einfall. Wochenlang hab' ich kein Auge zugemacht in der Nacht, hab' nichts als simuliert. – Es ist halt doch einmal ein Unglück, wenn man das Bücherlesen lernt, ich habe mein Lebtag davon nur Pein gehabt. Es stimmt nicht auf der Welt, sage ich dir, es stimmt nicht. Allein bin ich auch gewesen, und wie ich allerlei sehe, das mir nicht gefällt, und nachdenk' und nichts als nachdenk', so schreit's halt alleweil lauter in mir: Anders soll's sein! Anders muß es werden! Und wie sie sich einschreiben lassen, mehr und immer mehr, auch Nachbarn dabei, und mir Bücher und Geschriften bringen und die Bibel, die Luther übersetzt hat, und wie ich jetzt versteh', was drinnen steht, da ist's mir just gewesen, als wie wenn mir über mein altes Kinderchristentum wieder die Sonne aufginge, nicht anders, Magdalena! Da ist nichts Neues, nichts Fremdes, das schraubt dir den Kopf nicht alleweil hin gen Rom, wo du nichts zu machen weißt; das tut die Tür auf, schnurgerade ins Heilige Land, wo unser Heiland gelebt hat und für uns gestorben ist. – So ist in der Pfingstsonntagnacht mein Vater zu mir gekommen, ist lang an meinem Bett gestanden, die Hände auf der Brust, just wie wir ihn das Jahr vorher in die Truhen gelegt haben, und hat dreimal mit dem Kopf: ja! gedeutet. Jetzt hat mir keine Wahl mehr weh getan – bin am heiligen Pfingstsonntag ins Radwerk hinaus, wo sie zusammengekommen, bin evangelisch worden. Und auch dabeigewesen, wie sie im Naßwald auf dem Scheiterhaufen ein Papstbild verbrannt haben.«

Nach einer Weile entgegnete Magdalena mit leiser Stimme: »Hans, ich hätt's nicht getan. Das Lateinische in der Kirche hätt' dich nicht umgebracht, mit dem Herrgott hättest doch deutsch sein können. Das Rom kümmert uns auch nicht. Ich denk' das ganz' Jahr nicht an den Papst, aber daß ich desweg gleich lutherisch werden sollt', das wär' mir viel zu fürnehm.

Bei seinem Vater- und Mutterglauben, bei dem soll der Mensch bleiben, das habe ich oft gehört. Meine Eltern sind auch schon gestorben; es wird mich ebenso treffen, und ich will hinkommen auf den nämlichen Platz, wo sie sind. – Mußt nicht bös sein, Hans, von wegen meiner Meinung: mich geht's nichts an, du kannst tun mit dir, wie du willst, und zum Zurücksatteln wär's doch schon zu spät. Das Hin- und Hersausen von einem Glauben auf den andern wär' der kürzeste Weg in die Höll'. Bleib', wo du einmal bist. Aber was willst jetzt machen ohne Haus?«

»Ins Zellerische gehe ich hinein«, antwortete er, »dort sind der Evangelischen mehr, dort erwehren sie sich leichter.«

»Ich habe auch schon gedacht«, sagte hierauf sie, »daß die Neuberger Leut' den Lutherischen nicht gleich Heilige und Märtyrer sollten machen helfen –«

Sie drückte ab, sie wollte nicht, daß er glaube, sie hielte ihn für einen evangelischen Heiligen, seit er des Glaubens willen Haus und Heim verloren. Da sie eine Weile schwieg, so sagte Hans: »Red' noch was, Magdalena.«

»Warum nicht!« entgegnete die Almerin, »zum Schlafengehen ist's Zeit!«

Das war so schneidig gesagt, daß er aufstand. Die Laterne in der einen, den Schlüssel in der anderen Hand, so führte sie ihn hinaus und über die knarrenden Eiskörner hinab zur letzten Hütte, die am unteren Ende des öden Schwaigerdorfes stand, wie jene der Magdalena am oberen. Als sich Hans die Frage aufwarf, ob es denn in Ordnung sei, daß ein Mann einem Weibe, das eigentlich doch er zu schützen habe, so willenlos folgte, war es auch schon zu spät, er hockte auf dem finsteren Heuboden, bei sich einen Lodenmantel von ihr zum Zudekken.

Jetzt in der Stille hub er an nachzudenken. Jetzt erst kamen ihm die Ereignisse dieses Tages unerhört vor. Sein Haus vernichtet. Die Herde zerstreut, wer wird sie sammeln und versorgen? An der Ruine liegt vielleicht ein Toter. Sie wollten ja auch ihn erschlagen, er floh, wie ein Vogelfreier flieht. – Aber das alles, wie versank es in tiefe Schatten vor der Sturmnacht auf der Höhe! Diese finstere Nacht hatte mehr Licht und Trost für ihn, als der glühende Sommertag im Tale gehabt. Das Leid war nicht mehr da. Wenn es der Frieden des evangelischen Gewissens wäre, der ihn überkommen! Es war jedoch ein anderes. Eins, mit dem keiner ruhig einschläft.

Darum hat sich auch der Stamm-Hans wieder erhoben aus seinem Heu, ist die Leiter hinabgestiegen in den unteren Raum; als er jedoch hinaus wollte, wies es sich, daß die Tür versperrt war. – Wir Evangelische mögen wohl ausgeschlossen sein – aber eingeschlossen? das wäre was Neues! So dachte der Bauer aus Altenberg, dann stemmte er sich sachte mit dem Fuß an die Wand, riß mit einem festen Ruck die Tür auf und ging hinaus. Die Luft war kalt, am Himmel funkelten Sterne, unter dem Eise sickerte immer noch das Wasser.

Als Hans zur Hütte der Magdalena kam, war dort aller Lichtschein verloschen. Nur das Scharren der wiederkäuenden Tiere war noch vernehmbar und bisweilen ein klangloses Schrillen der Kuhglocke. Der Bursche ging nicht auf die Tür los, sondern ans Fenster. Vor dem lag eine Schicht gespaltenen Holzes, es waren scharfkantige Scheiter. Hans kniete darauf nieder. Es ist noch heute an manchem unserer Bauernhäuser so eingerichtet, daß der Bursche auf dem Scheit knien muß, wenn er nächtlicherweile mit dem Dirndl plaudern will. Diese Strafe im voraus ist nicht so bitter, als sie scheint.

Hans rief zum Fenster hinein ihren Namen. Sie zierte sich nicht lange, sondern fragte, ob er sich damit bei ihr bedanken wolle, daß er die Nachtruhe störe?

»Magdalena!« sagte Hans, seine Stimme war heiser und gedrückt, den Nacken mußte er beugen, um zum Fenster hineinsprechen zu können. »Magdalena! Vor einer Stunde, da wir uns gute Nacht gesagt und auseinandergegangen sind, haben wir's nit wissen können, daß wir zwei so wieder sollten zusammenkommen in dieser Nacht.«

»Geh weg, du Übermut!« rief sie.

»Wenn das Fensterln bis jetzt nit wär' erfunden gewesen, so hätt' ich's heut' müssen erfinden«, sagte er. »Ich hätt's ja selber mein Lebtag nit glauben mögen, daß der Mensch nach einem solchen Tag noch so sein kunnt. Übermütig, das bin ich wohl nit. Ich bitt' dich auch nit, daß du mir die Tür auftust –«

»Du kannst sie ja auch aufsprengen wie die untere!« stieß sie trotzig hervor.

»Und wenn deine Tür ein Gitter hätt' von lauter Rosmarin und Kirschbaumblüt', ich wollt's nimmer zerreißen; und wenn dein Fenster groß wär' wie ein Regenbogen, und ein Glas von Rosenduft, ich wollt' nit zu dir hineingehen, ich wollt' heraußen knien auf dem Stein und dich bitten, daß ich knien bleiben dürft' nit weit von dir, bis der Tag aufgeht und ich fort muß auf meine fremden Straßen. Ich kann dich nit bitten, daß du mein sollst gedenken, nur soviel muß ich dir sagen: Du bist mein Unglück worden, Magdalena. Jetzt, wenn ich mir ein Haus baue, kann ich nimmer drinnen zufrieden sein; jetzt ist mir kein Glaube mehr genug – keiner mehr! Keiner mehr. So bin ich deinetwegen worden, Magdalena!«

»Mit Wissen ist es nicht geschehen«, antwortete hierauf die Almerin, aber wenn ich dir ein Unrecht hab' getan –« Die Stimme versank in sich.

»Ich habe keine noch gefunden, wie du bist, und werd' auch keine finden. Mein Elend ist zu klein gewesen, jetzt muß ich noch einen Blick frei haben: Wie's sein könnt'!«

Er lehnte sich an die Wand, und diese zitterte vor dem Stoßen seines nicht mehr zu unterdrückenden Weinens.

Jetzt langte zum Fenster eine warme Hand heraus und tastete nach seinem Haupte und legte sich auf sein Haar.

»Mußt nicht, Hans«, flüsterte sie und drückte in der eigenen Kehle das Schluchzen hinunter, »mußt nicht mir's zudenken. Was dir unten im Tal ist geschehen, das greift dich so an. Ich weiß es wohl, du bist ein rechtschaffener Mensch. Und daß du jetzt wie ein Räuber mußt umstreichen! Nicht einmal beten kann ich für dich zu unseren Heiligen. Wir haben nichts miteinander, dort oben. Wenn du nur das nicht hättest getan – vom alten Glauben abstehen . . .«

»Und sonst könntest mir gut sein?« fragte er.

Da stieß sie mit ihrer Hand seinen Kopf hinweg und rief erregt: »Geh schlafen, Hans! Geh!«

Er ging. Aber nicht schlafen. Er stieg über die Almen hin, und als es Morgen ward, da kletterte er am nördlichen Gewände der Hohen Veitsch niederwärts, den Wässern der Salza zu.

Gleichwohl hatte er's leicht, er konnte sein Herzleid mit Klettern und Wandern betäuben, in Hängen, über Abgründen, in Sprüngen über Wildbäche, in Schleichen und Verstekken selbst, wo er vermutete, daß er etwa verfolgt würde. – Magdalena hingegen, die mußte in der Feiertagsruhe des Frauenfestes auf zerhagelter Matte sitzen und ihrer Herde zuschauen, hatte vollauf Zeit, sich das Herz zerreißen zu lassen von den Vorfällen der vergangenen Nacht, wovon sie sich alles immer und unermüdlich wiederholte.

Lange in den Tag hinein hatte sie sich gedacht, er würde aus seiner Hütte hervorgehen und hatte sich vorgenommen, auch ihrerseits zu reden – denn bitter aufgebracht war sie gegen ihn, daß er übergelaufen und dann heraufgestiegen sei, um ihren Almfrieden niederzutreten und ihren guten Ruf!

Nun war er fortgegangen ohne Urlaubnehmen. Das tat ihr tiefer wehe als alles andere. – Was hat sie nicht die Blütenkrönlein der verspäteten Schlüsselblumen gequält und zerpflückt um Bescheid! Das eine sagte so, das andere so. Noch einmal will ich's treiben, sagte sie sich endlich, damit ich gewiß weiß, er liebt mich nicht. Aber das letzte Blättchen zitterte: Er liebt dich mit Schmerzen! Ein rotgoldenes Muttergotteskäferchen flog heran und setzte sich an die Narbe der Blume, die nur ein einziges Blatt mehr hatte. –

Als Magdalena zwei Wochen nach diesem Frauentage ihre Herde zu Tal trieb in das Dorf der Veitsch, wunderte sich ihr Dienstherr, der Kreuzbeck, daß sie ihre Munterkeit nicht mehr mitbringe von der lustigen Alm.

Das Kreuzbeckhaus war ein Wirtshaus. Und eines Tages kam ein Fremder – wohl ein Wallfahrer – von der Zeller Seite herüber, kehrte beim Kreuzbeck ein, und wie dort in der Stube das Hausgesinde just beim Essen saß, erzählte er überlaut und wie zufällig vom Stamm-Hans, einem lutherischen Bauer aus Altenberg bei Neuberg, dem sie das Haus niedergebrannt und den sie verjagt hätten. Der sei jetzt drüben im Dorfe Weißenbach bei Mariazell und helfe am neuen Straßenbau, der nach Zell angelegt würde.

Daß die Stallmagd Magdalena als erste den Löffel weglegte, es fiel niemandem auf, denn das geschah nun oft am selbigen Tisch.

Die Dorfburschen frohlockten darüber, daß bei dieser Stolzen etwas nicht in Ordnung sein müsse. Ja, es wäre mit ihr sicher so gewesen, wie sie jetzt glaubten, daß es sei, wenn es nach dem Willen der Burschen gegangen wäre. Das Dirndel war gar so fein und sauber, und daß es auch fromm und züchtig war, machte es freilich noch feiner. – »Dich such' ich mir aus«, hatte ihr eines Tages der junge, reiche Veitschegger gesagt. – »Oha«, war ihre Antwort gewesen, »aussuchen tu' ich mir.«

Am Frauentag im September war's, spätabends, als sie nach ihren verrichteten Arbeiten im Stall noch das Haus verließ und hinausging vor das Dorf Veitsch, wo am Waldrand und Berghang eine hölzerne Kapelle stand. Diese barg ein Muttergottesbild, das in der ganzen Gegend hochverehrt ward und vor dem sogar die Wallfahrerscharen, die aus Zell kamen, ihre mit grünen Wachskränzlein gezierten Fahnenstangen tief verneigten. In dieser Kapelle kniete Magdalena die halbe Nacht, und als sie endlich heimkam, ward sie von der aufwachenden Kammergenossin gefragt, wo sie denn so lange gewesen sei?

»Abschied nehmen«, antwortete das Mädchen, und weil's finster war, so hat ihre trüben Augen niemand gesehen.

Die Hohe Veitsch liegt wie ein wüstes Ungeheuer da über dem weiten Bergrund. Ihr Hochland, das Schnee und grüne Matten hat, ist Stunden lang; von demselben stürzen fast nach allen Richtungen hin die Felshänge nieder, mit einzelnen der felsigen Vorberge greift sie weit aus, wie ein lauernder Löwe mit seinen Pranken. Gegen Morgen der Hohen Veitsch, wo auf grünem Rücken die Veitschhütten stehen, liegen in blauenden Tiefen die Gegenden von Neuberg; gegen Sonnenuntergang stürzt sie rauh und zerrissen ab auf weite Almmatten, genannt die Rotsohl, der erzreichen Erdsohle wegen, die hier vorkommt. Gegen Mittag senken sich die breiten, grauen

Wände in das wald- und feldreiche Veitschtal; gegen Mitternacht fahren die schattigen Schründe nieder in die Tiefen der Salzawässer, in deren Matten Mariazell liegt.

Drüben um Zell ist es anders als herüben, drüben auf den Almen und Steinen ist es schwerer zu leben als herüben in den fruchtreicheren Gründen des Veitsch- und des Mürztales. Die sich aber drüben in langen Jahren so oder so ein Weniges erworben hatten, die stiegen gerne herüber den hohen Berg und suchten in trautsamerer Gegend ihres Lebens Rest zu genießen.

Eines Tages im späten Herbst stieg ein junger Mann jenseits an und diesseits nieder, mit der Absicht, den umgekehrten Weg nicht mehr zu machen, sondern im Tale der Veitsch zu verbleiben.

Er wollte hier aus den zusammengerafften Trümmern seines früheren Wohlstandes eine kleine Wirtschaft anheben und heiraten.

Unser Stamm-Hans war's, der da so frisch und zuversichtlich daherkam, nachdem er nach heißen Geistes- und Herzenskämpfen mit sich einig geworden. Die letzteren hatten gesiegt. Nach dem, was er von Magdalena zu erfahren gewußt, war er seiner Sache nun gewiß.

Hans war den beschwerlicheren Alpensteig herübergekommen, der über die Veitschhütten führt. Er hatte dort hinabgeblickt in die Engtäler von Neu- und Altenberg, wo in neuesten Tagen, von außen begünstigt, so viele Lutherische aufgestanden waren, daß sich die Katholiken nicht mehr rührten, sondern viele der einstigen Streiter daran dachten, wie auch sie unvermerkt ins Lager der alten Christen hinüberrutschen könnten.

Wieder anderen war die Lust zum Überlaufen vergangen, seit sich die Obrigkeit gleichgültiger zeigte und der evangelische Heiligenschein gar so wohlfeil zu haben war. Hans empfand kein sonderliches Heimweh da hinab. Nur der einzigen Schwaighütte, die am obersten Ende des Hüttendörfchens stand, ging er zu, ihretwegen war er diesen Weg gegangen.

Was er wohl voraussah, sie war verlassen und öde wie alle

anderen. – Ein Edelweißstämmlein steckte er an den verwitterten Balken des Fensterleins, dann strich er rasch talab gegen die Veitsch.

Dort kehrte er beim Kreuzbeck ein; es war schon abendlich. Er saß bei einem Glase Apfelwein und redete mit dem Wirt darüber, wie es dies Jahr mit den Feldfrüchten, mit der Viehzucht stünde. – Mit Hafer und Korn sei man wolter zufrieden, das gerade hier zwar nur alle drei Jahre einmal. Über das Vieh jedoch sei die Klauenseuche gekommen, so daß fast alle Bauern ihre Herden vorzeitig hätten von der Alm treiben müssen. Nur er – der Kreuzbeck – habe die seine länger oben gelassen, nachdem die Krankheit glücklich überstanden gewesen.

Hierauf fragte der Stamm-Hans, ob ihm der Viehstand gezeigt werden könne, er sei willens, was zu kaufen. Aber als sie in den Stallungen umgingen, lobte er wohl alle Kühe und Kalben, suchte mit den Augen jedoch ein anderes.

Als es schon dunkel war und er allein auf dem Kopfe des Brunnentroges saß, fragte er einen vorübergehenden Jungen, wo die Magdalena sei.

»Die ist auf Zell gegangen«, antwortete der Kleine und hüpfte vorüber.

Von der Wirtin erfuhr er nachher mehreres. Eine Stallmagd hätten sie, sonst ein springlustiges, gottsbraves, fleißiges Wesen, aber seit sie dies Jahr von der Alm zurück, sei sie wunderlich. Schier kleinsinnig sei sie, täte mit den Leuten nichts reden, aber im Schlaf spintisieren von Glaubenssachen; vor ein paar Tagen habe sie eine Wallfahrt nach Mariazell angetreten, und die Mannerleut' hätten noch ihren Spaß und täten sagen: mit dem Betschwesterwerden wäre es auch nachher noch früh genug, wenn sie keinen Liebhaber mehr kunnt kriegen. Jetzt wollten ihr schon noch die Veitscher Buben das Himmelreich gesegnen, daß sie nicht not hätt', ins Zellerische hinüberzugehen. »Sein soviel schlecht, die Mannerleut'«, setzte die Wirtin mit Schelmenblick dazu. »Morgen soll sie heimkommen, da möchten ihr die Dorfburschen am liebsten einen grünen Bogen bauen bei der Brücken, wie dem Bischof, wenn er zur Firmung herkommt.«

Hans hatte auf diese Mitteilungen nichts entgegnet. In der nächsten Frühe, als das Dorf mit seinem grauen Kirchturm noch still in der Morgenröte stand, war er schon auf dem Wege.

Er ging talaufwärts, den Weg gegen Zell, auf dem sie ihm entgegenkommen mußte. Die Wiesen waren grau vor Reif, am Rande des rauschenden Baches hingen Eiszapfen. Auf den Zinnen der Hohen Veitsch glühte schon die Sonne.

Nach drei Stunden war er auf dem Hochpaß der Rotsohl. Es war ein sonniger Vormittag, und von den Felstafeln nieder, wo sonst die eisigen Stürme zu fahren pflegen, wehte wie aus ungeheuren Öfen ein warmer Hauch.

Der Weg führte eine Viertelstunde lang eben und freundlich über die grünen stillen Matten hin, und dort, wo heute das Bildnis des heiligen Nikolaus steht und sich der Weg talwärts zu senken beginnt gegen die wildere Alpenlandschaft im Norden – dort sind sie sich begegnet.

Sie war erschöpft den steilen, finsteren Waldweg heraufgekommen; er war im Anschauen des sonnigen Bergrundes andächtig versunken still dahingewandelt. Als sie sich von ferne sahen und sogleich erkannten, beschleunigten sie ihre Schritte nicht besonders, aber heiter lächelten sie sich entgegen. Als sie zusammenkamen, reichten sie sich die Hände.

»Ich gehe dir schon entgegen«, sagten gleichzeitig beide. – »Du bist in Zell gewesen bei der Lieben Frau?« fragte Hans.

»Das nimmer, Hans, ich bin in Mitterbach gewesen. Auch im Bethaus. Ich habe dich gesucht im Dorf Mitterbach und auf den Straßen, bis sie mir gesagt haben, du wärest hinübergegangen in die Veitsch. Darauf bin ich wieder zurück.«

»Ich bin deinetwegen in der Veitsch gewesen«, sagte er und faßte sie heftig an ihren beiden Händen, »ich muß dir gleich was sagen, was dich gefreuen wird, Magdalena. Zwischen uns zweien ist jetzt nichts mehr, ich bin wiederum zurückgegangen zum katholischen Glauben.«

»Jesus, Maria!« kreischte das Mädchen auf, »und ich bin lutherisch worden!« Beide Hände an den Kopf gepreßt, so lief sie über die Matte hinab gegen ein Steinkar.

Er lief ihr nach, ereilte sie, schlang seine Arme um ihre Mitte und lachte laut. Empört wollte sie sich von ihm losmachen.

»Dort unten!« rief sie und zeigte in eine Felsenschlucht hinab, in der ein Wässerlein schneeweiß gischtete: »Dort unten ist mein Platz. Ich bin übergelaufen – habe die Mutter Gottes verleugnet, deinetwegen! Ich habe meiner Eltern Glauben verhandelt wie ein Jud' die Roßhaut! Ich hab' den Himmel vertan, deinetwegen – jetzt bist du wieder zurückgesprungen, und wir sind weiter auseinander als ehedem.«

»Das kommt mir nicht so vor«, sagte er und drückte sie an seine Brust.

»Mir tanzen vor den Augen alle Farben«, gestand sie, indem sie allmählich zu sich selbst kam. »Du stehst wieder fest; mir wankt der Erdboden. Ich weiß mir nicht aus. Nachspring' ich dir nimmer, Hans! Sonst möcht's heißen: Die hat ihren Glauben bei ihrem Liebhaber.«

»So wird es heißen und so muß es heißen. Sei getrost, Magdalena, ich werde dich schon wieder katholisch machen, verlaß dich drauf!«

»Wie du noch Spaß machen kannst!« seufzte das Mädchen und sah ihn ratlos an. »Was machen wir jetzt?«

»Aus zwei Halben einen Ganzen!« antwortete Hans und blickte ihr treuherzig in die unsteten Augen. »Magdalena, es müßte mit dem Teufel zugehen, wenn wir zwei jetzt nicht den wahren Glauben gefunden hätten. Wir haben mit dem, was geschehen ist, das Bekenntnis abgelegt, daß wir uns einander über alles gehen. Ich denke, Dirndel, wir lassen es dabei bleiben und heiraten zusammen, damit diese neue Glaubenssekte nicht mehr ausstirbt – wenn sie Gott gefällig ist.« – Sie schaute jetzt vertrauend zu ihm auf. »Wie das nur so sein kann!« sagte sie, »wenn ich dich reden höre, Hans, so ist's gut.«

Das ist gesprochen worden dazumal auf den sonnigen Almen der Veitsch. Geheiratet haben sie und sich ein kleines Haus gegründet unten im Tal und in demselben ein christliches Leben geführt wie die Besten unter den Evangelischen und Katholischen. Trotzdem hegte Magdalena manchmal stillen Kummer, ob sie – mit der Übertragung ihres Glaubens und ihrer Gottesliebe auf den Mitmenschen – wohl den rechten Weg hätten. Als aber nach einem Jahr der liebe Gott ihr durch Sendung eines Zwillingspaares den Beweis lieferte, daß er mit einer solchen Gattung zufrieden wäre – war's auch sie.

Der Treffer

»Weil heute ein gar schöner Herbsttag ist«, sagte ich zu meinem Oheim, dem Herrn Pfarrer von Holzhausen, »so wollen wir uns die feurige Ungarin vergönnen.«

»Es gilt!« rief der Pfarrer, »vergönnen wir uns die feurige Ungarin!«

Ich ging, um sie zu holen. Als ich mit der Schwarzen zurückkam, welche die einzige und letzte gewesen war im Keller, und ich ihr glühendes Blut in unsere Römer goß, kam im Festgewand und aufgeregt der junge Stegwirt zu mir. »Um Verzeihung!« schnaufte er fast atemlos, sich gegen den Pfarrer verneigend; dann nahm er mich bei der Hand: »Lieber Freund, du mußt heute mit mir gehen.«

»Wohin?«

»In die Radau!«

»Was soll ich denn dort?«

»Auf die Villa Marienburg.«

»Aber was soll ich denn auf der Villa Marienburg?«

»Zu Baron Schrambach. Ich bitte dich, komme mit!«

Ich starrte dem jungen Manne ins Gesicht. Wie war der sonst so ruhig heitere Bursche heute verändert! Fast blaß vor Erregung, und ich merkte das Zittern seiner Hand.

»So sage mir doch!«

»Werde dir alles sagen. Komm' doch nur.«

»Aber das ist abscheulich von dir!« rief ich. »Wir sitzen hier in Jahr und Tag nicht mehr so froh zusammen als heute, und du sollst dich vielmehr zu uns gesellen, anstatt so unbarmherzig unser Beisammensein zu sprengen. Eins mußt du mit uns trinken.«

»Nicht einen Tropfen!« sagte er ruhelos. »Wenn du mir wohl willst, Freund, so verschiebe das Glas mit unserem Herrn Pfarrer auf morgen, dann bin ich dabei, und wir werden vielleicht doppelten Anlaß zur Fröhlichkeit haben. Wir werden den Herrn Pfarrer dazu ja noch recht notwendig brauchen. – Aber jetzt mußt du mir den Freundschaftsdienst erweisen. Ich gedenke dir's auf lebelang!«

Ich stand auf. Ein Festgewand sollte ich anziehen! war sein Wunsch. Unterwegs gestand er mir alles, zuerst begriff ich, dann begriff ich nicht. – Brautwerben! Die junge Baronesse Ida hatte sich in den Burschen verliebt, in den Stegwirtssohn, es war ja sehr leicht möglich, bei diesem hübschen und wohlgearteten Jungen, der manchem als Dorfwirt gar nicht recht einleuchten wollte und der sich selbst in dieser von seinem Vater überkommenen Stellung nicht sehr behaglich fühlte und mehrmals die Absicht ausgesprochen hatte, ein bißchen höher in die gebildete Region hinaufzuklettern, wozu er auch ganz das Zeug in sich trug. Und es war doch wieder nicht möglich! Eine Baronesse und ein simpler Dorfgrundbesitzer!

Brautwerben! Der Dorfwirt um die vornehme Dame, die sehr hübsch war, Freier hatte und, soviel man hörte, einen adelsstolzen Vater besaß.

»Medard, wie ist das gekommen?«

Eigentlich sehr einfach war es gekommen. Im Frühsommer, als die Familie des Barons Schrambach nach ihrem Landgute zog, war sie unterwegs beim Stegwirt eingekehrt, hatte dort Wein und Kaffee getrunken, und der Medard hatte sie bedient. Die Baronesse genau anzusehen, hatte der Bursche damals keine Zeit gehabt, denn er mußte bedienen und immer Bescheid geben auf die Fragen der Baronin, die sehr redselig war. Einige Wochen später sprach die Herrschaft ein zweitesmal zu, da mischte sich schon auch die junge Dame ins Gespräch mit dem artigen Aufwärter, und bei der dritten Einkehr – das war erst vor einem Monate – würdigte auch der alte hagere Baron den Burschen wohlwollender Blicke. Eines Tages machte Medard eine Bergpartie in die Radau, teils zur Ergötzung und teils in Geschäften; er mußte an der Villa Marienburg vorbei; die Damen sahen ihn vom Parke aus und luden ihn ein, zuzusprechen. Da er sie schon oft bewirtet hatte, wollten sie es ihm abstatten – so sagten sie, und es geschah ihm gut. Als er fortging, wurde er eingeladen wiederzukommen; die Baronesse guckte ihn so sonderbar an, daß er an einem der nächsten Tage schon die Bergpartie wiederholte, in der Villa zusprach mit einem selbstgepflückten Blumensträußchen und zu seinem unbeschreiblichen Erstaunen bemerkte, daß die junge Dame in ihn verliebt war, die Frau Baronin es zu wissen schien und er selbst fast betäubt war vor Glückseligkeit. Denn das vornehme Mädel war ihm schon in den Kopf gestiegen, er wollte es sich nur nicht gestehen; jetzt durfte er das; aber auch ihr es zu gestehen, das wagte er noch nicht. Der Baron selbst blieb im Hintergrunde, doch schien es gerade nicht, als ob die Einkehr des jungen Mannes ihm mißfalle.

Wenige Tage nach dem letzten Besuche überbrachte ein livrierter Diener dem jungen Stegwirte folgendes Briefchen:

»Lieber Freund!

Ihre Neigung zu meiner Tochter Ida konnte mir nicht verborgen bleiben, ebensowenig auch der Umstand, daß diese Neigung, von der ich annehme, daß sie eine aufrichtige ist, erwidert wird. Ich wie mein Mann sind vorurteilslos genug, um dem Glücke unseres Kindes nicht im Wege zu stehen, und laden Sie ein, wenn es Ihnen möglich ist, heute nachmittag sich in der Villa Marienburg zu einer intimen Besprechung einzufinden. Sie können auch einen guten Freund mitbringen, wenn Sie wollen. Wir pflegen aus Dingen, die der Himmel fügt, kein Geheimnis zu machen. Ihre wohlgeneigte

Freifrau Schrambach.«

Die Folge dieses Briefes war nun also unser Gang in die Radau, nach der Villa Marienburg.

»Medard«, sagte ich, als er mir alles mitgeteilt hatte, »bist du sicher, daß die Familie nicht verrückt geworden ist?«

Er starrte mich an und murmelte: »Na, erlaube mir!«

»Mir kommt die Sache noch unwahrscheinlicher vor als

deine Geschichte mit dem Haupttreffer, die du vor einiger Zeit durchzumachen hattest.«

»Gott, was ist ein Haupttreffer!« rief Medard.

»Ein Haupttreffer ist freilich nichts, aber eine schöne Baronesse ist etwas!«

»Sie mag meinetwegen eine Zigeunerin sein!« rief er, »ich liebe sie. Wenn du sie nur erst kennst, ein wunderbares Wesen! – So wie ich kennt sie keiner, liebt sie keiner auf der Welt, das kann ich wohl sicher behaupten, und wenn sie das fühlt, so sehe ich nichts Verrücktes dran, sich über Standesvorurteile hinwegzusetzen, um den Mann des Herzens zu finden.«

Wir wollen ja sehen, dachte ich bei mir selbst, die Liebe hat schon manches Wunder gewirkt.

Also kamen wir nach Radau. Auf einer Anhöhe des grünen Alpentales stand stattlich und malerisch die Villa, und wir schritten beide hinan. Unter unseren Füßen knisterte der weiße Sand, und jeder trug in seinem Busen ein heftig pochendes Herz.

Empfangen wurden wir sehr freundlich. Zuerst war die Baronin da, die meinen Freund traulich, mich höflich behandelte; dann kam der Baron, der mit meinem Freunde höflich, mit mir herablassend verfuhr. Viel später erschien die Baronesse, die gegen meinen Freund befangen, gegen mich zurückhaltend war. Wir gingen in ein Gartenhaus und wurden mit Wein und Kaffee bewirtet. Gegen Abend, als es kühl wurde, setzten wir uns in die Veranda und tranken wieder Wein. Alles war sehr gut, prächtig und vornehm. In dem Luxus glaubte ich den Reichtum, in dem feinen Geschmack die Bildung der Familie zu sehen. Als es zu dunkeln begann, wurden wir in das bereits hellerleuchtete Speisezimmer gebracht, wo neuerdings große Flaschen mit Wein und Körbe mit Backwerk und Aufgeschnittenem waren. Doch reichlicher Ersatz für die feurige Ungarin, die ich auf meinem Gartentisch daheim schnöde verlassen mußte.

Der Verkehr Medards mit der unterdessen munter gewordenen Baronesse war in eine anmutige und heitere Vertraulichkeit übergegangen. Die Baronesse versicherte, wie sie nur für das Landleben schwärme und von Kindheit an schon ihr Ideal gewesen wäre, eine stattliche und umsichtige Hauswirtin zu sein. Die Baronin sah und hörte den jungen Leuten lächelnd zu und mischte sich nur dann und wann, verfängliche Richtungen diskret umlenkend, in das Gespräch. Die Baronesse hatte ein einfaches weißes Kleid an und am jungen Busen ein Sträußchen roter und blauer Feldblumen stecken. Sie war etwa zwanzig Jahre alt, blond, mit rosigem Gesichte, Stumpfnäschen, vollen, frischen Lippen – eine geschmackige Erscheinung. Dabei natürlich, heiter und in ihren Bewegungen und Bemerkungen herzig. In einem unbewachten Augenblicke konnte ich meinem Freunde zuflüstern: »Ich gratuliere dir!«

Während die jungen Leute miteinander tändelten, waren am Nebentische der Baron und ich in ein merkwürdiges Gespräch gekommen, das mir nicht sehr schicklich schien, vom Baron aber mit Beharrlichkeit weitergeführt wurde. Ich weiß nicht mehr, wie wir drauf kamen, vielleicht hatte der Baron den Gegenstand künstlich herbeigezogen, wir sprachen vom Adel und dem Plebejertum. Nachdem er ein paar schnöde Bemerkungen gegen letzteres gemacht, wurde auch ich dreist und fragte, was doch eigentlich für ein Unterschied wäre zwischen einem Adeligen und einem Plebejer?

»Die Geburt«, antwortete der Baron. »Der gemeine Mensch hat keine Geburt.«

»Möchte doch wissen, auf welche Weise er hernach in die Welt kommt.«

»Das Blut unserer Ahnen, das in uns kreist!« sprach er würdevoll.

»Ist es nicht rot und von derselben chemischen Zusammensetzung als das unsere?« So ich.

Hierauf er: »Es macht uns tapfer, weise, tugendhaft, während das eure euch stumpfsinnig, pöbelhaft und lasterhaft macht.« So der Baron.

»Also müßten die Adeligen sehr tapfer, weise und tugendhaft sein?« sagte ich.

»O gewiß!«

»Ich kenne deren sehr viele, die das Gegenteil sind.«

»Davor soll uns die Ehrfurcht vor unserem Stammbaum bewahren.«

»Wann hat denn Euer Stammbaum angefangen?«

»Jedenfalls ist meine Familie älter als die Ihre«, sagte der Baron.

»Ich bezweifle es«, versetzte ich, »mein Stammbaum beginnt bei Adam.«

»Possen«, pfauchte er. »Ich habe dreizehn wirkliche Ahnen, Adelige.«

»Also hat Euer Stammbaum doch wirklich auch einmal angefangen?«

»Natürlich!«

»Und wer war der erste Eurer Ahnen, den Ihr so hoch verehrt! Doch wohl ein Mann, der keine hatte. Oder hat er vielleicht die Kunst erfunden, wie man das Feld bebaut? Oder wie man Eisen schmiedet?«

»Bauer? Schmied? Ihr tut mir leid.« Der Baron wendete sich unwillig ab und setzte ruhig bei: »Mit Euch ist's ungemütlich zu plaudern.«

Ich schwieg augenblicklich, denn jetzt fiel mir ein, daß ich mit meinem Freimut dem Freunde leicht alles verderben konnte.

Es war ein Glück, daß wir zum Souper gerufen wurden. Das war sehr glänzend und heiter, aber mir fiel auf, daß von dem eigentlichen Zweck unseres Hierseins noch mit keinem Worte die Rede gewesen war. Der Baron besiegte seinen Adelsstolz tapfer, aß und trank mit uns, und es war ganz gemütlich.

Endlich aber, es war schon spät geworden und bereits die Champagnerflasche entkorkt, erhob die Frau Baronin plötzlich ihr Glas, stieß mit Medard an und sagte feierlich: »Also, Kinder, ihr wisset, auf was wir trinken!«

Wir standen auf, stießen alle an, und das junge Paar küßte sich vor unseren Augen. Diesen Kuß hat man nur sehen müssen, es war kein gewöhnlicher verwaschener Verlobungskuß, es war ein heftiges, feuriges Ding, als ob sich zwei, bis aufs äußerste gespannte Seelen ineinander entladen hätten. – Als die erste feierliche Ruhe vorüber war, küßte ich der reizenden Braut huldigend die Hand, so auch der Frau Baronin, und der Herr Baron wechselte mit mir einen warmen Händedruck, der mich doch zur Genüge darüber aufklärte, daß das vorhin von ihm Gesprochene so schlimm nicht gemeint gewesen.

Hierauf begannen wir – ich fühlte mich als Freund des Bräutigams wie zur Familie gehörig – über die Zukunft des jungen Paares zu plaudern.

»Dorfwirt wird unser Schwiegersohn natürlich nicht bleiben«, sagte die Frau Baronin zu mir. »Er wird in der Stadt sich eine seiner gesellschaftlichen Stellung entsprechende Bildung aneignen, besonders auf Leibesübungen, als Reiten, Fechten und so weiter Gewicht legen. Das ist beim jungen Manne unumgänglich nötig.«

Medard schaute bei diesen Worten etwas einfältig drein. Er hatte auf den Feldern, Wiesen und Bäumen seines Vaters Leibesübungen genug getrieben.

»Ferner ist meine Meinung«, fuhr die Baronin fort, »daß nach der Hochzeit, und nachdem die materiellen Angelegenheiten geordnet sein werden, das junge Paar auf ein Weilchen reisen, sich in Paris aufhalten und die große Welt sehen soll.«

Medards Gesicht verklärte sich. »Das Reisen wäre von jeher meine Passion gewesen«, sagte er.

»Auf Reisen und Rangierung der Familie«, sprach die Frau Baronin schon geröteten Gesichts. »Besser können Sie Ihr Geld nicht verwenden.«

»Ja, wenn ich eins hätte«, lachte Medard.

Die Dame stutzte. Nach einer etwas wortkargen Weile fragte sie den jungen Bräutigam: »Sie haben es doch sicher angelegt?«

Medard schaute drein und antwortete nicht.

»Ich meine«, fuhr sie fort, »in guten Papieren!«

»Wer? – Ich? – Angelegt? Was?« So fragte Medard.

»Sollten Sie es noch gar nicht behoben haben? Das Geld vom Haupttreffer!«

»Ah, den Haupttreffer!« rief Medard lustig aus. »Den habe ich gar nicht gemacht.«

»Aber mein Gott!« hauchte die Baronin und wurde ganz weiß. »Es hieß doch? – Es heißt doch allgemein –?« Sie blieb stecken.

»Ja, ja«, sagte Medard. »Das ging damals wie ein Lauffeuer um. Ich selbst glaubte es fast und hielt mich zwei Tage lang für einen reichen Mann, obwohl ich gar kein Los gehabt hatte. Ja, gewiß. Ein Irrtum war's, eine Verwechslung mit meinem Namensvetter, es hat mir viel Spaß gemacht.«

Der Baron und die Baronin starrten sich sprachlos an, mit fahlen, verzerrten Gesichtern. Baronesse Ida aber war anstatt blaß sehr rot geworden.

»Was ist dir doch, du liebes Kind!« rief die Frau Baronin und streichelte das Mädchen, »du hast heftigen Kopfschmerz. Es ist auch schon zu spät geworden, gehe zu Bette!«

Ohne daß ein Abschied war, so plötzlich wurde die Baronesse fortgebracht und die Stimmung war eine frostige geworden.

Nach einer Weile sagte die Baronin, mit Befremdung im Kreise umherblickend, leise: »Das überrascht mich! Was soll das bedeuten? Sie haben gesehen, wie meine Tochter auf einmal abbrach. Wenn es so steht mit ihrer Liebe, da könnten wir die Angelegenheit nicht unterstützen.«

»Der Standesunterschied!« sprach der Baron. »Was nicht zusammengehört, das gehört nicht zusammen.«

»Es tut uns sehr leid«, sprach die Baronin, »es ist nur noch ein Glück, daß in dem Kinde die Natur zu rechter Zeit gesprochen. Es ist für beide so am besten.«

Mein Freund Medard schaute so einfältig drein, daß mir fast zum Lachen war.

»Die Herren haben noch einen weiten Weg nach Hause!« sagte die Baronin mit teilnehmender Miene. Da erhoben wir uns rasch.

Wenige Minuten später standen wir draußen in der kühlen Nacht. Medard machte einen leisen Pfiff und sagte: »Das ist jetzt schnell gegangen.«

»Komm!« drängte ich, ihn am Arme packend, »es wird mir übel in dieser Gegend.«

»Was willst du denn?« fragte er. »Fortgehen? Das könnte mir nicht einfallen. Zur Tür sind wir hinausgeworfen und zum Fenster steige ich hinein. – Dahier!« Er zerrte mich um die Ecke des Landhauses, »dahier ist das Fenster zum Gemach meiner Braut. Sie hat noch Licht.«

In demselben Augenblicke ging vorsichtig ein Fensterflügel auf und sie lispelte den Namen: »Medard.«

Der Genannte hatte schon eine Leiter zur Hand und lehnte sie an das Fenster.

»Nein, Liebster«, flüsterte sie, »hereinsteigen wirst du nicht. Mama könnte es hören. Ich will in den Garten.«

»Ich werde dir die Hand reichen, daß du nicht stürzen kannst. Bist du angekleidet?«

»Vollkommen!«

»Gut. Schwinge dich vorsichtig heraus. Ich halte dich!«

Wenige Minuten später eilten wir durch den Wald dahin, zwischen uns die Baronesse. Es war mir etwas fiebrig zumute, und ich war sehr überrascht, daß eine Entführung, zu der sonst in den Romanen die umständlichsten Vorbereitungen gemacht werden, so leicht und einfach zu vollziehen ist. Baronesse Ida selbst schien erst jetzt zum Bewußtsein dessen gekommen zu sein, was nun geschehen, doch schien ihr diese Wendung nicht unangenehm zu sein. Sie wollte nur zu ihm in den Garten kommen. Jetzt war sie ritterlich entführt.

Wir eilten eine Stunde lang hin durch dunklen Wald, über mondhelle Wiesen, und gesprochen wurde unterwegs fast gar nicht. An einem einzelstehenden Gebäude kamen wir vorüber, eine Heuscheuer konnte es sein; da gestand Ida, daß sie erschöpft sei und nicht mehr weiter könne.

»Wir werden dich tragen!« sagte Medard kurz, hierauf kam sie doch wieder zu Kraft, daß sie, an beiden Armen von uns geführt, weiter konnte.

Lange nach Mitternacht war es, als wir nach Holzhausen kamen. Vor dem Hause des Stegwirts ward ich verabschiedet, indem Medard sagte:

»Ich bringe sie sofort zur Ruhe. Du sei so gut, morgen zeitlich zum Herrn Pfarrer zu gehen und ihn zu ersuchen, daß er uns traue. Einstweilen schön' Dank für die Kameradschaft!«

Am nächsten Morgen sprach ich freilich beim Pfarrer vor, aber da bekam ich's. Er war nichts weniger als der Oheim und lustige Freund, mit dem man feurige Ungarinnen aussticht, er war der ernsthafte, unnahbare Pfarrer. Der Trauung wegen machte er Geschichten; drei Aufgebote, Nachweis der nicht bestehenden Blutsverwandtschaft zwischen beiden, der Großjährigkeit oder Einwilligung der Eltern, Nachweis, daß sonstige Ehehindernisse nicht vorhanden usw., eine ganze Reihe von Dingen, die der Pfarrer verlangte. Nur von dem einen war nicht die Rede, ob sie sich liebhätten. Zum Glück war ich davon überzeugt, und der Pfarrer brauchte sich darum nicht zu kümmern.

Zur selben Stunde begann in der Gegend auch schon der Aufruhr wegen der in Verstoß geratenen jungen Baronesse Schrambach.

Der junge Stegwirt spielte mit ihr nicht lange Verstecken, er zeigte sie auf und sagte: »Da sind wir. Die Verlobung ist bereits geschehen, die Trauung ist in acht Tagen. Handkuß an die Schwiegereltern!«

Die Baronin Schrambach war im ganzen nur zweimal in Ohnmacht gefallen. Sie richtete damit aber nichts aus und gab es auf. Der Baron wollte klagbar werden, dagegen trat die Klugheit seiner Gemahlin auf. Auf die Rangierung ihrer Vermögensverhältnisse, für die sie so gerne Plebejergeld gehabt hätten, mußte einstweilen verzichtet werden. Im übrigen kam es, wie es im Buche steht.

Wie es dann weiterging, das hat der Mann, der mir die Geschichte mitteilte, selber nicht genau gewußt.

Die Lebensverächter

Ich bin keine Frau, ich bin ein Mann, und trotzdem habe ich mich über mein Stubenmädchen sehr oft geärgert. Dieses

Stubenmädchen ist ein frisches Ding, aber auf Schopenhauer versessen wie der Teufel. So jung und so hübsch und Schopenhauer!

Nanette ist sehr häuslich und zurückgezogen, hat nicht einmal einen Liebhaber; sie liest gern und plündert mir den Bücherkasten, wogegen ich nichts einwende. Über die Ritter- und Räubergeschichten der alten Volksbücher und über die Ritter- und Räubergeschichten der Zeitungsromane ist sie ja längst hinaus. Aber daß sie die Klassiker, daß sie Boz Dickens und Gustav Freytag und Auerbach und Heyse und Scheffel und Hamerling und Reuter und Stifter und Keller im Staube liegen läßt und nur die Naturalisten und Pessimisten herausgreift, das kränkt mich. Wenn hernach Nanette eines Tages etwas verloren und blaß ist, so macht mir meine Frau ein strenges Gesicht, weil ich dran schuld sein soll, mit meinen verdammten Büchern natürlich, in denen sie halbe Nächte lang liest.

So geht's fort, fast ein Jahr lang. Eines Morgens finde ich die Nanette im Vorzimmer an der Türklinge hängen. In knieender Stellung, aber die Knie schweben noch in der Luft, Arme und Kopf baumeln schlaff und welk hinab. – Gut ist's! denke ich mir, man sagt, die Schriftsteller schrieben vergebens und hätten keinen Einfluß mehr auf die Menschen. Hier ein schönes Beispiel vom Gegenteil. – Das gelbe Seidentuch, mittels welchem sie an der Klinke hing, schnitt ich ab, da fiel sie plumpig auf den Boden; wenn die Frauen und Fräulein wüßten, wie unschön sie fallen, sobald man den Strick abschneidet – !

Ich rief um Hilfe, begann die vorgeschriebenen Reibungen und Knetungen an ihrem Körper und erlebte die Überraschung, daß sie wieder lebendig wurde. Ganz allmählich kam sie zu sich, aber als sie wieder vollständig bei sich zu Hause war und ich sie teilnehmend fragen wollte, was sie denn zu solch unseliger Tat veranlaßt habe, kam sie mir zuvor und machte mir die heftigsten Vorwürfe darüber, daß ich ihren zweiten Tod verschuldet hätte. Ich verstand sie anfangs nicht. Da rief sie laut: Jetzt sei es schon überstanden gewesen, und jetzt sei es noch einmal zu überstehen, weil ich mich in Dinge gemischt, die mich nichts angingen. Sie allein sei Herr ihres Lebens und sonst niemand.

Das kam mir drollig vor, und ich antwortete demnach: »Du allein Herr über dich? Momentan nicht. Du hast deiner Herrschaft vierzehntägige Kündigung zu machen, wenn du fort willst!«

Sie hub an zu weinen. Warum es gerade ihr verwehrt sei, wenn es hundert andere täten? In gewählten Sätzen, wenngleich noch ein wenig heiser, begann sie ein Leben zu verfluchen, das aus tiefstem Grunde voller Niederträchtigkeiten sei, voller Schmerzen und armseliger Menschen, die ihre Vernunft anwenden, um tierischer als jedes Tier zu sein. – »Woher sie solcherlei Phrasen habe?« fragte ich das unerfahrene Ding. »So!« rief sie mit Entrüstung, »wozu liest denn der Mensch? Wozu ist er denn gebildet? Wozu, wenn man ihn hindert, mit der Erkenntnis fortzuschreiten?« Nirwana, fuhr sie fort, Nirwana sei das Himmelreich, in das sie nun schon einen Schritt getan und aus dem ich sie zurückgerissen hätte. Wenn sie jetzt zur Mörderin, Brandlegerin und zu weiß was sonst allem würde – ich hätte es auf dem Gewissen. Übrigens mache sie sofort ihre vierzehntägige Kündigung.

Und das war ein Stubenmädchen!

Bevor aber die vierzehn Tage um waren, ereignete sich etwas Unerwartetes. Nanette pflegte, wie alle ihre Berufskolleginnen, das Morgenblatt zu lesen, bevor sie es uns zum Frühstückstisch brachte. Man ahnt nicht, was so ein Dienstbote schon für Neuigkeiten, Unglücksfälle, Reichsratsreden und Gerichtssaalberichte weiß, wenn die Herrschaft im Bette ihre Augen aufschlägt. So las Nanette eines Morgens von dem Selbstmordversuche eines jungen Menschen, der sich aus Lebensüberdruß in die Donau gestürzt hatte, von einem Sicherheitsorgan aber gerettet worden war. Karl Tolstani, Wien, Landstraße usw. Später hat sie es gestanden, wie sie sofort zu dem jungen Karl eine heftige Neigung gefaßt habe.

Noch an demselben Abende setzte sie sich in der Küche neben der Köchin hin und schrieb auf dem Nudelbrette folgenden Brief:

»Geehrter Herr Karl Tolstani!

Ich habe aus der Zeitung Ihr Unglück gelesen, daß Sie von einem Polizeimann wieder lebendig herausgezogen worden wären. Ich sage Ihnen mein aufrichtiges Beileid, und Sie können es nicht glauben, wie sehr ich mit Ihnen fühle. Ich heiße Nanette Hildemeier, bin gegenwärtig Dienstmädchen bei Herrn Doktor Johann Malser usw., in welcher Stelle ich ähnlich wie Sie um mein Glück, das im Nichtsein liegt, betrogen worden bin. Erst vor wenigen Tagen wollte ich ein Ende machen, mein Dienstgeber hat mir alles vereitelt. Ich weiß, daß das Leben nichts wert ist, nicht eine Stecknadel. Es ist empörend, da wird man unbefragt, ob man wolle oder nicht, ins Leben hereinexpediert, und wenn man fort will, gewaltsam zurückgehalten. Verneinung des Willens zum Leben, das ist mein Ziel. Ich bin neunzehn Jahre alt und mich ekelt vor dieser Welt. Und dieser Ekel ist um so größer, je weniger Leute man findet, die ihn teilen. Schopenhauer ist der größte Mensch, der je gelebt hat; andere sind seine Jünger, aber sie werden verhöhnt von der Welt, und das steigert meine Verachtung bis zum höchsten Grade. In solchem Zustande habe ich von Ihnen gelesen, mein Herr. Sie empfinden wie ich, und Sie denken wie ich, und Sie sind mutig wie ich. Wenn etwas ist, was das Leben noch halbwegs erträglich machen kann, so ist es ein solches Zusammenstimmen. Daher ist mir der Gedanke gekommen, daß wir zwei zusammenheiraten sollen. Dann können wir dem Dasein entgegnen nach Gebühr, sind Herren unseres Lebens und unseres Todes. Ganz häßlich bin ich nicht, wie Ihnen beiliegende Photographie zeigen soll, und was Schopenhauer über die Frauen sagt, das ist wohl im allgemeinen sehr wahr, in jedem Falle nicht. Gesund bin ich auch, und daß Sie es ebenfalls sind, das bestätigt mir Ihre Willenskraft. Versuchen wir es miteinander. Sie sollen Ihre Freude haben an der unverfälschten Welt- und Lebensverachtung Ihrer

Nanette.«

Es vergingen nach Absendung dieses für ein Stubenmädchen nachgerade glänzenden Schriftstückes nicht drei Tage, so war das Antwortschreiben da. Aus dem fiel die Photographie eines jungen Mannes dem Mädchen in den Schoß. Ein längliches Gesicht mit großen schwärmerischen Augen und schlicht gekämmtem Haar. Ein höchst interessantes Gesicht, wie Nanette sofort ausrief, nur schade, daß es die Photographie nicht erraten läßt, ob er schwarz ist oder blond. Nun, vielleicht schreibt er's selbst. Der Brief lautete:

»Mein Fräulein!

Ihren Brief habe ich schon unzählige Male gelesen, und ich weiß nicht, wie mir geschieht. Das Nächstliegende ist wohl, daß sich jemand einen Spaß mit mir erlaubt, denn Mädchen, die sich selbst ausbieten, gibt es ja nicht und darf es auch nicht geben. Weil in meinem Leben oft das Unwahrscheinlichste eingetreten ist, so bin ich gewohnt worden, das Unwahrscheinlichste zu glauben. Oder wie könnte es sein, daß mich – der von allen Mädchen immer nur Gehänselte – selbst ein Mädchen suchen und erwählen sollte! Ich bin eigentlich kein Pessimist, ich bin ein Lehramtskandidat, mache viele Gedichte und bin schon in meinem siebzehnten Jahre von einem Weibe betrogen worden, noch bevor ich ihr meine Liebe erklärte. Ich bin etwas schüchterner Natur, aber zu schreiben getraue ich mir alles, ja, wenn es dunkel genug wäre, auch alles zu sagen. Ich bin jetzt fast dreiundzwanzig Jahre alt, ich habe ein sehr liebendes und sehr liebebedürftiges Herz, aber bisher nicht den Mut gefunden, mich anders als in glühenden Versen einem Weibe zu nähern. Ich bin sonst ganz gesund, aber nicht so witzig wie andere, und wohin ich komme, machen sie sich heimlich – aber ich merke es doch – über mich lustig. Ich habe nämlich einen kleinen Sprachfehler, und das hindert mich auch bei den Prüfungen. Ich mag denn nicht mehr unter die Leute und in Gesellschaften, gehe lieber allein herum. Sonst geht's mir auch nicht immer gut, meine Eltern sind frühzeitig gestorben, und manchmal schicken mir die Redaktionen meine Gedichte zurück, was schmerzlich ist. So habe ich die schwache Stunde gehabt und bin von der Ferdinandsbrücke hinabgesprungen. Während des Sprunges hatte es mich schon gereut, und ich war sehr froh, als mich der Sicherheitsmann wieder glücklich herausbekommen hatte.

Und nun, mein Fräulein, beantworte ich Ihren Brief, für den Fall er ernst gemeint ist. Nach Ihrer Photographie gefallen Sie mir sehr gut. Aber wenn Sie wirklich so lebensüberdrüssig sind, wie Sie schreiben, dann möchte ich Sie nicht aufhalten. Bedenken Sie doch, Sie würden in sehr kurzer Zeit Kinder haben und also Ihr Leben auf dieser Welt vermehren, anstatt zu vermindern. Übrigens sehe ich es Ihrem Bilde, und wie munter die Augen dreinschauen, an, daß es Ihnen mit dem Pessimismus nicht ernst ist, daß Sie den sich nur aus den Büchern zusammengelesen haben, und ich vermute, daß Ihr Selbstmordversuch einen anderen Grund hat, den Sie selbst nicht wissen. Wenn Ihnen der Mann fehlen sollte und wenn Sie mit mir leben wollten, anstatt mit mir sterben, so möchte ich es wagen. Ein Glücksspiel ist das Heiraten immer, bei dem man wagen muß, auch unter Bekannten. Geld habe ich gar keins, Sie wahrscheinlich auch nicht, aber eine Anstellung habe ich übers Jahr. Ich bin schon stark in Sie verliebt. Schreiben Sie mir nur bald, ob ich Ihnen so gefalle wie ich bin, dann komme ich zu Ihnen und wir schauen uns persönlich an. Das wäre doch ein großer Spaß, wenn wir auf solche Art zusammenkämen, da ich mir meiner Tage keine Frau zu suchen getraut hätte. Leben Sie wohl und schreiben Sie bald Günstiges an

Karl.«

Was tat nun mein Stubenmädchen? Es küßte die Photographie und jubelte in sich hinein: »Das wird mein Mann, das wird mein lieber Mann.«

Schon am nächsten Tage hat sie alles meiner Frau mitgeteilt, am übernächsten wußte auch ich es. Nach dem Briefe mißfiel mir der einfältige und doch recht kluge Junge nicht. Und so war mein Rat, es sei gescheiter, Nanette hänge sich an einen jungen Lehrer als an die Türklinke.

Bei der ersten Begegnung der zwei jungen Leute soll Karl sehr verschämt und zurückhaltend gewesen sein, um so glühender war das Liebesgedicht, das er ihr tags drauf schickte.

Sie jubelte drüber wie eine Lerche auf blühender Au, und sie versicherte, ich hätte in meinem Bücherkasten kein Buch, in dem so schöne Gedichte stünden, als Karl machen könne.

Sonst liest sie nichts mehr. Ich hoffe, ihre neue Hauswirtschaft wird ihr so viel Arbeit und Sorge machen, daß sie nicht Zeit hat, unglücklich zu sein.

Die Männerwahl

Fräulein Kibitz von Kibitzheim war schon zwanzig Jahre alt gewesen – früher einmal. So gottlos lang konnte das ja nicht her sein, ihre Schönheit stand jetzt noch in voller Blüte, nur von Zeit zu Zeit, daß der Maiwind ein Blättchen davonwehte. Viel zu früh war's aber doch nicht mehr, nach einem Manne auszuschauen.

Sie schaute auch tapfer aus und war stolz genug, einzugestehen, daß sie sich nicht wählen lasse, vielmehr, daß sie selber wählen werde. Nun war der hübschen Kibitzin die Wahl aber schwer, nicht deswegen, weil zu viele begehrenswerte Männer vorhanden, sondern weil sie gar keinen Mann sah – nicht einen einzigen. Männchen genug, alle Kirchenbänke zur linken Hand waren voll davon, alle Wirtshäuser waren voll, alle Kegelbahnen, alle Schießstände, alle Reitplätze, alle Jagdreviere – voll von Männchen. Aber kein Mann drunter.

Auch dort, wo die Arbeit war, suchte sie, im Waldschlag, auf den Holzflößen, auf den Eisenbahnen, in den Landhöfen und in den Werkstätten – lauter Männchen. Manches tat erschrekkend männlich, es griff derb an, es polterte und fluchte, es stritt und schlug und stach – aber schließlich, es war kein Mann. Die Jungen wollten sich zu erkennen geben mit Tabakrauchen; wenn der Schlot dampft, wird doch Feuer in der Esse sein. Andere wollten sich zu erkennen geben mit stattlichen Schnurrbärten; wenn ein Wisch ausgesteckt ist, wird's wohl ein Wirtshaus sein. Wieder andere wollten sich zu erkennen geben, indem sie ohne weiteres die Frauenzimmer mit beiden Händen am Kopf nahmen und sie unbändig auf die Lippen küßten. Auch bei der Kibitzin hatte mancher so sein Bekenntnis schon ablegen wollen – na, da war er an die Richtige gekommen!

Die Herrschernatur, die trotzige, starke, die alles bezwang: die Arbeit, die Leute, das Weib, sich selbst – das war ihr der Mann.

Sie geriet nachgerade in Wut, wenn sie sich vorstellte, es wäre einer der andern Gattung ihr Mann. Den wollte sie zerfleischen! Ein weibisch eitler, weichmütiger, nachgiebiger Mann! Ihre Zähne kraxten, wenn sie nur daran dachte, ihre Fingernägel gruben sich in das Fleisch der geballten Faust. – Aber sie denkt ja gar nicht ans Heiraten. Denn Herren, wie sie sie meinte, gibt es nicht mehr. Eine ausgestorbene Rasse. Wie nur gerade die Starken aussterben müssen! –

Der Maiwind riß immer mehr Blüten von ihrer Schönheit, und sie fand keinen, das heißt, sie wollte keinen. – Und urplötzlich hatte sie einen.

Auf ihrem Hofe war Rindviehschule gewesen. Hinter der Wegplanke auf dem Feld hatten sie die Lehranstalt eingerichtet. Zwei Knechte hatten ihre Jacken weggeworfen, ihre Hemdärmlinge aufgestreift und gebärdeten sich wie Tierbändiger. Es handelte sich darum, den Rindern das Pflügen zu lehren. Wie sie an dem Pflug gespannt in der Furche gleichschrittig hintrotten sollen, beim »Hi!« anziehen, beim »Hott!« stehenbleiben; beim »Hittoh!« rechterhand, beim »Ehah!« linkerhand umkehren müssen. Zuerst war eine Kuh drangekommen, die war so weit gelehrig und folgsam, nur das Rechterhand und Linkerhand wollte sie nicht begreifen, bis einer der Knechte draufkam, daß die Kuh ja gar keine Hand hatte, also unpädagogische Begriffe angewandt worden waren. Dann kam ein junger Ochs dran, der war zwar begriffsstutzig, besonders sah er nicht ein, weshalb man just in der schmalen Erdfurche dahintrotten müsse, während daneben der schöne Grasakker lag; aber endlich als der Knecht bei den Hörnern anfaßte, fiel ihm wohl die alte Weisheitsregel ein, daß der Gescheitere nachgibt, ließ sich ruhig führen und zog den furchenden Pflug hinter sich her.

Anders aber der schwarze Stier, der nun drankam. Der schnob gerade einmal, als ihm der Knecht das Joch auf den Nacken band. Er wendete den großen Kopf nach dem Pflug, schüttelte die schlottrige Fahne an seinem Hals und schnob wieder. – Was soll denn hier werden? Soll ich mich dazu hergeben, unsere Nahrung, das grüne Gras, einzuackern, damit die da, die Tyrannen, ihre Nahrung anbauen können? – Ich glaube nicht, daß der Stier diese wirtschaftliche Frage erwog, aber etwas anderes, sein Mannesstolz lehnte sich dagegen auf, hier in der Knechtschaft von Kreaturen zu sein, die sich mit ihm bei weitem nicht messen konnten. Als der Knecht dem an den Pflug gespannten Stier das erste schneidige »Hi, Schwarzer!« zurief, rührte er sich nicht. Als der Knecht ihm einen Peitschenhieb versetzte, machte er einen so heftigen Sprung, daß der Pflug aus der Furche geschnellt wurde, und dann stand er wieder still und schnob, daß der Qualm aus den Nüstern stäubte. Der zweite Knecht packte ihn bei den Hörnern; na, das hatte der Stier gerade einmal abgewartet, mit einem Sprung schleuderte er den Knecht von sich, daß der über die Schollen purzelte. Der hintere Teil des Pfluges stak fest in der Erde, der vordere Teil mit den Rädern hüpfte wie toll hinter dem Tiere her, das in wilden Sprüngen über das Feld lief.

An der Wegplanke hatten sich Leute angesammelt, die »hei!« und »hau!« und »oh!« riefen und allerhand Ratschläge erteilten, wie das Tier zu bändigen sei. Dann zog man aus dem Schuppen einen andern Pflug und räumte die Trümmer des zerrissenen weg. Hernach versuchten die Knechte den Wildling einzufangen, der mit den Pflugrädern an der Achse immer noch über das Feld raste von einer Planke zur andern, von dem Hüpfen und Anprallen der Räder an den Hinterbeinen immer neu erschreckt und aufgeregt.

»Ihr bringt ihn nicht!« rief ein Mann an der Wegplanke. »Das will ich doch einmal sehen!« Er riß eine Stäcke aus dem Zaun, sprang damit über die Planke, trat hin gegen den Feind. Es war ein jugendlicher, stattlicher Mann mit sprühendem Auge und aufgestrammtem schwarzen Schnurrbart. Es war Meister Absang, der Schmied im Dorfe. Der nahte sich nun langsam dem Stiere. Dieser stand still und glotzte den neuen Gegner forschend an. Der Meister schnitt die Stränge ab und legte den Strick sachte um die kurzen dicken Hörner. Der Stier wühlte mit den Klauen des Vorderfußes die Erde auf, daß sie weithin stäubte, ein dumpfes Brüllen ließ er hören. »Lieber Freund!« sagte der Schmied, »wir wollen uns schon noch verständigen«, tat ganz gelassen um, bis mit Hilfe der beiden Knechte das Tier an den Baum gebunden war.

Die Kibitzin hatte diesen Vorgang mit großer Hingabe beobachtet. Jetzt wollte sie einmal sehen, wer der Stärkere sein wird. Der Schmied prüfte seine Zaunstäcke, sie war zähe, auf sein Umbiegen schnellte sie scharf zurück. Er tat einen Hieb durch die Luft, daß es pfiff.

»Nicht schlagen!« schrie ein dünnes Stimmlein vom Wege her, »schlagen nicht!«

Da lachten die Leute. »Hau, der gradnasete Florl!« Der kleine Uhrmacher! Ein Mensch, wohl schon an die Dreißig, ein zartes Bürschchen mit fast bartlosem Gesicht und großen Kinderaugen. Auffallend in seinem Antlitz war nur die Nase, die von der Stirn herab eine völlig gerade Linie bildete, weshalb er den Spitznamen »der gradnasete Florl« trug.

Der Rat »nicht zu schlagen« wurde also belacht.

»Vielleicht soll man der Bestie gar das Goderl kratzen!« spottete einer. Die Antwort des Schmiedes war, daß er den Stock schwang und dem Tiere einen wuchtigen Hieb in die Weichen versetzte. Der Stier schlug mit dem Hinterleib in die Höhe, auf dem Baum zitterte das Laub, aber der Strick hielt fest.

»Tanzen und springen!« knirschte der Schmied, »wart', Kerl, ich will dir tanzen und springen lernen! Du sollst mir noch die Hand küssen!« Damit begann er nun auf das Tier dreinzuhauen; dieses brüllte laut, schlug mit den Beinen aus, riß wütend am Strick, weißer Schaum tropfte ihm vom Maul, bis es sein Rasen aufgab, fast bewegungslos dastand und die Schläge über sich ergehen ließ.

»So mein Lieber!« sagte der Schmied endlich schnaufend und senkte den Stock, »weißt du's jetzt, wer von uns der Stärkere ist?«

Die Kibitzin hatte diese Sache mit gemischten Gefühlen besehen, jetzt rieselte ihr ein seltsamer Schauer durch den Leib. – Das ist ein Mann! – Zwar ein brutaler Geselle, aber sieghaft! Sieghaft!

Das Tier war schier zahm geworden. Der Bändiger stand daneben und drehte mit zwei Fingern seinen Schnurrbart auf.

»So, Junge, nachdem wir uns gegenseitig vorgestellt haben, wollen wir mitsammen an die Arbeit gehen.« Mit diesen Worten löste Meister Absang den Stier vom Baum, und ihn mit beiden Händen fest an den Hörnern haltend, führte er ihn zum Pfluge und spannte ihn ein.

»Hi, Schwarzer!«

Der Stier stand und rührte sich nicht.

Der Schmied riß dem Knecht die Peitsche aus der Hand und ließ sie niederpfeifen auf den Rücken des Tieres. Das machte einen Sprung aus der Furche, stand still und schnob.

»Mir scheint, du willst noch einmal tanzen!« knurrte der Schmied, zornrot im Gesicht. Und neuerdings ließ er die Peitsche dreinsausen über das Tier. Mit schmetterndem Gebrüll riß dieses aus, die Strangwaage erfaßte den Mann und schleifte ihn eine Strecke lang auf dem Boden hin, bis er in einer Furche liegenblieb, während der Stier mit gehobenem Schwanz, wild wie ein angeschossener Büffel, davonraste.

Die erste, die über den Wegbalken sprang, daß alle Röcke flogen, war Fräulein Kibitz von Kibitzheim. Sie fand den tapferen Meister Absang noch am Leben. Er krabbelte aus der Furche hervor, schlenkerte sich mit den Armen die Erde vom Rücken, von den Schenkeln, von den Ellbogen, von der Nase und schlichtete seinen Schnurrbart. Auf ihre Frage, ob ihm doch nichts geschehen sei, antwortete er trotzig: »Nein!« und schritt stolz aufrecht fürbaß. Am Hoftore blieb er noch stehen, hob nach der Richtung, in die der Stier geflohen war, die Faust: »Rabenvieh! Wir sehen uns wieder!«

Als die Gaffer auseinandergingen, sagte der kleine Uhrmacher zu einem Nachbar: »Müßte doch erlogen sein, daß dieses Tier nicht zu zähmen wäre!«

»Willst das nicht du unternehmen?« sagte der andere. Es

war in einem Ton gesprochen, der einen Wehleidigen zu Tode verletzt hätte; der kleine Uhrmacher merkte es gar nicht. Er antwortete: »Probieren könnt' man's ja.«

An demselben Abend wurde der Kibitzin berichtet, eingefangen wäre der Stier, aber Rache schnauben tät' er noch. Seinen Schwanz hielt er wie eine Kriegsfahne in die Lüfte, und mit den Vorderbeinen scharre er die Erde auf, gleichsam um seinen Todfeinden ein Grab zu graben. Die Kibitzin hatte in derselben Nacht Gesellschaft. Der stramme derbe Schmied war bei ihr, allerdings nur in Gedanken und im Traume. Durch die ganze Nacht bändigte er den Stier, das glühende Eisen und die Weiber. Er war der einzige, der mit Mut angriff. Die anderen hatten kaum soviel vermocht, um das Tier in Wut zu bringen. Heldenhaft haben beide gerungen, der Absang und der Schwarze. Mit diesem Gedanken war sie eingeschlafen, und der Traum unternahm es, den Schmied und den Schwarzen zu einer einzigen Persönlichkeit zu vereinigen, an der sie großes Vergnügen hatte.

Am nächsten Tage gab es zu lachen. Der kleine Uhrmacher habe sich bereit erklärt, den Stier zu zähmen. Die Kibitzin blieb auf ihrem Gang in die Gärten vor der Schmiede stehen und ging endlich zum Tor hinein in den von der sprühenden Esse beleuchteten Raum. Mit klobiger Wucht arbeitete der Schmied am Amboß. Die muskelstrammen Arme nackt, den Schnurrbart aufgezwirbelt. Er war ganz Hammer. Nicht Amboß, sondern Hammer! Die Kibitzin legte ihre Hand vor die Augen, weil die brüllende Flamme der Esse sie blendete, mit der andern Hand hob sie ein wenig das Kleid, daß es nicht auf den Boden streifen konnte. So schaute sie vorgeneigten Kopfes dem Recken zu und fragte endlich, ob er gestern wirklich nicht Schaden gelitten hätte.

»Nein!« antwortete er und hieb mit dem Hammer auf ein glühendes Stück Eisen, daß die Kibitzin zurückzuckte vor den Funken, die ihr ins Gesicht stoben.

»Was wird denn das?« fragte sie.

»Was denn! Ein Kettenglied.«

Unwirsch war er, aber das gefiel ihr.

»Ein Kettenglied. So, so. – Das kann schon stark werden, wenn du's so fest klopfest.«

Er schwieg und hämmerte. Dann fuhr er sich mit dem Ärmling über die tropfige Stirn und warf mit einem Finger die Schnurrbartspitze in die Höhe, die während der Arbeit über den Mundwinkel herabgesunken war.

Diesen kleinen Stillstand benutzte sie, um zu sagen: »Absang, was ist's denn mit uns zweien? Sollten wir nicht zusammenheiraten?«

Da sank ihm der Arm mit dem Hammer und er stand da. Stand da und schaute sie an – die vielumworbene Gutsfrau!

»Wenn's ernst wär', Nachbarin?«

»Was soll's denn sonst sein? Aus Spaß heiraten – das wäre auch mein letztes! Schmied, mit dir möcht' ich's wagen.«

Sein Gesicht war breit geworden und seine Stimme weich wie Butter, als er sagte: »Wenn ich dich beim Wort nehm', Kibitzin?!«

»So nimm mich!«

Also hatte sie geworben um ihren gewaltigen Herrn. Die Stolze, daß sie sich demütigen konnte vor diesem Manne! Ein Zeichen, daß es der Rechte war, der starke, gewaltige Herr, dem sie bisher nur im Traume begegnet, sonst nirgends.

Schon am nächsten Morgen erhielt sie einen Brief. Seidenpapier, am Rande mit Rosen bemalt. Die Buchstaben hingegen waren klobig und spießig wie Eisenhaken. Verse waren es, Verse! Und sie lauteten:

»Es grüßt dich herzhaft Josef, dein Geliebter!
Denn wisse nur, ich liebe dich so sehr.
Ich bin betrübt und werde noch betrübter,
Da ich von dir seit gestern nichts mehr hör'.
Des Morgens, wenn ich wache auf vom Schlummer,
Da denke ich, wo wird die Süße sein!
Den ganzen Tag erfüllt mich banger Kummer,
Ob die Geliebte wohl gedenket mein.
Und abends, wenn ich geh in meine Kammer,
Da denk' ich immer, immer nur an dich,

Einsam und allein bin ich, o Jammer!
Ich liebe dich, ich liebe dich ganz inniglich!«

In solcher Herrlichkeit ging es fort, drei Seiten lang. Die Kibitzin war starr! – Dieses Liebesgewoisel! – Nein, gefoppt war sie worden, das konnte nicht vom Schmied kommen. Die Schrift verglich sie mit der Schmiederechnung über beschlagene Räder, die sie erst kürzlich erhalten hatte. Sie war's doch! – Aus Liebe winseln, das darf kein Mann. Aber auch nicht ihrer spotten! Eins von beiden hat der Absang getan. Sie wird ihm den Kopf waschen, dieses blöden Spaßes halber. Als sie ihn bald darauf durch die Gasse schreiten sah – ein Bündel Eisenstangen trug er auf der Schulter, vorn und hinten federten sie auf und nieder, blieb er schlank aufrecht, und die Beine schienen so elastisch, als berührten sie den Boden kaum. 's ist halt doch ein Mann!

An demselben Tag hatte der schwarze Stier wieder Unterrichtsstunde. Ruhig ließ er sich in die Furche führen und an den Pflug spannen, aber beim ersten Hieb mit der Peitsche schoß er wild voran und bohrte den Kopf in die Erde. Nun trat aus den Zuschauern, die wieder an der Wegplanke standen, der kleine Uhrmacher hervor. Schmal und flink in seinem grauen Zwirngewande sah er beinahe aus wie ein Knabe.

»Jetzt gehet just einmal weg«, sagte er zu den Knechten, »ganz weg und laßt mich machen.«

Sie lachten und gaben ihm die Peitsche in die Hand.

»Die brauch' ich nicht.« Er trat gelassen ans Tier und faßte mit der rechten Hand sein Horn und blickte ihm ins große Auge. Man hätte das zarte Gesicht mit der geraden Nase in dem pechschwarzglänzenden Rindsauge sich gut spiegeln sehen können. Und als er das Tier lange so angeschaut und mit der Hand gestreichelt hatte, gestreichelt am Halse, gekrault zwischen den Hörnern, hinter den Ohren, da begann er, mit seiner weichen Stimme leichthin: »Hi! Hi!« sagend, Schritt für Schritt der Furche entlangzugehen – und der Stier trottete behäbig mit. So führte er ihn ein paarmal über das Feld hin und her, und dann stellte er sich rückwärts an den Pflug. »Hi!«

sagte er ruhig, »hi!« – Der Stier schritt allein in der Furche voran, der kleine Uhrmacher leitete an den Hebeln den Pflug, der den Rasen schnitt und umlegte.

Die Kibitzin hatte von ihrem Fenster aus durch den Feldstecher den Vorgang beobachtet. Anfangs hatte sie schon hinausrufen wollen, man solle den Kleinen doch nicht zum wilden Vieh lassen. Dann war ihr sein gelassenes Wesen aufgefallen und wie dabei auch der Schwarze ruhig ward. Und wie der Bursche das Rind so treuherzig anblickte, da fand sie, daß er mit seiner starken Nase, die von der Stirn herab eine schnurgerade Linie bildete, ein schöner Mensch sei. – Und nun ackerte er allein mit dem Stier, den die kräftigen Knechte und der gewaltige Schmied nicht hatten bändigen können.

»Aber, Florl!« rief sie ihm am Abende zu, als er den Schwarzen vom umgebrochenen Acker in den Stall führte, »wie hast du denn das angestellt?«

»Er hat halt müssen«, antwortete der Uhrmacher.

Und nun stellte sich der Schmied auf: das sei freilich keine Kunst gewesen jetzt, da das Tier schon von ihm gebändigt worden wäre. »Na, Schwarzer, kennst du mich noch?«

Wohl, er kannte ihn noch, denn als der Schmied den Schwarzen derb bei den Hörnern fassen wollte, lag er auch schon auf dem Streuhaufen. Unter dröhnendem Gebrüll hatte das Tier einen Sprung getan, mit dem Hinterbein ausgeschlagen, da krümmte der Schmied sich auf dem Reisig und glaubte es, daß er den Stier nicht gebändigt hatte.

Am nächsten Tage machte die Kibitzin einen Besuch beim Schmied, um sich nach dem Verlaufe seiner Verletzung zu erkundigen. Er lag im Bette und rauchte die Pfeife. Ein verrenktes Bein, weiter nichts. Sie fand in der Stube Unordnung und räumte ein wenig auf. Sie untersuchte die Kleider, da fehlten Knöpfe; das fand sie erklärlich; wie sollte dem Recken zugemutet werden, sich die Knöpfe selbst einzuheften! Dann aber erst die Wäsche! Gott, wie nötig dieser Mensch ein Weib braucht! – »Was ist denn das?« Im Nachtkästchen hatte sie ein kleines zartes Ding gefunden – aus Gaze und mit Bändchen. »Was ist denn das, Absang?«

»Ah, nichts weiter. Nur zufällig so. Liegt schon lang so herum, weiß gar nicht woher.«

»Aber es muß zu was sein. Ich will es wissen.«

Na, da hat er ihr's gesagt. Eine Schnurrbartbinde war es.

»Eine Schnurrbartbinde?! Bei der Nacht umbinden? Daß er bergan wächst? Daß er sich aufrichtet? Daß er nicht hängend wird? Ah, das gefällt mir!« Einen grellen Lacher tat sie.

Es war beinahe das letzte Wort gewesen, das sie zu ihm gesprochen. Rasch hatte sie ihr Tuch über die Schulter gelegt, den Samthut aufgesetzt und ums Kinn gebunden. Hastig, fast schreckig tat sie es, als ob's im Haus brennte. – Eine Schnurrbartbinde hat der! – da hat sie gerade genug. Heiliger Valentin, wie man sich in den Männern täuschen kann. Glaubt man ihrem Aussehen nach, es wären Männer. Und sind Gecken. Schlagen und woiseln kann er. Und den Bart muß er künstlich auffrischen! Nein. Das glaub' ich, daß der Schwarze vor so einem keinen Respekt hat. Ich hätte auch keinen. Keinen Respekt vor dem baumstarken Laffen, und dem kleinen Uhrmacher ist er willig gefolgt. »Weil er hat müssen!« – Dem wollte ich auch müssen. –

Und jetzt war's der Uhrmacher, der ihr im Kopf umging, so ungeniert, als ob er drin daheim wäre, mit seiner geraden Nase. In ihrem Schlafzimmer hatte sie eine Schwarzwälderin. Sie nahm den eisernen Gewichtsknollen von der Schnur, da schlug das Pendel noch einigemal lautlos hin und her und blieb stehen. Schickte die Kibitzin zum Uhrmacher; sie ließe bitten, es hätte ihre Uhr einen Fehler bekommen.

»Natürlich«, sagte er, »weil das Gewicht fehlt!«

»Aber merkwürdig, daß ich das nicht gesehen habe! Ja, bist schon fertig? Hast's so eilig? – Du, was ich sagen wollte, Florian, sollten wir zwei beide nicht zusammenheiraten?«

Er schob noch ein wenig an der Uhr, daß sie richtig hing und sagte nebenbei: »Zusammenheiraten? Ich glaube nicht. Es dürfte ein Ehehindernis geben.«

»Mensch! Bist du einer andern in Pflichten?«

»Einer in Pflichten? Gott sei Dank, nein.«

»Oder stünden wir in Verwandtschaft miteinander?«

»Von Vaters und Mutters Seite. Von Adam und Eva her.«

Ob seiner Schalkheit zupfte sie ihn am Ohr.

»Du Spitzbub! Was denn für ein Ehehindernis?«

»Mein Willen.«

»Dein Willen? Den sollst ja haben.«

»Eben darum heirate ich nicht.«

»Aber, Liebster, mir gefällt ja der Mann, der einen Willen hat.«

»Mir auch. Desweg bleib' ich ledig.«

Nach solchem Zweigespräch fragte sie ihn, was er bekomme für den Gang?«

»Zwanzig Heller.«

Kurz und gut, die Stolze – dann blieb sie ohne seiner. Aber nicht, weil sie hat wollen, sondern »weil sie hat müssen!«

Sie hatte sich das Müssen anders gedacht.

Lieferbare Werke Peter Roseggers

Die Älpler, 270 Seiten, Ln.
Als ich noch der Waldbauernbub war, 256 Seiten, Ln.
Das ewige Licht, 300 Seiten, Ln.
Die Försterbuben, 208 Seiten, Ln.
Die Schriften des Waldschulmeisters, 294 Seiten, Ln.
Erdsegen, 256 Seiten, Ln.
Heidepeters Gabriel, 234 Seiten, Ln.
Jakob der Letzte, 226 Seiten, Ln.
Mein Weltleben, 248 Seiten, Ln.
Volksleben in Steiermark – Das Haus, 189 Seiten, Ln.
Volksleben in Steiermark – Das Jahr, 266 Seiten, Ln.
Waldheimat, 508 Seiten, Ln.
Wanderungen in der Waldheimat, 240 Seiten, Ln.
Das Buch von den Kleinen, 240 Seiten, Ln.
Das große Peter Rosegger Hausbuch mit vielen Geschichten, Erzählungen, Gedichten, Fotos und Illustrationen, 448 Seiten, Ln.
Als ich zum Pfluge kam, 254 Seiten, Ln.
Mein Himmelreich, 144 Seiten, Ln.
Abelsberger Chronik, 240 Seiten, Ln.
Novellen I, 240 Seiten, Ln.
Novellen II, 240 Seiten, Ln.
Novellen III, 240 Seiten, Ln.
Der Gottsucher, 384 Seiten, Ln.
Tiergeschichten, 176 Seiten
Weihnachtsgeschichten, 176 Seiten
Schmunzelgeschichten, 176 Seiten

Weitere Neuauflagen sind in Vorbereitung

L. STAACKMANN VERLAG KG · MÜNCHEN
ÖSTERREICHISCHER AGRARVERLAG · WIEN